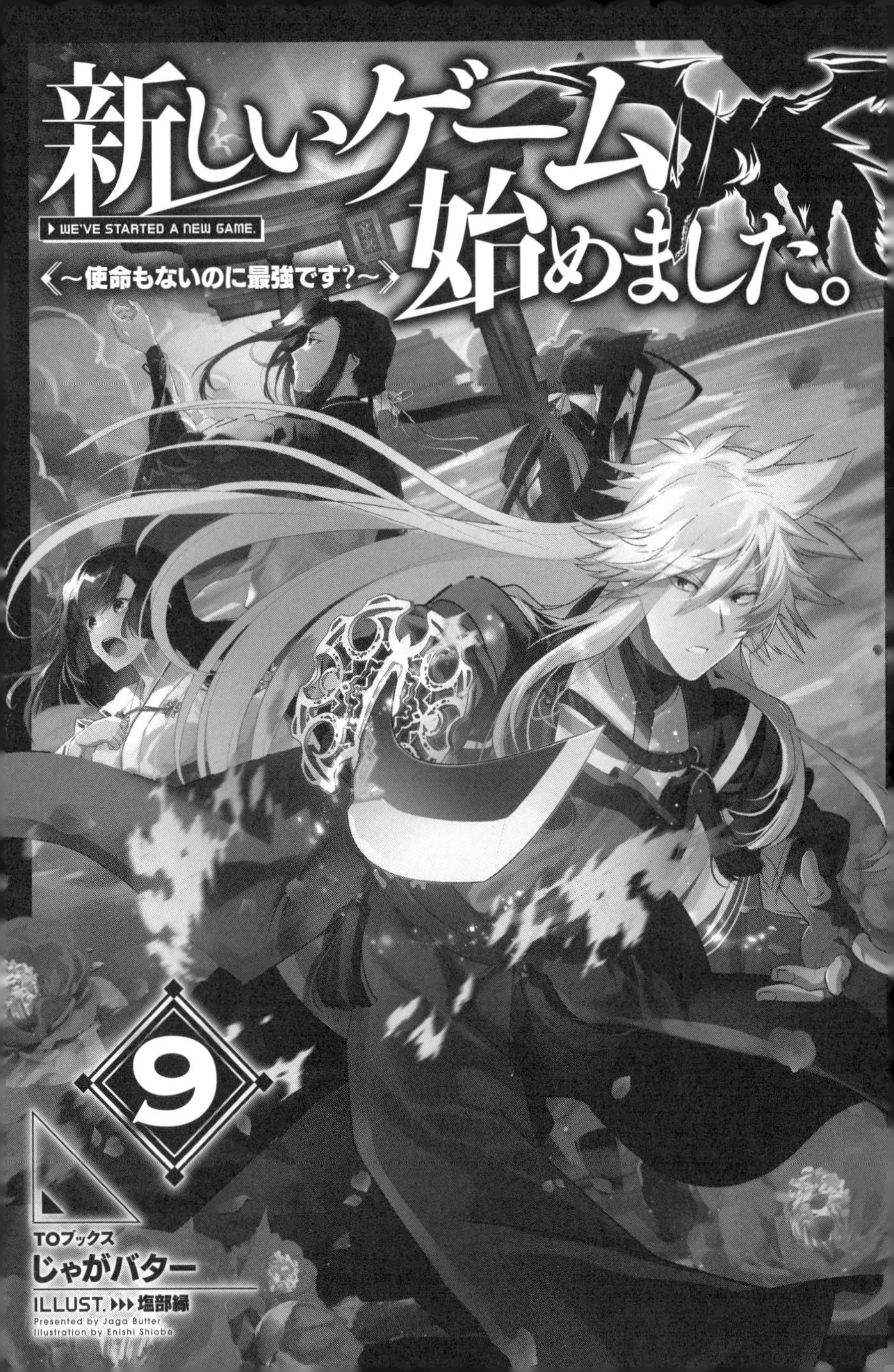
新しいゲーム始めました。
WE'VE STARTED A NEW GAME.
《～使命もないのに最強です？～》
9
TOブックス
じゃがバター
ILLUST. 塩部縁
Presented by Jaga Butter
Illustration by Enishi Shiobe

シン

LV.32 RANK▸C

職業 魔拳士／鍛冶士

騎獣▸武田（馬）
HP▸1216 MP▸1067 STR▸118 VIT▸37 INT▸24
MID▸12 DEX▸12 AGI▸55 LUK▸12

ホムラの友人でネトゲ仲間。脳筋、目の前に敵がいればとりあえず殴る。レオと時々行動がかぶって二垢と言われることもしばしば。仕事は残業が多目。

ホムラ

LV.39 RANK▸C

職業 黒白の魔剣士／薬士（暗殺者）

騎獣▸白虎（虎）、レーノ（ドラゴニュート）
HP▸1576 MP▸2152 STR▸124 VIT▸68 INT▸252
MID▸83 DEX▸84 AGI▸135 LUK▸163

主人公。感覚はいたって普通なつもりなマイペース。生産用の名前としてレンガードをつける。得意技は立つフラグを無視して、まだ立たないはずのフラグを回収すること。仕事が不規則で友人たちと時間が合わないことが多く、ソロが多い。のんびりした性格の割には、魔物との戦闘は好き。

菊姫

LV.32 RANK▸C

職業 戦士／裁縫士

騎獣▸白雪（白猫）
HP▸1552 MP▸963 STR▸114 VIT▸68 INT▸16
MID▸15 DEX▸14 AGI▸24 LUK▸14

ホムラの友人でネトゲ仲間。剣士、後、戦士。小さいキャラ＋でっかい武器でどっかんどっかんするのが好き。朝出勤、夕方上がりの勤め人。

LV. 33 RANK▸C ペテロ
職業 密偵／鍛冶士（暗殺者）
騎獣▸黒天（虎）
H P▸1044 M P▸1159 STR▸16 VIT▸14 INT▸38
MID▸14 DEX▸109 AGI▸131 LUK▸14
ホムラのネトゲ仲間。キャラなりきり縛りプレイが好き、爽やかにひどい。ホムラよりさらに仕事が不規則。
LV. 33 RANK▸C お茶漬
職業 聖法使い／鍛冶士
騎獣▸黒焼き（ドレイク）
H P▸1003 M P▸1294 STR▸20 VIT▸32 INT▸49
MID▸173 DEX▸13 AGI▸39 LUK▸14
ホムラの友人でネトゲ仲間。要領よくゲームを進め、金を稼ぐタイプ。自営なので長時間いる。昼間は他の友人と遊ぶか生産に当てている。
LV. 32 RANK▸C レオ
職業 密偵／鍛冶士
騎獣▸アルファ・ロメオ（狸）
H P▸1049 M P▸1066 STR▸15 VIT▸15 INT▸15
MID▸22 DEX▸95 AGI▸177 LUK▸14
ホムラの友人でネトゲ仲間。そのとき興味があるものにすぐ手をだすため、行動とスキル構成が謎。釣り好き。朝出勤、夕方上がりの勤め人。ただ夜は睡魔に負けて1時が限界。

D A NEW GAME.

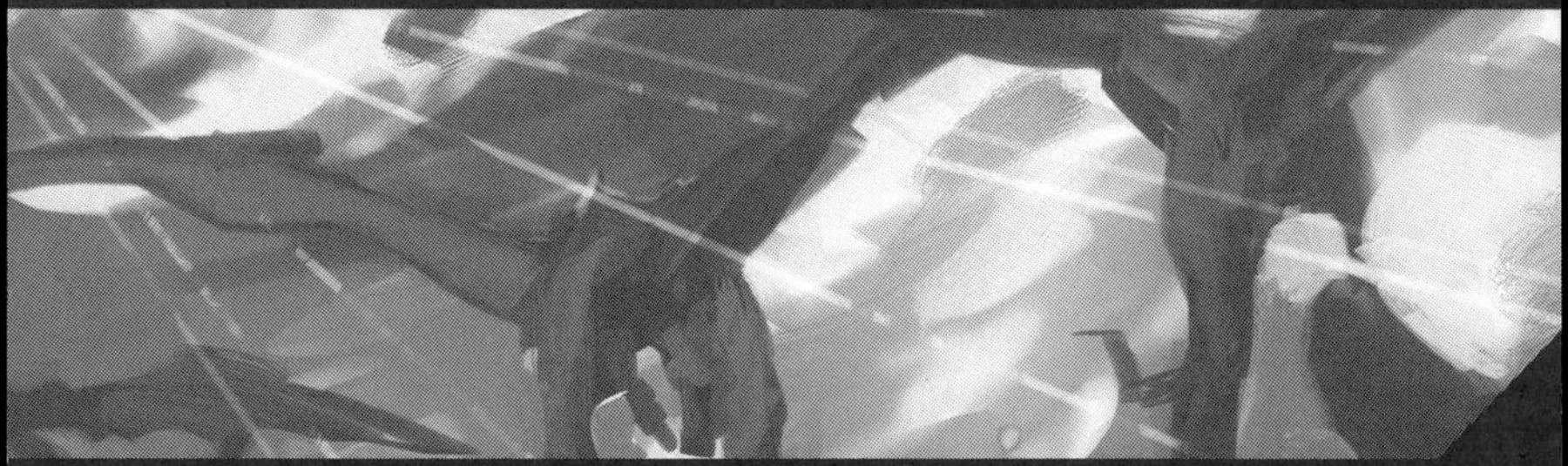

PART9－CONTENTS ▶▶▶目次

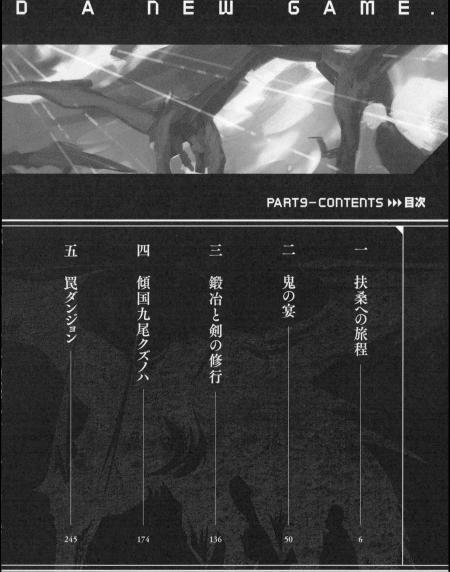

WE'VE STARTE

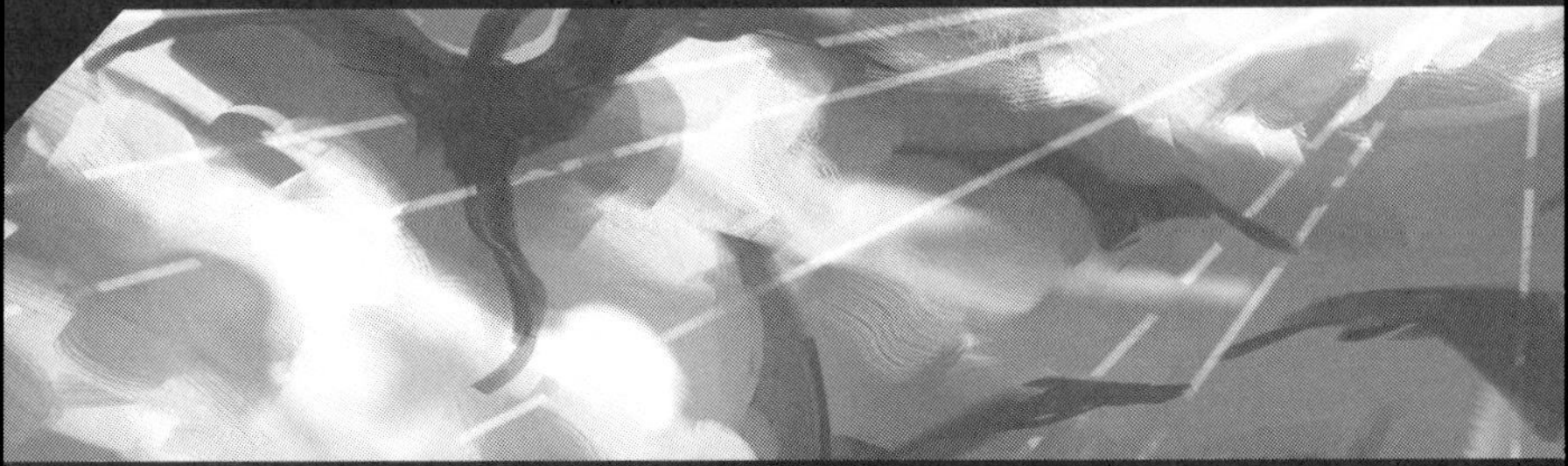

一　扶桑への旅程

天馬が空から降ってくる。

真っ青なマントの裏地と、天馬の翼が視界に広がる。空の青より一段濃い綺麗な青が白い天馬とともに降りてくる様子は、空が切り取られて落ちてくるようだ。

地に蹄《ひづめ》がつくと、天馬の翼が消えて艶やかな白馬に変わった。

その真夏の雲のように白い馬から、カルが鎧の重さを感じさせずに下りる。振り下ろした剣はすでに鞘の中。

あの剣で卵割っていたくせに無駄に格好いい。だが、私のそばに来るな！　来るなというのに！

マントを翻してカルが私の前で跪く。

やめてください、周囲の視線が痛いです。

「主、かつての同胞が剣を向けたこと、申し訳ない」

私に向かって謝罪の言葉を述べるカル。

「ジジイイイイッ!!　とっととこれを解け！」

ガラハドがプンスカ怒って叫んでいる。

すこし離れた騎士達からも戸惑いと怒りの気配。アグラヴェインも跪いたまま憤怒の形相をカルに向ける。比較的首から上は自由が利くらしく、ブルブルと震えながらこちらを見ている。

……あれ？　前髪がズレている？……見なかったことにしよう。

一通り騎士達の様子を見回した後、カルに視線を戻す。

「かまわん。謝罪も跪くことも不要だ。【傾国】の影響ならば、疾《と》く神殿に連れて行け」

表情が変わらないよう、顔面に意識を集中し、答える。私は何も見なかった！

「はっ！」

返事と共に一度顔を伏せると、マントを捌いてカルが立ち上がる。

「ガラハド、いつまで遊んでいる？　アグラヴェインを神殿に連れて行く」

「誰のせいだジジイ！！！　俺は装備無しなんだから巻き込むな！！！」

カルがスキルを解いたのか、ガラハドが立ち上がると同時に、いつもの大剣を背負った装備に替わる。装備有りだったら、カルのスキルに抗《あらが》えたということか？

「私より早く着いたのは上々だが、それでは主の役に立たん」

「戦闘に来たんじゃねぇし!!　装備替える前にイーグルに蹴り出されたんだよ！」

ガラハド、なかなかのとばっちり。

だが、同じ『アシャの庭の騎士』同士、がんばれ！

ガラハドが悪態をつきながらも騎士達を拘束し、ひとまとめにする。ああ、ますますズレる。

「主、ファストに寄る者たちは、ほぼ神殿での状態解除が済んだかと思います。影響下から脱した騎士たちも、手伝いに回っていますので人手が増えました。これからは、ジアースの他の都市、ここアイルの主要都市にも【傾国】の状態解除を行う範囲を広げます。——以前エカテリーナ殿のところでニアミスした、ガウェイン殿を正気に戻せたのが大きいですね」

　ああ、兎娘の騎士はガウェインだったな。言っている言葉からすると、協力体制が取れているのか。円卓の騎士の中でもガウェインは名のある騎士、こちらの『アシャの庭の騎士』においても、おそらく強い。カルの敵にまわらず、なによりだ。

　そしてバロンやファガットは後か。まあ、アイルは帝国の隣であるし、揉めている国でもあるので優先したのだろう。

「ジジイが派手なことしたから、伝わればアイル《ここ》に来るだろうしな」

　ガラハドの補足に、ただ無駄に目立ってるだけじゃなかったのかと納得する。

　とりあえず、前髪がどんどんズレていっている、アグラヴェインさんを早く連れて行ってください。名前がうろ覚えだったせいで、次に会ったら、カツラヴェインとか呼んでしまいそうだ。若そうなのに……。

「主、フソウは閉ざされた国。帝国の影響は無いかと思っていましたが、そうではないのかもしれません。お気をつけて」

「いざとなったら呼べよ、今度は武装してくっから」

「ああ」

　来た時は騒がしかったが、帰る時は【転移】で一瞬だ。カジノで頑張った甲斐がある。カルの騎獣もカカッと前足で地面を掻いたかと思うと、その姿を消した。天馬は格好いいのだが乗る勇気は私には無い。

それにしても、アグラヴェインがガラハドよりもカルに憎々しげな視線を投げつけていたのは、年齢不詳なカルのフサフサ具合に嫉妬していたのだろうか。潔く剃《そ》ればいいのに……。

騒がしい騎士たちがいなくなり、残ったのは旅の仲間から向けられる視線。ペテロ、ルバ、ホップの護衛の三人。

「ああ、すまん待たせた。船の時間は大丈夫か？」

もの問いたげな視線の中、何事もなかったように言ってみるテスト。

「ホムラ、さすがに無理。大人しく全部吐いてみようか？」

にこやかなペテロ。

「ガラハドは帝国の関係者か。帝国でガラハドというと、まさか【赤の騎士】だったのか？」

遠い目をしてガラハドについて口にするルバ。

ガラハドのパトカに出している称号は、【赤の戦士】だが、称号の中には【赤の騎士】もあったな、そういえば。

ルバは私より少しだけガラハドとの付き合いが長く、一緒に酒を酌み交わしている。名のある騎士だったことに、少し驚いているようだ。

「私たちが半年かけて釣り上げたのに！　いきなりかっさらうなんて、どういうつもり!?」

天音に詰め寄られる。

そうか、何か挙動がおかしいと思っていたが、自身を囮《おとり》に帝国を釣っている最中だったのだな。それを突然現れた私の関係者が引っ立てていったと。それは謝るしかない。

右近がそばにいなかったら胸ぐら掴まれていそうな勢いだ。

「帝国、騎士を統べるスキル、天馬、金髪……」

「因《ちな》みに【緑の騎士】ガウェインは黒髪だな」

呟く左近に、右近が言う。

「【湖の騎士】ランスロット……っ！」

髪の色だけに触れるということは、ガウェインも『帝国』『騎士を統べるスキル』『天馬』は共通しているのだろうか？　白い天馬に乗ってるのか、あの髭の騎士。

とか思っていたら、左近が信じられないようなものを見る目でこちらを見てきた。

「え、嘘!?　ランスロット様!?　斑鳩《いかるが》様を降した、あのランスロット様!?」

怒っていた天音が、急に声音を変えて、服の襟元を気にしたり、髪を撫でてみたりと、あわあわと落ち着かない。

天音、ファンなんですかもしかして？

「闘技場で【剣帝】斑鳩様に在位中、唯一土をつけた方ですか」

待て、ホップ。

【剣帝】《それ》が基準だと強いんだか弱いんだかわからん！

「亡くなったと聞いていましたが、生きておられたか！　ぜひ手合わせをお願いしたい！」

左近もか！

「とりあえず、移動しながら話を聞かせてもらおうか？」

近距離でにっこり微笑んで右近が言う。


「……ということは、帝国は九尾の手に落ちているのだね」

右近が変わらぬ声音で確認するように言うが、その後ろで左近と天音は緊張した顔を見せている。

「九尾と鵺《ぬえ》と、どちらが主導しとるのかはわからんがな」

ペテロにネタバレをしていいか聞いた後、知っていることをみんなに話した。

一緒に帝国の騎士に遭遇していること、推測に過ぎない話だということで、ネタバレの方はセーフのようだ。ペテロが、鵺の情報をすでに得ていたのも大きい。

「鵺は一般的に〝猿の顔、狸の胴体、虎の手足、尾は蛇〟と言われているね。けれど本当は、〝鵺の声で鳴く得体の知れないもの〟だよ。主体がなく、見るものによって姿を変える化け物だ。積極的に何かを起こしているのなら、九尾の身外身の方が動いているとみて間違いないよ。鵺の厄介さがなくなるわけじゃないけどね」

右近が教えてくれる。

鵺はトラツグミの別名と言われている。私は鳴き声を聞いても、特に何も思わなかったのだが、昔は不気味な鳴き声に感じられたらしい。それにしても、変幻自在な方の鵺か、心に留めておこう。

「ありがとう。結果的に、あの騎士達を捕まえるよりも得られた情報が多いわ」

半年がかりだったらしい天音に礼を言われた。

結果オーライではあったが、せっかくの仕込みをぶち壊してすまぬ、すまぬ。

「戻ったら確認しますが、斑鳩様がお戻りになる時、絡んできた者達で間違いないでしょう」

そういえば、ファストの宿屋で、〝去年は【皇帝】や【王】が、ごそっと引退した〟と聞いた気がする。

バベル達は、引退した【皇帝】の繋ぎでしかなかったのかもしれない。でないと、レベルが40にも満たない私をはじめ、異邦人に負けるのが腑に落ちない。

天音の一族は、他と比べてフソウから外に出ることの多い一族で、アイルをはじめとする他国にも名が知られているそうだ。

実は右近はもちろん、左近の方が家格が上なのだそうだが、外での知名度を利用して、斑鳩に絡んだ不審な騎士達をおびき寄せていたらしい。

「本人も周囲も気がつかないまま、少しずつ傾倒してゆくのは厄介そうだね」

寄ってくる魔物を【投擲】で倒しながらペテロが言うとおり、小さな変化に気づかず過ごしてしまうと大変なことになる。

まあ、ガラハドたちは、見分けるのが面倒なら全部神殿に突っ込んでしまえ！　な精神なのだが。

憑依の件といい、神殿の負担が大変なことになるのではなかろうかと心配していたら、儀式に使うのは『聖水』とか『神水』だそうで……。

『聖水』や『神水』のランク、量によって、それを補うように神官の祈祷《きとう》が必要なのだそうだが、

『庭の水』大活躍！　思う存分ぶっかけてるらしいです。ちょっと楽しそうだと思ってしまった私は悪くない。

『庭の水』はレーノも、体調《ぞくせい》を安定させるために一日一杯飲んでいるそうだ。『庭の水』は彼にとって、青汁か。

【傾国】にかかった者の見分けはそんなに難儀か。――フソウに近年中に戻った者達は、かたっぱしから解呪にかけたほうが良さそうだね」

「はい、きっと帝国の次はフソウが狙い。身外身が本体に戻りたがっているのかもしれません」

右近と天音が言い合う。

右近にはちゃんと【結界】習得のお知らせをしたのだが、話がよく聞こえるという理由でまだ白虎にタンデム。香を服に焚きしめているのか、右近が動くと、時々風に乗っていい匂いがする。気づくか気づかないかほどの微《かす》かさだ。

「ところでホムラとランスロット殿の関係は……？　主と呼ばれていたようだが」

「雑貨屋の店員さんだ」

左近にカルとの関係を聞かれたので、正直に答えておく。

一応、剣は捧げられているが、私の感覚としては雑貨屋の用心棒、兼、私が留守の時のラピスとノエルの保護者なのだ。今はリデルもいる。

「店員……？」

「店員」

戸惑うように聞き返して来た左近に、力強く言い切る。

「……」

「豪華な店員だね？」

黙った左近の代わりに、右近がニコニコと口を挟む。

「まあ、出会った時は怪我で思うように動けない状態だったし。偽名を名乗っとったしな」

ついでに当時、最強の騎士なぞいるの知らんかったし。

「ああ、それで〝カル〟？」

ペテロが納得がいったように言う。

「うむ」

本人もカルでいいと言うし、今更呼び方は変えられない。ランスロットよりカルの方が言いやすい。

「酒に弱い男が、あのガラハドだったとはな」

ルバが感慨深げに言う。

ガラハドは酒に弱くはないと思うのだが……、ルバには後で菊姫と飲み比べをしてみてほしいところ。

カルは別格として、帝国の騎士には称号に色を頂く名の知れた騎士がいて、ガラハドもその一人だった。

ネタ元だろう円卓の騎士の中の知名度を考えれば、ランスロット、ガラハド、ガウェイン、パーシバル、トリスタンあたりは、こっちでも称号があって然るべきという気はする。

「思い切りラフな格好な上、裸足の男が有名人なのか。名前的には納得だけど」

ペテロが嘆息する。

よかったな、ガラハド、その服パジャマにしてるのバレてない。

「あの格好で寝てそうだわよね」

前言撤回、天音が鋭い。

「ああ、船が見えてきましたよ」

ホップの言葉に、前方を見る。

左右から迫る崖の間に、日本海のような深い紺色の海が見え、船の帆柱が見える。近づくと、それは立派な帆船で、船の前の陸で若い男が手を振っていた。

「先に様子を見にやらせていた、私の店員のガリアンです。騎士じゃありませんよ？」

ホップが片目をつぶってみせる。

私たちの到着を見たのか、一斉に帆が張られる。風を含んで広がった白い帆が、紺色の海に映える。天気もいいし、風の強さも上々。道中、事件はあったがいよいよフソウだ。


紺碧の空、紺色の海、白い雲に白い帆。

風が気持ちいい……うそです、海風はぺったりと顔に纏《まと》わりついてます。船酔いは【酔い耐性】で対策バッチリなのだが、どうにも潮風というやつは苦手だ。

乗船後は、ルバが実は釣り好きだったことが判明。左近と一緒に甲板で糸を垂らしている。私は最初、ペテロと雑談しながら、初期装備でスキル上げのために【盗む】と【盗み防止】の攻防戦をしていたのだが、そこに天音が参戦。

女性に懐を狙われ、それを阻止するのは、絵面的に誤解を生みそうなので私は戦線離脱。初期装備で補正が無いとはいえ、最初のころのように動作が遅くはないので、見た目は怪しくないと思うのだが、異性とするには問題があるようなないような。

離脱の直接の原因は、天音とペテロの間で、苦無《くない》の攻撃が交ざるようになってカオスになったからだが。短い苦無同士、近距離で行う攻防はなかなか凄く、見学したい気もするのだが、君子危うきに近寄らず、だ。

「仲良いな」

と言ったら、天音からは「どこが⁉」と返され、ペテロからは苦無が飛んできた。

「釣れるか？」

「まずまずだな」

そんなわけで、船尾で釣り糸を垂れるルバの元へ様子を見に来た。

ルバは【釣り】スキルを持っているわけでなく、魔物交じりの魚ではない、普通の魚をスキル無しで釣るのが好きなのだそうだ。なので傍らにあるバケツを覗くと、見慣れた鯵《あじ》の姿が何匹か。

「今度はこれを餌にして、もっと大きなのを釣る。やってみるか？」

「頼む」

「ホムラ殿は、スキルは？」

隣で、こちらは【釣り】スキル持ちらしい左近が声をかけてくる、さらに隣には右近。

カルの登場からこっち、左近の呼ぶ私たちの名前に殿がついた。カルの登場で変わったというよりは、騎士たちをおびき寄せるまでが演技入りだったのだろう。その左近のバケツの中は、基本は鯵の姿で金属質な鱗を持つ『哲学アジ』。

「【釣り】は持っておらんし、海釣りは初めてだな」

「では右近と、ルバ殿と一緒ですね」

【採取】がなくとも採れる果物などがあるように、【釣り】がなくとも釣れる魚がいる。

評価4固定でランクも低めではあるが、普通の魚だ。食べれば少量ではあるがEPの回復もする。EPを消費する戦闘はキツイだろうが、普通にしている分には、食物が目の前にあるのに餓死とか笑えんことにはならない。

糸が絡まない自信がないので、三人から少し離れて挑戦。ハマチが釣れるらしい、あとスズキ。ルバから分けてもらった鯵は勢いよく潜って行く。

帆を広げる風は、波を大きくするまでにはならず、船旅は順調だ。

「左近、また釣れたぞ！　手伝え！」

右近の竿はぐいぐいとしなり、大物が掛かったことを訴える。

「右近、こちらも掛かった」

左近にも当たりが来ているようだ。

「どれ、手伝おう」

ルバは釣り上げた魚を手元に寄せると、スズキを樽に放って右近の補佐に回る。

はい、釣れていないのは私だけです。他は入れ食いなのに……左近なんて『師匠鰤《ししょうぶり》』とかいう大物を釣っているし。その上、右近も釣りは初めてなので、初心者だから！　という言い訳も通用しない。

いや、生き餌なわけだし、きっと針の先についている鰺くんが美味しくなさそうなのか、巧みに逃げてるにちがいない！

「ホムラには本当に掛からないな？」

「ピクリともしないようだな」

「鰺《エサ》のイキが悪いのか？　一度替えてみるか？」

右近、左近、ルバが口々に言ってくる。

「我ながらバツ技能でもあるんじゃないかと、そっと疑いを持ったところだ」

鰺くんは元気に泳いでいることは、竿から伝わる感触でわかる。

「魚影も濃いようだし、のんびりやればそのうち釣れるだろう」

その濃いところで今現在釣れないのだが？　ルバ？　隣で右近がくつくつと笑っている。

「まあ、まだ長いですから……、ん？」

左近の表情が固まる。

「！　右近、中へ！　天音！」

そして緊迫した声をあげる。

「海中だ、刀よりは弓がよかろうよ」

気づいたのは巨大な魔物の反応。

遠くからぐんぐん迫ってくるそれは、他にも多くの小さな――通常の魔物としては十分大きいのだが、対比としては小さな――魔物を引き連れている。

「一応、アクティブではなさそうだが」

【気配察知】はレベルが上がって、襲い掛かってくる敵《アクティブ》か、刺激しなければやり過ごせる敵《ノンアクティブ》かまで分かるようになっている。気配を感じるだけでなく、マップを出せばアクティブは赤く、ノンアクティブな敵は黄色い丸で表示される。

「右近様、こちらを」

左近の声にか、【気配察知】で認識したのかペテロと天音がやってきて、天音が右近にマストに縛り付けた綱のもう片方の先を手早く結ぶ。

「ホムラ、『浮遊』お願い」

一方ペテロはにこやかに『浮遊』の依頼。

「な！　そんな便利なものがあるなら、さっさと言いなさいよ!!　綱の必要ないじゃない！」

「慣れんと踏ん張りやら踏み込みが不安定になるが、いるか？」

一応確認。

「遠慮しよう」

「同じく」

「貰うわ！」

右近左近は無し、ペテロと天音に『浮遊』をかける。

ルバはいざという時、邪魔にならぬようバケツや樽などの転がりやすい道具を手早く片付けている。

いつの間にか船のヘリについた丸環と自分とを綱で結んでいるし、本当に鍛冶師なのか問いかけたいところ。

「ちょっ！」

「……天人？」

「どうりで強力な魔法を使う」

どうなるかわからんので、ＥＰ不足にならんように頭についてる羽を開いて浮いたら驚かれた。人間だと思われていた様子。

魔法の強さには知力が関わってくるが、幸運の値から考えても、知力の高さは大部分が種族のせいではない予感がしないでもなく。

しかも現在、全開にしていないのだが。私がだいぶ下のレベルに見られていて「レベルの割には強力」だと言われているのか、力を抑えたりないのかどっちだ？　いっそ完全にレンガード仕様で来ればよかったろうか。

などと考えながら、一口サイズのパイの肉詰を口に放り込む。くれと言うジェスチャーにペテロにも一つ。天音も丸薬のようなものを口に放りこんでいる。……二人ともさっきのあれで、スキルを使うところまで発展してＥＰが減ってるとかじゃないよな？

【断罪の大剣】も使える状態、いざとなったらルバとホップ、フソウ組を抱えて空へランデブーかな？　【帰還】【転移】をするならパーティーを組まねば。

「まさか、海竜ですか？」

「周期が変わったといっても、こんなに早くこの海洋に戻るなど今まで無かったことだ」

気が付けば船員たちが、甲板の上にあるものを船が揺れた時放り出されないよう固定したり、脱出用の小舟、浮き輪の確認と、大急ぎで作業をしている。船員たちを叱咤《しった》しつつ、船尾に来たのは船長とホップだ。

「希望的観測を口にしても仕方がない。この気配、大きさからいって、海竜『スーン』に間違いない。いったい何故……」

船より大きな海竜の出現に、船全体がピリピリしている。

「海竜は魔物を引き連れ、怒らせると怖い。けれど襲ってくることはめったにないと聞くけれど？」

「あの大きさです、海竜に悪気がなくても側を通られるだけで、船には大ダメージなんですよ、お嬢さん」

「海竜は、豊かな海の幸を引き連れてくる歓迎すべき存在だが、今はそうも言っていられないようだな」

天音の問いに答えた船長の言葉に、右近が吐息を一つ。

「何に興味を持ったのか、明らかにこの船を目指しているようだ。腹を括ろう」

左近の言葉に海竜の近づく後方を見る。

すでに、海中を移動する海竜らしき影から後ろに流れる渦まで見えるほど近い。海竜の周囲や、通ってきた海は水温が下がるらしく、海の色が変わって見える。やがて聞こえてくる海竜の声。

声？

『我は海竜スーン。そこに金竜パルティンの関係者がいるか？』

『あー、はい。何だ？　船に迷惑はかけたくないのだが……』

うっかり身に覚えがある私。

「金竜？　あの暴れ者と会って生きているものが乗船しているのか？」

【念話】に【念話】で答えていると、船長が冒険者であるこちらに視線を向けている気配がする。

『ああ、波は止めよう』

「おお、ありがたい」

あからさまにホッとした船長の声。

「海竜の【念話】って全員に聞こえているのか？」

「聞こえてるわよ」

まだ声が硬い天音の返事に、みんなの顔を見れば全員聞こえているようだ。相手に敵意のなさそうなことがわかり、少し落ち着いてはいる。

「関係者さん、がんばって」

「何だろうな。島のことかな？」

途端に気が緩むペテロと私。

ぴたりと凪《な》いだ海面に黒い影がどんどん浮かび上がり、ザヴァーーーッと海竜がその姿を現す。大きく海面が揺れてもおかしくない勢いだというのに、周囲に白い泡が立つだけで波は起きない。

「何の話だ⁉」

「ホムラは金竜に会ったことがあるの⁉」

「竜同士のいざこざに巻き込まれたか？」

せっかく落ち着いていたのに、海竜の登場にフソウ組は混乱している様子。

綺麗な青色。顔は青竜ナルンと少し似ているが、つるんと丸い印象のナルンと違って、体躯は地上にいる竜より細長く優美だ。そして、たくさんのヒレ。青の濃淡で彩られた海竜スーンは思いの外、美しい生き物だった。

まあ、バハムートは別格として、ハウスの場所探しで竜の島付近を通った時に、何匹か見かけただけで、まだスーンを入れて三匹にしかまともに竜に会っていないので、地上にも長いのがいるのかもしれんが。

『金竜経由で漏れ聞いたのだが、ほれ、そなたの庭に旨い水があると。この海を近いうちに渡るから聞いてみろと勧められたのでな』

おい。『庭の水』大活躍だな、おい。

『それで、ものは相談だが一樽分譲ってくれんかの？』

『一樽でいいのか？　島の周りを巡るのに態々《わざわざ》来てくれてると聞いたが？』

『それはそれ、金竜からすでに対価はもろうとるでの』

『了解。どうしたらいい？』

『今あるのかの？　樽のまま海に投げ入れよ』

海竜の言葉に従って、『庭の水』を樽のまま投げ入れると、剽軽《ひょうきん》な顔をしたアザラシが一匹現れ、樽を海竜の元へと運んでいった。

樽からアザラシが離れると、海竜が周りの海水ごとがぼっと。なかなか野性的な勢いというか豪快さというか。姿は優美でも魔物なのだなと妙に納得する。

『おう、おう。甘露、甘露』

嬉しそうな海竜の声が聞こえてくる。

『礼を言うぞ、小さき者。寿命が五十年は延びたぞ』

上機嫌なまま、声を残して海中へと姿を消してゆく。

「いきなり訪ねてこられると驚くな」

「いきなりじゃなくても驚くから」

小さくなる影を眺めながら呟くとペテロに突っ込まれた。

左近は固まっているし、天音は壊れた蓄音機のように「うそ、うそ、うそ」「なんで、なんで、なんで」と呟いている。

「ホムラ、僕は君の交友関係が気になるよ」

右近が海を眺めながら、呆れたように言う。

ルバが大きく息を吐いて、ひとまとめに寝かせておいた竿を拾い、仕掛けをあげようとする。さすがに四人とも悠長に糸をたぐる余裕はなく、針は海中のままだ。

「むっ……！」

折れるのではないかというくらいしなる竿、ルバがようよう釣り上げた魚は『海竜黒鮪』。右近の仕掛けには『海竜桜真珠鯛』、左近の仕掛けには『海竜紅真蛸』。私の竿には『海竜の鱗』五枚。

……此《こ》の期《ご》に及んで魚が釣れない私です。

「釣れぬ！」

「他がこれだけ入れ食いで、釣れないのは凄い。泳がせ釣りは腕もあまり関係ないしな」

左近が哀れみの目で見てくる。

海竜が連れて来た豊かな魚群がまだ船の周囲にいるため、ペテロたちや手の空いた船員まで釣り糸を垂らす中で、私だけが釣れない。

海竜の騒動後、何かを聞きたそうに遠巻きにこちらを見ていた連中も、今は釣りに夢中だ。糸を垂らして一分もしないうちに当たりがくれば、楽しくてしょうがないだろう。

騒ぎの口止料代わりに『庭の水』を一樽提供した。海竜に求められたということで、商人のホップよりも船長の方が興味津々だった。

うちの船に乗船中の客の様子をペラペラ喋る奴はいないから、と一旦は断ってきたのだが、船員ともども樽の中身が気になって仕方がないようだった。

本当は一人一樽ずつでもよかったのだが、「もっと勿体ぶりなさい」と、ペテロに止められた。

確かに高ランクなものを、あまり出しすぎるのも良くないと思い直した次第。ルバも鍛冶の焼き入れ用の水で欲しいと言っていたので、後でそっと渡そう。

そういうわけで『庭の水』でひと騒動あったのち、釣りを再開したのだが、私だけ全く釣れない。

「ホムラはお高い鱗釣ったでしょ」

笑いながらペテロが言う。

「あれは魚じゃないし、針にかかったわけでもない！」

鱗五枚は丁寧に釣り糸に結ばれていた。

釣り上げたら四方結びの完全にお土産状態だった。誰だ結んだの！　結んだというか、最後は針が糸にかけてあるだけだが、それにしても器用な……、まさかアザラシがやったのか？

鱗はかなり高価というか、手に入りにくいものだと言うが、コレジャナイ感が半端ない。だが、透明で薄青い水晶を削ったような鱗はそれだけでも綺麗なのは確かだ。

「魚の群れから離れるよ？　諦めて【糸】とか何かスキルで捕ったら？」

「うう、そうする」

ペテロの助言に従い、【糸】の『捕縛』を使えば、むちゃくちゃ簡単に大漁。魚どころか貝類もゲットだぜ！……虚しい。虚しいから食べよう。

串揚げにした『橙《だいだい》たらこ』大葉巻き『赤鎧エビ』『銀キス』『子持ち金昆布』白身魚を擂《す》って作ったはんぺん。

他にも刺身の盛り合わせ、そして酒。ビールと、もう在庫がないが材料の手に入るフソウが目前なので、日本酒も放出。魚の数々は左近が提供してくれた。

私の釣った——もとい、捕った魚も、釣り上がる前はランクの高い魚だったはずだが、あげた途端、魔素が抜けて普通の魚になった。

魔素入りなモノとそうでないモノが混在しているが、ランクの高い魔素入りなモノは該当スキルがない者が捕ると、魔素が抜けて普通のモノになってしまうそうな。

そしてスキルがない場合、結局普通のモノになるくせに、高ランクな魔素入りは、取得成功率が低くなっているそうで、異邦人《プレイヤー》はわざわざ狙わない。

【釣り】スキルがあれば【糸】で捕まえても高ランクが捕れるのかどうかは知らん。結局【釣り】スキルのレベルを上げんと、一定以上のランクは捕れないとかな気はする。

「うを、うめぇ」

「頭《かしら》、やばいですぜこれ」

「円盤ヒラメの薄造りに、酒が！」

船員たちも手が出せるように、取りやすいものと、大皿料理を並べた。なかなか好評なようでなにより。

「……聞いてはいかんのかもしれんが、ホムラは本当に何者なんだ？」

「Cランク冒険者で、雑貨屋？」

「それでなんで金竜と知り合いなのか、僕にはさっぱりだね」

左近の問いに答えると、右近が会話に交じってくる。

「いや、まあ、パルティンと知り合いなのは、コイツらのお陰かな？」

ローブの合わせに前足をちょこんとかけて、顔だけ出して差し出した串揚げをはぐはぐしている黒を見る。

「何だ？　何か文句あるか？」

睨んでくる黒。

懐から頭だけだして、食べかけの串揚げを前にすごまれましても。こういうのは何ていうんだ？　ツンデレじゃないよな？　デレツン？　いや、デレギレ？

とりあえず出ている頭を撫でておく私。「何だ、撫でるのか」という顔で串揚げをかじる作業に戻る黒。規格外ブラシのお陰で室外犬程度には頭の毛は柔らかくなった。

上半身はおとなしくブラッシングさせてくれるようになったのだが、尻尾と腹を含めた下半身に触ろうとするとまだシャーシャー言って暴れるんだよな。まあ、寝込みを襲ってブラッシングするわけだが。

「もふもふ愛好家なようなので、右近たちも騎獣に乗って会いに行けば気に入られるんじゃないか？」

三人とも立派な胸毛と尻尾の騎獣だ、きっともふりたくなるにちがいない。

「いや、そんな事で懐柔されるような甘い竜ではないと思うのだが……」

「まあ、あまり詮索するな」

ルバが助け舟のつもりか、左近に酒を注ぐ。

ミスティフの事をどこまで話していいか測りかねるのでちょうど良かった。フソウの三人はともかく、商人のホップはわからん。信用は置けそうではあるが、長い付き合いの顧客に頼まれたら、そちらの信頼を取るかもしれない。

黒は毛並みの点で、ミスティフと言っても信じてはもらえないだろうから、姿を見られても安心だが。

そんなこんなでフソウだ！

フソウは扶桑の表記で良かったようだ。伝説では、扶桑という名が表すものは、巨木もしくはそれが生える国。

〝下に湯谷があり、湯谷の上に扶桑あり。十の太陽が水浴びをする場所。扶桑の大木は水中にあり、九の太陽は下の枝に、一の太陽が上の枝にある〟太陽の国。

そして湯谷ということは温泉か、温泉なのか。

近づいてくる、大きな赤い鳥居の向こうに見える島に心躍らせる。先《ま》ずはあの島に上陸し、封印されるスキルの説明や、使える符の説明などをされるらしい。

海の中に立っている鳥居は、封印の裂け目のようなもので外界からの出入りはそこから、となっている。扶桑は国ごと封印の中にあるのだ。

「いよいよだ」

同じように鳥居の方を見ながらペテロが言う。

珍しくわくわくしている様子が外に漏れ出ている。念願の忍者も近いのだろうし、私もつられて嬉しくなる。
《お知らせします、扶桑に到達したプレイヤーが現れました。これによりカードゲーム機能を追加いたします》
《カードゲームは、『魔物』『スキル』などを写しとった『カード』で対戦するゲームです。『カード』は交換が可能です。また、『自分』のカードを作ることが可能となります。以降、カジノで対戦が楽しめます》
《詳しくはメニューをご確認ください》
《称号【カードマスター】を手に入れました》

赤い鳥居をくぐったら、カードゲーム実装のお知らせ。

「クレジットカードみたいね」

「ブラックカードでお願いします」

とりあえずネタに乗っておく。ペテロも同じ称号をもらったようだ。

「まず『ブランクカード』を手に入れなきゃなのか。迷宮60層以降でまれに落ちるって、どれだけ先の話なのこれ」

カードの説明を読んでいるらしいペテロ。

「称号は『ブランクカード』のドロップ率アップか」

「だね。まあ、60層にたどり着くまでは何の効果もないし」

「ああ」

しばらく放置になる称号をもらったようだ。


鳥居を後に、船着場に接岸すると目の前に石段があり、その先に木々に囲まれた神社のような建物がある。階段の手前に据えられた水盤で手を洗い、口をすすぐ。ような、ではなく神社なんだろう。鳥居も潜ってきたし、これで寺だと言われても困惑する。

「昔は海で水垢離《みずごり》をしたのだがね」

「今は手軽になりましたね」

右近と天音が柄杓《ひしゃく》を戻しながら言い合うが、私は底の見えない海に入るのは御免蒙《こうむ》りたい。どうするんだ、中に何かあったら！

「……ホムラさんの『庭の水』の方が浄化能力が高いですね」

ホップが何か柄杓に汲んだ水を眺めて、独り言を言っている。

石段を上がって、大きな拝殿に着く。拝殿の後ろに神々を祀る本殿は無いようなので、ご神体は背後にある扶桑の島そのものになるのかな？　ここでファルとか祀られていたらどう反応していいかわからん。

「ようこそ扶桑へ」

村人Aみたいな台詞だが、緋袴《ひばかま》を穿いた黒髪の巫女さんに言われるとテンションが上がる。

巫女さんの案内に従って、もともと扶桑の出の右近たちとは別れて拝殿に上がった。

商人用の手続きがあるというホップとも別になる。個人的な少量の売買なら問題ないが、店同士でやり取りするほどの販売量・大量に扶桑の品を外に持ち出すとなると手続きが面倒らしい。もっとも、毎年来ているため慣れたものなのだとか。

ルバは観光ではなく鍛冶技術の修得目的なのだが、こちらは一緒。

扶桑組の三人とはこれでお別れかと思ったが、「また後で」と右近が言っていたので、手続きが終わるのを待ってくれるつもりだろう。

しばし待つと、ドン・ドン・ドンという太鼓の音が響き、神主登場。神主が所定の位置についたと同時に太鼓の音がやむ。

「こんにちは、扶桑は初めてと聞きます。他の国の方には馴染みの薄い習慣や、もしくは今まで当然のように出来ていたことが出来なくなるなど、戸惑いも多いかと思いますが扶桑の国を満喫していってください」

登場が勿体ぶっていた割に、フレンドリーな物言いだ。

「まさか右近様方が、外の方を連れてこられるとは思っておりませなんだ」

フレンドリーなのは右近たちのおかげだった様子。

秦《はた》と名乗った神主から、扶桑でのマナーなどを聞き、『符』について説明を受ける。

扶桑では、基本神社の境内以外で、魔法など外に発現し影響を与えるスキルは使えない。スキルは『符』を介して発動させる。

『符』は、街中にも扱う店はあるが、各神社の社殿で入手することができ、この神社でも絶賛販売中だそうだ。また神社では神主や巫女によって、本人の持つスキルを『符』に込めるサービスもある。

「自分で作れるようになったりはせんのか？」

「修行をすれば可能ですよ」

おおう、入国したら神社に聞きに行ってみよう。とりあえず扶桑をあちこち見回って楽しむのが先だが。

その後、自分のスキルの『符』を作ってもらったり、作ったものをペテロと交換したりとなかなか楽しかった。

白紙の『符』は、込めることが可能なスキルレベルによって値段が変わる。しかも込める行為が必ずしも成功するとは限らない。

「二人でこれだけ『符』の交換で盛り上がれるとなると、カードゲームのほうも盛り上がりそうだね。コンプリート魂が燃え上がる」

ペテロが笑う。

「魔物のカードへの写しは、対象の魔石でするか、魔物本人に穏便にもらうか、だっけ？」

「そそ。『ブランクカード』拾いにいかなくては！」

ペテロのテンションが上がっている。

『符』というギミックも好きだろうし、忍者に近づいていることも嬉しいのだろう。珍しく分かり易く浮かれている。

買い物を済ませ、拝殿の裏から出ると、目の前には本島へと続く真っ白い海の中に浮かぶ道。その道の手前で右近たちが待っていた。

ホップもいて、これは買い物にすこし時間をかけすぎたかと少々焦る。


「さあ、いよいよよ！　ここから一週間、覚悟なさい！」

「はいはい」

「ああ、組紐《くみひも》か」

やる気満々キラキラした感じの天音の宣言と、ペテロのぞんざいな返事に賭けの存在を思い出す。

ペテロが私を――というか、私が持つ組紐を守り切ったら勝ち、奪えたら天音の勝ちだ。勝ったら天音からペテロが秘伝を教えてもらえる。天音の方は勝ったらいったいどんな得があるのか謎、いったいどんな口車にのせたのだろう。

この組紐、パンツの中にしまってやろうか、などと考えないでもないのだが、天音のあの思い切りの良さを思い出してやめた。

パンツの中に手を突っ込まれかねない、いやその前にシステム的にこのパンツ離れないのでそもそも組紐を隠す時点でダメだった。

「そそっかしいところもあるが、天音は優秀だ。深く考えたところで無駄かもしれんぞ。余計なことは考えず、信頼して任せたほうが、護衛も動きやすい」

一時期、左近の口調が「です・ます」交じりになったのを、『水』がすごいだけであって、私は私だからと元に戻してもらった。

殿付けだけは戻らなかったが、まあ仕方がない。そしてすまぬ、深く考えていたというよりは、ロクでもないことを考えていた。

「自由にどうぞ」

目があったペテロが笑いを含みながら答える。

白い砂の道を静かに寄せる波の音を聞きながら歩く。この道は夜には波に消えてしまい、時期によっては姿を現さない期間もあるそうだ。

空を飛ぶ騎獣を持つ者はこの道をクリアできるが、鳥居はどうしても潜らねばならない。そして、海竜の存在も相まって、扶桑への出入りはごく限られる。

「ランスロット様の騎獣は『深遠の森』で得たと聞くわ！　ノルグイェル大陸！　きっと嫋《たお》やかなエルフとのロマンスなんかもあったんでしょうね」

キラキラしながら妄想する天音が、忍者のイメージじゃないのだが。いやまて『忍び寄る者《ストーカー》』か！

「ちょっと、何か失礼なこと考えたでしょう⁉」

「いや？」

勘が鋭い。

あぶない、あぶない。左近の言う通り、余計なことは考えないことにしよう。

それにしてもカルとの関係を深く突っ込まれずに済んでいるのは、右近たちも自分たちの関係を深く突っ込まれたくないからか。

「右近様、海はなんで青いんでしょうね？」

演技をやめた天音は子供のようにあれこれに興味を持つ。いや、演技中も控えめではあるが、右近にあれこれ話を振っていたか？

「空を映しているからだろう」

右近の言葉に、それでは天気が悪い日は青くないのかと、つっこみを入れたいが、まあ夕日に染まる海というのもあるし無粋なことは言わん。

「風の精霊が空には多くいるからな」

ルバが空を見上げる。

「風の精霊が纏う衣が重なると、青い色を振り撒くと聞く」

ルバの答えが詩的だった。

私はうっかり青い光の波長が～とか考えてしまった罠よ。無粋すぎるぞ、私の思考！　氷が解けたら水じゃない、春になるのだよ！！　でもテストでは、出題者の意図を読み取ることも大切だぞ！

「ルバ殿は、鍛冶工程を学ぶのが目的でしたか。他人を受け入《い》れる工房は野鍛冶《のかじ》でもなければ見つけられないでしょう。当家から口利きしますので、その間屋敷に滞在して、祖母に雲雀様のお子の様子をお話しいただければ有難い」

心の中でやや混乱しながら自分を叱咤していると、左近がルバに話しかけている。

野鍛冶は、包丁やら鍬やら生活に密着した物を手がける鍛冶屋だ。刀鍛冶崩れもいるかもしれんが、ルバの望む鍛冶屋とは設備を含めて遠いだろう。

思わず、ルバが真面目に鉄を打っている時に、障子がスパーンと開いて、「ちょっと包丁かけちゃったんだけど〜！」と入って来るオカンまで想像してしまった。

「願っても無いことだが……」

ルバがこちらを見る。

「私はあちこち見て歩いて食材を探す。宿屋はあるんだろう？」

「ああ。では懇意にしている宿に紹介状を書こう」

「ありがとう」

左近の申し出に礼を言う。

「ファストに帰る前にはルバのところに顔を出したい、まずルバの落ち着き先を見てからかな」

職人気質のルバは、自分が納得するまで帰らないだろう。

今回のようにタイミングよく船に乗れるとは限らないので、それを見越して、『転移石』を渡してある。

あの鳥居を潜って海にさえ出れば、ルバも自力でファストに戻れるはずだ。

「まずは江都《こうと》ね。美味しいお店に案内するわ！　食べ歩いているうちに七日経つだろうし。もっとも七日経つ前に、その組紐を切らせてもらうけどね！」

天音が自信たっぷりに笑う。

話している間に白い砂の道は終わりに。

「さて、では私はこれで」

本土についたところでホップとはお別れ。

彼は、着いてすぐにある廻船問屋《かいせん》――海運業の店――を通して、まずメインの商談を済ませるのだ。その後、次の船が出るまでの間、商品になるようなものを探してあちこち歩く予定だそうだ。

「おかげで無事扶桑までこられた、ありがとう」

握手を交わして別れる。会おうと思えばまたアイルで会えるだろう。


最初の町は廻船問屋とかがある大陸の商人相手の店、と、大陸から持ち込まれる商品を捌いて各地に送る店がメイン。

少し見学はしたが、色々集まってはいるものの、個人に売ってくれそうな商品はいまいち。なんというか、職人ではなく、素人が作ったお土産物臭がこう……。

私の好みではないが――。

「レオが喜びそうだ」

「あー……」

呟いた私に、隣のペテロが深く納得している様子。

「江都まで他の町をいくつか通る。海産物以外はそちらか江都、良いものを求めるなら現地に行った方がいい」

左近が言う。

「なるほど」

確かにここで慌てて買う必要はない。

というわけで、魚の数々を購入。

「どれだけ食べる気よ！」

天音に突っ込まれたが、買える時に買っておかないと。

特に今は季節が移ろい始めている。帰る時に並ぶ海産物は別のものに替わっている可能性がある。


町を出ると途端に静か。ゲーム的にフィールドが切り替わったのもあるが、道に人がいない。扶桑では旅は朝立ちが基本で、こんな半端な時間に出立する人は少ないのだそう。

それでも左右の畑には、人の姿。そこを越えると途端に山道、扶桑は平地が少なく、島がそのまま、連なる山のようだ。

騎獣は、町中以外も許可がいるため徒歩でのんびりと。まあ、全員素早さの能力値が高いので、いつの間にか自然と早歩きになっていたが。

立ち並ぶ木々は杉や檜《ひのき》のようだ。こちらならば花粉症の心配がないので、おおらかな気持ちでいられる。おそらく材木にするのだろう、綺麗に手入れされ真っ直ぐに伸びている。

小さな村で、小さな家にお邪魔して、濡れ縁で休憩させてもらう。

「ありがとう」

お茶と漬物が出てきた。

「いや、こっちこそ、こんな異国のものを頂いて！」

休ませてもらう代わり、私が村人に渡したのはただのタオルだ。

こっちはやはりというか手ぬぐい文化で、珍しいらしい。そもそもが、私の服装が異国のもので、思い切り見られていたことが声をかけたきっかけ。

ホップが離脱して、格好が和風でないのが私だけという……。ペテロの忍び装束は別な意味で目立たないのかとも思うが、そこはスルーだった。

ぽかぽかと日向ぼっこをしながら茶を啜る。庭には二羽鶏が。

「藁屋根か。私の個人ハウス、小さな日本家屋にしたいんだけど、藁屋根もいいね。参考にしよう」

こぢんまりした村の小さな家が、ペテロの琴線に触れたらしい。

にこやかに交渉して、家の中を見せてもらっている。早い、早いな忍者。人付き合いというか人嫌いの気があるのに、そつがない。

「うわー……、外面！」

その姿を見て天音が引いている。

まあ、瓦屋根だと武家か商家のイメージだし、山奥に忍ぶ感じの建物なら、屋根は藁葺、茅葺、こけら葺あたりな気はする。

ペテロの場合、木々に囲まれた山奥ではなく、毒草に囲まれた家だが。

道中何事もなく、宿泊予定の町に到着。

まだ日は残っているが、次の宿のある町につくまで距離があるらしい。その辺のところは、土地勘のある3人に任せて、勧めに従ってここに泊まる。

日が暮れると、扶桑は闇と静寂に包まれる。住人の生活の基本が、朝日と共に起きて、日が沈むと共に休むというのは変わらない。

しかし、サウロイエル大陸にある国々では都市と呼ばれる場所の広場や大通りは、煌々と魔法の明かりで照らされていた。

扶桑では、自身の体内で完結するスキルはともかく、外に影響を与えるスキルは、島全体の封印の影響で『符』を通してしか使用できない。

そのため、一般家庭の主な明かりは『符』より安い、火を使った行灯《あんどん》だ。江戸時代、化け猫が油を舐めるアレである。まあ、魚油《ぎょゆ》を使っていたそうなので、猫が舐めるのは普通だったようだが。

「サウロイエル大陸でも夜のほうが、魔物は強くなってたけど、扶桑では段違いよ。夜は全く別だと思っていたほうがいいわ」

扶桑は闇が濃い、昼の扶桑と夜の扶桑では別世界のようだ。周囲の森どころか、町中にも夜は魔物が出るのだそうだ。

天音に釘を刺されたし、夜の外出は、昼の魔物と戦ってみてから様子を見よう。ここで神殿に戻されたら目も当てられない。

天音は、世話を焼きすぎて行動を制限してくる、私の苦手なタイプの気配がして、実は密かに戦々恐々としていたのだが、そんなこともなく。左近共々、忠告はしてくれるけれど、あとは自由にさせてくれる。

そう言うわけで、夜歩きはするなと注意されたが、日が暮れるまでは自由だ。旅籠《はたご》にチェックインして、また町に繰り出す。

扶桑組はそのまま部屋でゆっくりするそうで、ペテロと二人だ。

「プレイヤーが他にいないっていいね」

「うむ。雰囲気に浸れるし、混み合わなくていい。——私の格好をなんとかしたいところだが」

武器防具もおそらく売っていると思うのだが。

「じゃあ、とりあえず和服系の装備見つけに行こうか」

「うむ」

店っぽい構えの場所があれば冷やかしつつ通りをそぞろ歩く。

下駄屋、足袋《たび》屋、金物屋、紅屋——

「筆屋か。神社で買ったけど、こっちの方がいいな」

『だね。でも江都のほうが色々あるんじゃない?』

『確かに』

買わない方向の話なので、店内の他の人に聞こえないようパーティー会話。

お店の人と目が合う前に退散。

こんな調子であちこち見て回る。

「着物屋発見」

間口が大きく開いていて、外からも衣紋《えもん》かけに飾られた、艶やかな振袖や帯が見える。


「呉服屋、まさかの反物陳列」

「オーダーメードだね。時間かかりそう」

呉服屋——着物が売っている店で困惑する私とペテロ。

「はい、はい。いらっしゃいませ。旅の方ですか？　すぐにできますよ、うちはスキル持ちがいますからね！」

愛想のいい店員が揉み手をしながら出てきた。

「すぐとはどれくらいだ？」

「反物によりますが、この辺りの棚の反物でしたらすぐです。こっちの棚は少しお時間頂いて、四半刻」

どうやら反物は縫製の時間——いや、ランクで分けられているようだ。

なるほど、完全に現実世界の時間感覚で考えていたが、菊姫だって一度作ったことのある、生産レベルに対してランクの低いものなら秒で縫い上げる。

「防具ではなく、町着のようだが」

「記念に一着くらいは欲しいね」

と、いうことで購入！

二人とも紬の着流し。四半刻待つことになるが、さすがに待ち時間0のものより、このランクのモノの方が選びたいと思える色や風合いのものが多かった。

帯やら足袋やら、メイン以外の小物を選んだり、店員から生地の種類の説明を聞いたり、菊姫が好きそうな帯を一本買ったりで、30分はすぐに過ぎた。

紬というのは節のある糸で、糸自体を先に染め織り上げた布。節のある糸は織り上げた時にざっくりした風合いになる。

ペテロは黒よりの紺、私は青藍かな？　そして翻る羽織。

「いつの間に」

「いや、これマントだ」

マント鑑定結果【装備に合わせますよ？】
手甲鑑定結果【……うむ】

……安心したような、微妙なような。新撰組の浅葱《あさぎ》色のダンダラにされるよりは目立たんでいいが。

「ホムラの装備って……」

「装備が思い通りにいくと思うなよ？」

「どういうことなの」

笑うペテロ。

楽しそうというか、まだ時々笑いを浮かべるペテロと和装で町歩き。

「ホムラ、左近たちも江都か産地のほうがいいって言ってたでしょ」

「つい」

食器を扱う店で目移りをして、手を伸ばしたところで止められる。

だが欲しいぞ。

「気持ちはわかるけどね。私も買おうかな？　綺麗なものより、このくらい素朴なほうが合う気がする」

そう言って箱膳を見るペテロ。

箱膳は、食器をしまっておける箱になっている。箱の蓋を外し、ひっくり返した蓋に食器をならべ、箱を台にして使うものだ。

時代によっては普段使いのものであり、この町で扱うものが江都よりランクが下なせいなのかは分からんが、今ペテロが見ているのはちょっと無骨というか、素朴な印象。

他にも漆塗りのお膳とかもあるのだが、どうやらペテロの目指すハウスの小物には素朴なものの方がいいようだ。

この店にはお膳やお盆、焼き物の皿などが所狭しと並んでいる。

「流石に扶桑で猫足テーブルを出すのもなんだし、私もお膳を買おう。もしくはこの、ここで浮きまくってる竹の皮」

「食器扱い」

ペテロの語尾にｗｗｗが見える。

結局ここの店でも、他の店でも色々買った。なお、竹皮は使い捨ての弁当箱扱いでした。

江都まで一日半、途中最低でも一泊する。大鳥居を潜ったのが昼過ぎ、観光しながらの道中――

「寝たいのだが……」

右近たちの予定にもよるが、急ぐふうもないのでもっとかかるだろうが、とりあえず今現在寝たい。

旅籠《はたご》――宿屋のうち、食事が出るものが旅籠と呼ばれるそうだ――は華美ではない老舗。

温泉はなかったが、湯殿《ふろ》が広く、料理もうまかった。事件は、マント君に手ぬぐいはパンツではありません！　ということを理解させるのに少々手間取ったくらいか。

「ふん！」

「寝ててどうぞ」

人の部屋で対決している二人。

壁や畳を蹴っての空中戦、調度品を軽く揺らすことはあっても、壊すことなく静かにやりあっている。響くのは刃物のぶつかり合う高い金属音のみ。

が、寝ようとする身には五月蝿《うるさ》い。部屋は三部屋、ルバと左近が一緒だ。そして今、左近は右近の部屋の前で警護についているはずだ。……ログアウトしてしまえば問題ないか。ペテロもそう思っているからやっているのだろう。

天音が昼間に仕掛けてくることは少ない。ペテロとの賭け事より、右近を優先しているからだ。

仕掛けてきたとしても本気というよりは、右近にじゃれあいを見せて楽しませるために思える。

まあ、そのしわ寄せが夜に来ているのだが。

というかペテロのレベル今いくつだ？　レベルというよりはスキルか？　広い場所を真っ直ぐ走るスピードはレオに劣るが、狭いところでの移動はスピード特化に近そうなレオより、ペテロが優っている気がする。

船中で普通に天音とやりあっていたし、猿の魔物《エイル》も苦にした様子はなかった。青竜のクエストも出していたし、幼児誘拐犯の親玉を暗殺《やっ》したのもペテロな気がする。

見ていないが、ステータスの能力値はおそらく【隠蔽】している。どこまで暗殺者クエストが進んでいるのだろうか。

ああ、そういえば私も暗殺依頼を放置してるな。あとで破棄手続きしてこねば。まだペナルティーが発生するような依頼レベルに達していないが、礼儀として放置は良くないだろう。

ついでに受けたままの冒険者ギルドの依頼をチェック。『ヤグヤックルの角』の納品がある、いつから放置してたんだ私。己自身のズボラさに嘆息しながら黒を撫でる。

「やめんか！」

懐にいた黒を引っ張り出して、寝巻に着替えさせ、布団に引っ張り込んでいる。

添い寝は良くて撫でるのはダメとはこれいかに。撫でるのもそうだが、相変わらずブラッシングしようとすると抵抗するので、あとで寝込みを襲おう。褒めながらのブラッシングというのも試してみたいところ。

扶桑の季節はもう冬に移ろうとしている。ファガットは年中常夏だし、ジアースもアイルも雪は滅多に降らないらしい。

比べて、扶桑は雪も降り四季のはっきりした国だ。この宿の料理も、蒟蒻《こんにゃく》、豆腐、茄子の山椒《さんしょう》が少し利いた味噌田楽、金目鯛の煮魚、松茸の吸い物、舞茸ご飯、刺身の盛り合わせ、香の物と秋と冬の気配を感じさせる。

いや、あれか。他の国々がメインといえば肉！　な料理で、季節感が果物の種類や、寒くなったからシチュー！　とか、そんな感じではっきりしないだけか？　肉に脂が乗ってきたら冬だ、みたいな。

『扶桑山椒』『扶桑山葵《わさび》』『扶桑大豆《だいず》』。名前の頭に扶桑がつく、この国の食材はみんなランクが高い。食材も手に入れて、新たな敵とも戦ってみたいし、温泉にも浸かりたい。

「おい、この状況で寝るのか⁉」

黒が何かを言っているが、もうログアウトボタンを押してしまった。

今更キャンセルも面倒だし、起きてから聞こう。

そういえば、ペテロはいつログアウトするのだろう？　天音が左近と護衛を代わったらか？　強制ログアウトが来る前に、休憩とれよーと思いつつ、意識が遠のく。

明日からも楽しみでしょうがない。

二　鬼の宴

宿で起きると、早寝したためまだ夜中と言っていい時間。現実世界なら起きやしないのだが、この世界では余計な眠気はない。隣ではペテロが寝ていたが、寝る前に送ってきたらしいメールが届いていた。

ペテロ：ちょっと仮眠とる。さすがに眠いｗ　明日には走って追いつきますｗ

だ、そうだ。三時間ほど寝るつもりかな？　現実世界の睡眠は大切だ、きちんと寝てほしいところだが、扶桑を楽しみたい気持ちもよくわかる。

右近たちは旅を楽しむように、騎獣も使わず徒歩で移動し、名所があれば寄っている。こっちで一日寝ていても、ペテロの足ならば十分追いつけるだろう。

で、扶桑の夜中に起き出した私は何をしよう？

死に戻りが怖いから夜は様子見と言ったな？　あれは嘘だ。

パートナーカード一覧から、任意の人の居場所まで転移できる『ヴァルの風の靴』。今死ぬとアイルの神殿に戻されることになるのだが、ペテロとルバがいる限り戻れることに気づいた。宿を抜け出し、街道を外れてお散歩中。外れて、と言っても杣道《そまみち》だが。

切り絵図《ちず》を見ると、扶桑の街道は海に沿って山の際にある。山が海に近いのだ。スキルが使えないためか、街道も町から離れると狭く、最低限の整備だったりする。代わりに地図には表示されない猟師や、山の恵みで暮らす人々が時々通る、整備がなされていない杣道はあちこちにある。

【暗視】は、白黒映画にうっすら色がついて見えるような、結構な精度だったのだが、扶桑《ここ》では月が明るい夜程度の見え方だ。【暗視】は切ったほうが、情緒があっていい。

出てくる敵は確かにエイルより強いが、フル装備のせいか対処が困難ということはない。

マント鑑定結果【本気ですよ、本気、という気配がする】
手甲鑑定結果【……うむ】

……まあ、レベルの割にステータスは反則的に上がっているので問題ない。

赤い火が暗がりから急に飛んでくるのを払い、落ちたモノを見れば蜂だ。この蜂は飛ぶときだけ赤い怪火で覆われるらしく、【鑑定】結果の名前も『赤蜂』だった。

どこかに巣でもあるのだろうか、進むにつれて飛んでくる数が多くなる。速い上に小さく、触れられると【燃焼】の状態異常をくらうのでなかなか厄介だ。

赤蜂を五匹、六匹と落としていくと、濃い影のように黒い僧侶の形をしたモノが、錫杖《しゃくじょう》片手に殴りかかってくる。時々覗く歯だけが白い。

この『陰坊主』という魔物は歯が覗いている時だけ、こちらから触れることができる。初遭遇は、剣で受けたはずの錫杖が肩に届いてダメージを食らった。

打ち合うことができないため、避けるしかない。木の根や枝が手を伸ばす杣道で避けるのはなかなか厄介だ。しかも相手は、木の枝どころか幹さえもすり抜けて錫杖を振るってくる。

【運び】があるので足元は問題ないのだが、いかんせん移動するスペースが限られる。不用意に刀を振るうと枝に邪魔される。シンのように拳で戦うか、ペテロのように短刀などで戦う職のほうが効率が良さそうだ。

距離を取った途端、陰坊主が口を開けて白い歯を見せる。【縮地】で一気に距離を詰め、邪魔する枝ごと両断。バベルとの試合の時には、避ける時にしか役に立たなかった【縮地】だが、魔物相手には使い勝手がいい。狐狸の類の魔物も襲ってきたが、この陰坊主が一番厄介だ。

ルバの『月影の刀剣』は、【斬魔成長】が付いているため、途切れることなく細かいのが襲ってくるフィールドでは大活躍だ。

魔物を倒すほど与えられるダメージが増える。休憩を入れたり、フィールドが切り替わると初期値に戻ってしまうので、ボス戦時にはあまり効果がないのだが。

ランクは65、特性の【装備ランク制限解除】のおかげで私のレベルでも装備が出来ているが、扶桑の敵のレベルが60からなため、今までのように楽はできない。

それに夜の敵はレベルも一段上がる。

玉ねぎのみじん切りと、ピクルスのみじん切りをのせたホットドッグをかじりながら、せっせと赤蜂を狩って攻撃力を上げている次第。

皮がパリッとしたソーセージ、表面だけ軽く焼いた柔らかいドッグロール。粒マスタードにケチャップ。美味いのだが改良の余地ありだ、動きながら食べるとみじん切りがポロポロ落ちる。

山の中に似合わぬ、楽しげな笑い声が聞こえる。その声に向かって暗い道を行くと、急に視界が開けた。枯れ野に青い鬼火が幾つも浮かび、夜露を光らせている。

結局、赤蜂の巣は見つからなかったが、代わりに何かを見つけたらしい。

鬼火の中心で、十二単のような格好の女が扇を片手にゆるゆると舞い、白拍子の格好をした幼い二人が女の動きに合わせるように舞う。そしてそれを眺める鬼たち。

赤銅色をして腕や背中に剛毛を生やした鬼。

青丹《あおに》を刷いたような土気色をした肌の二角。

一つ目、一角。

異形のモノ。

それぞれ大きな杯を持ち、酒を喰らっているようだ。人に近い姿をしたモノもいるが、鬼たちの宴であるらしい。

よく見れば舞う女も、微かな笑みを浮かべた赤い口から、ちろちろと火を吐いている。

目があった。

「臭い、臭い、陽《ひ》の臭いがするわぇ」

ピタリと舞いを止めて、女が言う。

「おう、おう、確かに」

「覗くのは誰じゃ。喰うてやろうか」

「そうじゃ、宴の馳走《ちそう》にしよう」

「肉を喰らおうか」

「おうおう、では我は目玉をすろう」

女の言葉に鬼たちが嗤《わら》いながら言う。

そんなに臭うのか私？　いや、陽の匂いなら良い匂い？

「おい、お前」

女と同じく人の姿に近い男の鬼が声をかけてくる。どう考えても私のことだな。

「邪魔してすまんな。通りすがりだ」

おとなしく木々の間から抜けて言う。

「なんじゃ、男か」

「喰らうなら、女がいいのぅ」

「子供の肉がいいのぅ」

「まあ待て、男も酒漬けにすればなかなかよ」

獣と人が混じったような半裸の小さな鬼たちが多いが、直衣《のうし》を着た男たちが何人か。人に見えるが、女と同じく、口から火を吐き、時々角を持った鬼の顔に変わる。人の姿に近く、服を着ているモノたちが場を仕切っているらしい。

「うるせぇ！　黙れ！　俺が話してんだよ！」

平安貴族のような格好の男たちの中で、一人だけ武家っぽい装束の大男が怒鳴る。

最初に声をかけてきた鬼だ。一人だけ太刀を佩《は》いて、他の男たちのように冠や烏帽子《えぼし》をつけていない。

「おう、あんた。俺と殺《や》れ」

男は嬉しそうに物騒なことを言ってくる。

「酒呑《しゅてん》はそればかりよ」

「いや、酒にも弱いぞ」

「野蛮な男よのう」

酒呑童子です。どう考えてもボスクラスです。

「ホホ、私の舞いの代わりに二人が舞うかぇ」

女が口元を扇で隠しながら笑う。端から覗く唇が赤くつりあがっている。

「酒呑が剣を抜くなら、私は見る側じゃ。場所を譲ろうぞ」

「ふむ、紅葉の舞いより面白ければ許そうぞ」

「いやいや、紅葉の舞いより良いということはあるまいよ」

「だが、たまにはいいのではないか」

「ああ、たまにはいい」


鬼どもが認め、輪の中心に行く羽目になった。

鬼女紅葉も有名どころな気が……。あれか、まさか菅原道真とか崇徳天皇とか……いや、それは鬼じゃない怨霊だった。いや、鬼も怨霊も似たようなものか。

酒呑童子はどうやら、私の提げていた抜き身の剣を見て手合わせしたくなった模様。戦闘脳は困ります。

紅葉に代わって、鬼たちの囲む輪の中心で剣舞いを披露する、私と酒呑。

断れる雰囲気ではなかったし、断ったら断ったで、全員相手に戦闘とか、そんな雰囲気だったので結局受けた。

酒呑は強いものと戦うのを好むらしい。対戦前にEPの回復もさせてもらえたし、他に異常があるなら今のうちに治せと言ってくるあたり、フェアではある。

……が、弱ければすぐに興味を失って、他の鬼どもが齧《かじ》りつこうが引き裂こうが、一瞥もくれないだろう。

月影の刀剣の背で酒呑の剣を受けて、流す。峰で受けんと、刃こぼれしそうな剛剣。

黒髪黒目だったはずの酒呑が、今は炎のような紅い髪と炯炯《けいけい》と光る紅い目、先ほどまではなかった二本のツノを生やした異形と化している。筋肉が盛り上がり、倍に膨れたようなその腕に、胸に、紅い模様が浮かぶ。

「愉快だぞ、人間！」

「生憎今は人間じゃないのだがな」

まあ、最初は人間だったたし、現実世界でも当然人間なのだから感覚は立派な人間だが。

一歩踏み込んで横薙ぎに払うのを軽々と避けて、笑みを深める酒呑。

「いいぞ、いいぞ！　こんなに愉快なのは斑鳩と戦って以来だ」

元剣帝殿の名前が出てきた。

振り下ろされた剣を避け、酒呑の脇を抜ける。周りを囲む鬼ども《ギャラリー》が囃《はや》し立てるが、酒呑に神経を傾けているため、言葉は意味をなして頭に入ってこない。

サキュバスよりは、動きの予測は楽だ。羽もなければトリッキーな動きもなし。

ただし、対処するとなると話は違う。斬りつけてくる剣の速さ、重さ。こちらの動きを読んでいるだろう二の手、三の手。読み合いで勝たねば、重い一撃を剣で受ける羽目になる。

幸いにも剣で受けるほどの僅かな余裕はあるのだが、ステータスが跳ね上がっている今の状態でも、力負けして手がしびれる。

速さにはついて行ける。

サキュバスはテレポートを使っていた。対処はどうした？

ペテロと天音はどう戦っていた？


合わせた剣を滑らせるようにして、酒呑に向かって踏み込む。剣を握った拳で、押し返される力をこちらから剣を軽く引くことで逃がして、膝を狙って斬り込む。

「っち」

再び入れ替わって酒呑が飛び退く。

振り向きざま放った一撃は軽く避けられたが、私も向きを変えて酒呑と正対する体勢を整えた。


酒呑の目が紅から金に染まる。

小麦色の肌に刻まれた赤い模様から、色が滲む。

視界になびく白は私の髪。

位置を入れ替え、避け、打ち合う。

顔をかすめる剣圧の風。

踏み込む足、閃く白刃。

視界が広がり、俯瞰《ふかん》するような不思議な感覚。

気配も匂いも遠い、遠いがはっきりわかる。

音も振動も、皮膚という皮膚、全身で感じる。

目の前の相手の神経の動き、離れた鬼どもの肉の動き。

見るとは無しに視て、把握する。


心は凪いでいるのに、なんとも言えない高揚感。

ああ、お腹が減った——！


「すまん、ＥＰ切れだ。食わないとやばい」

締まらないし、格好悪いが、ここで引いてくれないと大惨事です。

「ちったあ我慢できねぇのかよ」

酒呑の金色だった眼が黒く変わり、赤い髪も黒く染まってゆく。ツノが縮んで消え、大きかった体躯も、ため息とともにギリギリ人の範囲に収まるくらいに縮んでゆく。はい、目に見えて脱力されました。

「すまん、すまん。今、私の《はら》ＥＰが空《がへる》になると障《さわ》りがあってな」

いや、無いかもしれんのだが。

果たしてここの封印は九尾が対象であるのか、傾国が対象であるのか。

九尾が対象だった場合、私の【傾国】はただ漏れるだろうし、傾国が対象だった場合は、封印の許容量を超えたりしないだろうか、とか。

【傾国】の封印ならば、【称号】が対象な気がするのだが。【スキル】の方に制限がかかるというのがよくわからん。

九尾の【傾国】はスキルとしても使える系なのか？　職業【傾国】とか言って、各種スキル取り揃えているとかだろうか。私にも不穏なスキルが生えまくってるのだが、見ないふり極意だ。

「しまらぬのぅ」

「久方ぶりに楽しんでおったに」

「まあ、愉快だったわぇ」

「愉快だったのぅ」

鬼たちがクツクツと笑う。

「ああもう、しょうがねぇなぁ。来い」

そう言って私を小脇に抱える酒呑。

「いや、あの。一人で歩けるが」

来いと言っておいて、何故運ぶ。

いくら腹が減っているからといって、ついて行くくらいはできるぞ。

のっしのっしと歩き、対戦する前の席に戻り、私を横に置く。

「ほら」

渡されたのは朱色の大盃《たいはい》、もちろん中身は酒だ。宴会の肴《さかな》を脇目で見る。下戸だと言いたいところだが、これを飲まないと次に来るのは得体の知れないアレだ。

「旨そうに見えるだろうが、やめておけ。夜のものを食うと、戻れなくなるぞ」

酒呑が小声で囁く。

旨そう？　不審に思って見直せば、ぽこぽこと泡立ち、その泡がぷすぷすと潰れては、深緑色の湯気を吹く物体だったものが、今度は瑞々しい桃や、よく焼けたぷっくりと膨れた子持ち鮎に見える。

知らんうちに【ヴェルスの眼】が発動していた様子。

……普通逆じゃあるまいか。おいしそうな状態を見てから、教えられて見直すと実は……っ！　じゃないのかこれ？　私としては引っかからずに済むので万々歳だが。

酒呑が私を抱えて移動をしたのは、他の鬼たちに呼ばれる隙を与えないためかと合点がゆき、大盃を受けて一気に飲み干す。

【酔い耐性】のおかげで一気飲みをしようが、ストローで飲もうが、全く平気なのだが、慣れないせいか喉が焼けるようだ。

「私は下戸なんだがな」

ギリギリ呟き込むのを免れて、空になった盃を酒呑に返す。

「おいおい。鬼をも酔わす酒だぜ？」

受け取った盃の底にわずかに残る酒を呆れたように眺め、「どこが下戸だよ」と呟く酒呑。その空の盃に酒を満たす。

「無粋だが酔わないスキル持ちだ。――すまんが、ちょうど日本酒は切らしていてな」

鬼ならば度数の強い酒だろうと、最初火酒を思い浮かべたが、口の広い盃に火酒《ビール》はないだろうと思い直し、注いだのはラム酒。

菓子とカクテル用に造った風味の強いダークラム、その中でも菊姫を酔わせてやろうと、アルコール度数を追求してみた、ドワーフ向けに造った火酒――日本ではアルコール度数に制限があるが、海外では60度以上あるビールが存在するので、それ――より強い一品です。なお、菊姫は若干陽気になった程度で、うれしそうにラムをなめていた。

多分、菊姫の飲み方が正解なんだろうな、と思いつつ大盃いっぱいに注ぐ。

「ほう、外《と》つ国《くに》の酒か」

「異国の酒ぞ」

「匂いが違うな？」

「色も違うぞ」

鬼たちが覗き込む。

「どれ」

酒呑も興味津々といった様子で盃を呷《あお》る。

「ぶっ！　ゴホッ！　ゴホッ！」

「あ、すまん。強すぎたか」

種族からしても、酒呑という名前からしても、どこまでも強い酒がいけそうなイメージだったが、限度があったらしい。

「……いや、大丈夫だ！　旨い酒だな！」

咽《む》せてたくせに、不自然に明るく言う酒呑。

ネタで造った酒なので、一樽しかない。これからも造るべきか迷う反応だ。

ラムの材料になる『神の糖枝《とうえ》』は、親指ほどの太さで、少し赤っぽく私の肩ほどしかない。現実世界の砂糖黍《さとうきび》のイメージと違い、大分小さい。ただ、大きさを裏切って採れる砂糖の量は多いため、酒を造る余裕がある。

「ほう、旨いのか」

「酒呑が旨いといったぞ」

「あの酒好きが」

「美味いのか」

「美味いのだろうなぁ」

「飲むか？　もう少し飲みやすいのもあるぞ？」

油断のならない鬼どもだが、恐れや忌避は感じない。感じるべきなのかもしれんが、紅葉の舞いは怖いほど綺麗だったし、酒呑との手合わせは愉しかった。

度数を落とした酒の樽を据え、再び宴会が始まる。

紅葉が酔っているのか恍惚とした表情でゆらゆらと舞い、直衣姿の幾人かは楽を奏で、目ばかりが目立つ手に乗るような小さな鬼や、そばで見るとギョッとしてしまうようなモノどもも、樽から失敬しては酒に悦んでいる。

酒から琥珀色の紅茶に切り替えて、その様子を眺める。鬼たちの興味も私から、酒へと移り、自分たちの愉しみへと移っている。

「おう！　あんた、名前は何てんだ？」

「仮面をかぶっている《このすがたの》ときは、レンガードと名乗っている」

今更ながら名乗る。

酒呑に本名を名乗ってもいいような気になっていたが、周りにいる鬼どもに果たして名を聞かれて平気なのか迷った末、レンガードを名乗る。

「俺は酒呑ってんだ。あんたとの手合わせ、面白かったぜ！」

「ああ、私も」

やたら距離を詰めてくるので、よくいる酔うと人の体をバシバシと叩いてくる系の酔っ払いかと思ったのだが、気づけば私によじ登ろうとしたり、髪についてきたりする綿毛のような小鬼を、時々払ってくれている。

気配の薄いこの鬼たちに憑かれるのは、人にとってあまりいいことではなさそうだ。やがて諦めたのか小鬼たちは近づいてこなくなった。

「でもなぁ、ＥＰもそうだが、エモノがそれじゃあ不足だろうよ」

「エモノ？」

「使ってる剣、あんたにゃ物足りないだろ？」

はい？

「いや？　とても助けられているが？」

むしろ不相応な剣を振り回している自覚がある。

「じゃあ聞くけどよ、その剣でまともに俺の剣を何度受けられる？」

大盃を傾ける酒呑に聞かれる。

「……刃こぼれはしそうだな」

「もっといいのにしろよ。あんだろ、髭切《ひげきり》だとか言うのとか」

酒呑さんや、貴方が名前を挙げたその日本刀、鬼を切った伝説作って、最終的に鬼切丸《おにきりまる》とか呼ばれないか？

「この剣は気に入っているんだ。それに、まず自分のレベルをあげんとな。高ランクな物は装備できん」

否定の意味をこめて、ひらひらと手を振る。

『月影の刀剣』はよく手になじむし、【斬魔成長】が楽しいのだ！　とても気に入っている。それに比較対象の問題で、酒呑が強いだけだろう。自分の腕力に不安を感じたことはあっても、今までルバの打った剣に不安を感じたことはない。

「あんたレベルいくつだ？」

「39」

「ぶほッ！！！！！」

酒呑が盛大に噴く。慌てて上半身をそらして回避。汚いな、おい。

マント鑑定結果【驚かないと思っていることに驚いた、という気配がする】
手甲鑑定結果【……うむ】

ちょっとマントさん？

「な、な、な⁉」

「何だ？」

「何だじゃねーよ！　39であれなのかよ！！！」

鬼に驚かれた罠。

「無粋な男よ」

「せっかく良い心持ちが」

「声を張るなら詠《うた》にせよ」

口々に言う直衣姿の男どもは、にじむような姿ではっきりとしない。人型の鬼で、はっきり見えるのは酒呑と紅葉だけだ。

「ホホ、男の相手では面白くないであろ。私と遊ぶかぇ？」

いつの間にか紅葉が隣に座り、しなだれかかってくる。

酒呑が大声をあげたせいで、意識がこちらに向いたようだ。顔も判別できないのに、他の鬼たちがこちらを見ているのがわかる。

「私の味は酒《ささ》より酔えようぞ」

頬から首筋を白い指が這い、紅葉の顔が近づいてくる。

「紅葉、よせ。こりゃ俺のだ！」

「うぐっ」

酒呑のでかい手で、顔面を覆われ酒呑の方に引き寄せられる。

「お前がコイツを抱いたら、手合わせできなくなるだろうが！」

いや、あの、パンツ穿いてますし。私が抱かれる方⁉

「剣狂いのそなたでも、酒と女はきらしたことがあるまいに」

袖で口を覆って、酒呑を揶揄するように笑う。

【房中術】で精気吸うようなのに渡せるかよ」

今、不穏な単語が聞こえたが、そろそろ離してくれんと窒息する。

あと、酒呑、私を拘束するなら、責任持って口よりマズイところに紅葉の手が行きそうなのをなんとかしてください。って、限界です。

「窒息する！！！」

もぞもぞと動いて酒呑の腕を外し、息を大きくついてから声を上げる。

「……ほんに、情緒のない」

「って、コラ‼」

今度は酒呑が止める間もなく紅葉に唇を奪われる、奪われたのだが。

相手が【房中術】を使ってくるなら奪い返してもいいよな？

「あ……」

半ば酒呑の膝に抱えられるようになっている、私の膝に崩れ落ちる紅葉。

十二単を着てガッチリ固めているはずなのに、抱きとめた体は不思議と柔らかい。

「よし、勝った！」

「ええっ⁉」

酒呑に驚かれたが、目には目を、歯には歯をハンムラビ法典。

精気は吸っていないが【房中術】使用。説明には精気を吸う項目もあるけれど、紅葉に精気があるのか謎だしな。親しい人たちには隠したいスキルだが、相手が使ってくるなら対抗も辞さない所存。

酒呑があんぐりと口を開いて固まっている。あまりにも動かないので、そっと手を添えて閉じてみる。

「なんで紅葉の方が堕ちてんだよ！」

はっと正気にもどった酒呑が叫ぶ。

「私も【房中術】で対抗したから？」

事前情報、ありがとうございます。

「いや、いくら持ってるからってお前……、紅葉だぞ？」

「なんだ？」

「いや、いい……」

うわぁっ、という顔して目を伏せながら逸らすのやめてくれんか？

身の厚い『扶桑鯖』の一夜干し。水っぽくならないよう、茹で上がった後に醤油洗いをした春菊のおひたし。春菊は好き嫌いがあるので、もう一品、青梗菜《ちんげんさい》のおひたし。みりんと醤油をかけ回し、青梗菜の方には柚子を少々。

鯖の身から出た脂が、まだじゅうじゅうと小さな音を立てて表に吹き出している。箸をつけるとぱつんと皮が破れ、白い身から湯気が上がる。ふっくらとした身に、身と皮の間の脂がしみて幸せな味がする。脂ののった鯖の箸休めに春菊のおひたしを摘めば、口の中が爽やかだ。

「うめぇ」

酒の飲める酒呑は、おひたしではなく酒で口内の脂を流しながら食べている。ダークラムは流し込むには強すぎたのか、自前の酒のようだ。

「ぬしさま、お口を」

「いや、あの。冷めないうちに紅葉にも食べてほしいのだが」

自分で食べられますので、あーんはやめてください。

あと、そっと〝夜のもの〟を混ぜてくるのを止めてください。私が提供したもの以外も、食べられるものが混じっているだけにタチが悪い。

「我らの界で共寝をしようぞ」

肩から半身をつけるように、ペッタリとしなだれかかってくる紅葉。

「そういえば、あんたは何でここに来たんだ？」

酒呑に肩に腕をかけて引き寄せられ、べりっと紅葉から剥がれる私。

「酒呑！」

悔しそうな紅葉の瞳が一瞬赤く染まる。

「やらねぇって言ってるだろうが！　これは俺んだ！　39だぞ、39!!　これからもっと勝負が愉しくなんだよ！！！」

「ぬしさまは、私と褥《しとね》で愉しむのじゃ!!」


そして始まる鬼VS鬼。


酒呑の剛剣と、紅葉の扇が生み出す鬼火。タイプの違うレベルの高い鬼同士の戦いは見応えがある。新しい出し物に喜んで鬼どもが騒ぐ。これはあれか、「私のために争わないで！」というべきか。言わないが。

この調子で毎度絡まれるのは少々面倒そうだと思う反面、この二人の鬼の戦いは眼福でもある。この宴会の空間では、鬼は両断されたとしても元に戻るそうで安心して見ていられる。一度目は何事もなく元に戻った姿にびっくりした――つまり酒呑と紅葉が殺り合うのは二度目。ついでに、スキルも使えるそうです……。気づかなかった！

「酒呑も聞いていたようですが、何をしにこの扶桑へ、この〝あわい〟の宴に来たのですか？」

酒呑と紅葉の戦いを眺めていると、黒い直衣姿のほっそりとした男が近づき声をかけてくる。鬼にしては優しげな声だ。

「食材探しが主目的かな？　米、山葵、味噌、醤油……柚子はもう手に入れた。温泉に、できれば『符』の習得。九尾の尻尾の堪能？」

右近たち同行者のこと以外は、特に隠すことはない。

「……尻尾？」

「立派なもふもふなんだろう」

「もふ……？」

男の戸惑う気配が伝わってきたので言い直す。

「立派なふわふわの毛並みなんだろう？」

「……そこではないのですが」

「違うのか？　座ったらどうだ？」

まあ、私の席ではなく、酒呑の席だが。

座布団もなく、箱足《はこあし》の膳が置いてあるだけのそこに、男が座る。

「貴方は住人にしては異質ですし、何者なのですか？」

「自分ではよくわからんが、異質なのは異邦人だからか？」

「異邦人……、異邦人にしては、世界の気配が濃い」

世界の気配とは神々の寵愛のことか？

住人と異邦人の違いは、なんとなく感覚でわかる。ほとんどの住人は生まれた時から神々の加護を最低一つは持つらしい。

そのせいか、始めたばかりの一つの加護さえ持たない異邦人《プレイヤー》は、この世界に根ざしていない、異質な感じがするのだ。その異質な感じが異邦人からだんだん消えていっている。それは強い異邦人ほど顕著だ。——尤も、異邦人は格好と行動で見分けがついてしまうし、【鑑定】でもわかるのだが。

「なんと呼べば？」

「紅梅と」

男が名乗った途端、にじんだ輪郭がはっきりとし、学者然とした白皙《はくせき》の顔が現れる。偽名なのだろうが、個の認識ができるようになった。

酒呑の食べかけを脇に寄せ、新しい料理を出す。『師匠鰤』の鰤大根。大根は箸が抵抗なく通るほど柔らかく、よく鰤の旨みを吸っている。

中央では、酒呑が紅葉の鬼火を片端から斬っている。斬り分かれた火がゆらゆらとまた一つになり、扇から生み出される鬼火は、増える気配はあっても減る気配はない。その増えに増えた鬼火が、紅葉の扇の一振りで一斉に酒呑めがけて走る。

「これはまたなんとも……」

紅梅が大根をひとかけ、口に運び声を漏らす。

鰤のアラは切り身と違い、脂が多くしっとり仕上がる。血合いや、鱗を取り、生臭さが出ないよう処理をするのに手間はかかるが、手間をかけた甲斐がある。もう一品は酢蓮根、シャキシャキとした歯ごたえと適度な甘みと酸味。

鰤大根は、酒の肴のつもりだったのでそう多く出さなかったのだが、紅梅は酒はおつもりにして、茶を喫しているようだったので、茶請けに落雁《らくがん》を出す。ついでに私も一つ口に含む。ざらつくこともなく、一瞬で口に溶ける甘さ。

落雁の型は【木工】持ちのお茶漬に頼んだもの。砂糖菓子の型を流用している。おかげで星やらハートやら、ファンシーな形の落雁が交じっているが気にせん方向。

ワッフルの型のついでにタイ焼の型を、【鍛冶】と【細工】持ちのペテロに頼んだら、やたらリアルなタイが出来上がってきて困惑したことも思い出しながら、酒呑と紅葉の戦いを眺める。

酒呑が鬼火が肌を焼くのも構わず、紅葉に向かって剣を向ける。踏み込む酒呑の爛々《らんらん》と輝く金の目、迎え撃つ紅葉の赫赫《かくかく》と光る目。笑の形に釣り上がる口。本性を出した鬼同士の戦いはいっそ美しく見える。

「『符』でしたか」

食べ終えて一息ついた紅梅が、何かを撫でるように手を横に滑らせると、小さな座卓が現れた。

「食事の礼に。私でよければ手ほどきいたしましょう」

紅梅が話す間にも、小鬼が硯箱《すずりばこ》を運んでくる。箱を開ける揃った指先が美しく、漠然とこの指から生まれる字も綺麗なんだろうな、と思う。

さて、書道なぞ卒業以来やっとらんのだが。専攻の教授に人数が足りないからと、うっかり書道部に入れられた思い出。

紅梅が、手に収まる可愛らしい水差しから硯に水を移し、墨をする。思った通り、生み出される流麗な墨跡。

「神社やこの宴のように、スキルの使える場所でしたためること、また己の使えるスキルしか込めることができません。これは『紫電符《しでんふ》』、レベル50相当の雷魔法が魔力を通すことによって使用できます。本人、もしくは使役する式などが書いた符以外は、本来の符の能力から二割ほど効果が落ちるようですね」

紅梅から書いた符を渡される。

ちょっと待て、では紅梅はレベル50以上の雷魔法が使えるということか！

急に上がった喜びを含んだざわめきに、中央に目を向ければ、酒呑が紅葉の片腕を斬り飛ばしたところだった。

周りの鬼どもがやんやと囃す。不敵に笑う酒呑の元に、切り離された紅葉の腕が飛び、骨が見えるほど肉をえぐる。喉元を狙ったらしいが、身をひねって酒呑が避けたため、二の腕で済んだようだ。紅葉の腕は何事もなかったように彼女の袖に戻る。

「さ、筆を持ってみてください」

紅梅に席を譲られ、筆を持たされる。

酒呑と紅葉の戦いが盛り上がってるのだが、紅梅は完全スルー。

「言語はなんでも結構です」

紅梅はそういうが、毛筆で『サンダー』とか書いた符は、どこか海外の面白Tシャツを思い起こさせて笑う気がする。

大人しく紅梅に倣って『雷神の鉾』と書く。現在私が使用できる一番強い、レベル35の雷魔法だ。50まで遠い！　いやその前に自分で書いた文字に吐血しそうなんですが。

「雷魔法を使われるのですか……、綺麗な文字ですね」

紅梅の書いたお手本と並べるのをやめてください！　褒められてる気がしません！！！！　泣くわ!!

「異邦人の方は、活かせるかどうかは別として、この程度でも習得可能になると聞き及びますが」

紅梅がこちらを見て確認してくる。

「ああ、おかげさまで多分次の戦闘終了時には覚えられると思う。ありがとう」

「いいえ、こちらこそ。久方ぶりに舌の喜ぶものを頂きました。ところで『閻魔帳《えんまちょう》』と呼ばれるものをご存知ですか？」

「閻魔王が亡者の生前の行為や罪悪を書きつけておく帳面か？」

「いいえ、そちらではなく……。手形朱印帳とも呼ばれますね、これなのですが」

机の上に表紙と裏表紙の台紙のついた、折りたたまれ開くと長い紙になるものを出した。形状は確かに御朱印帳っぽい。

見せてくれるのかと思ったが、向きは紅梅側。

「こちらに陰《いん》のモノの手形を押すことで、式として使役できるようになります。有象無象の小鬼どもは一度しか契約できませんが、我らのような高位のモノは何人かと契約を交わせます」

紅梅が手を帳面に置くと、墨も塗っていないのに手形が浮き上がる。当てたのは男にしてはほっそりとした手だというのに、映されたのは鋭い爪がついた鬼の手形だ。

「優先順位は呼び出している契約者になりますが、例外で手形だけでなく名を取った方は、他の者が呼び出している式を強制的に召喚しなおすことができます」

するすると手形の下に文字を書いていく。

書かれた文字は紅梅ではない。紅梅、雷、天神机ってあなた、モデルにするにしても畏れ多くないですか？　いやちょっと名前変えてあるようだけど。あるけれど！

「お受けください」

紅梅が『閻魔帳』を私に向ける。

「描くないか？　初対面だぞ」

「私にも利点があるのですよ。夜に負けるつもりはついぞありませんが、陽の元では倒されて手形を取られることもあるでしょう。その場合、相手が選べないですから。契約すると陽の元でもある程度自由がきくようになりますし」

貴方は紅葉を自由にしようとしなかったでしょう？　と私を選んだ理由を言う。

まあ、確かに召喚獣の類は放し飼いがモットーですが。

「戦闘には呼び出すかもしれないぞ？」

「ふふ、私も鬼ですから」

戦闘に呼び出すのはオッケーらしい。

見かけも性格もまったく鬼らしく見えないのだが、戦うのは酒呑や紅葉と同じく好きなのかもしれない。

「私でいいのなら」

紅梅から一頁《ページ》目に手形のついた『閻魔帳』を受け取る。

《スキル【式】を取得しました》

《【式】『雷公』を取得しました》

「あ、あああああああああっ!!!」

「抜け駆けしやがった!!!!」

紅葉の悲鳴と酒呑の怒号が聞こえた。えーと、鬼って式になりたがるものなのか? イメージが逆なのだが。

「ふふ、肝心な方を置いて夢中になっているからですよ。大人しく私の眷属《けんぞく》に降るか、この方を諦めるか決めなさい」

紅梅が笏《しゃく》で口元を隠しながら、悔しがる紅葉と酒呑を見る。

二人から隠された口元は、薄く笑っている。——あれ、もしかして結構いい性格してらっしゃる?

「雷公、覚えておれ! 必ず、必ず倒して第一頁の座を、お主から奪ってくれようぞ!」

ギリギリと歯を噛み合わせ、怒りで目を真っ赤にしつつ、『閻魔帳』の二頁目に手を置く紅葉。

「今までも、単に鬼同士の戦いに乗らなかっただけで、負けるつもりは微塵もありませんよ。レンガード様は雷持ち。契約により私の属性は強化されて、貴女とはさらに彼我《ひが》の差が……」

紅葉の様子を見ていた紅梅が途中で言葉を止めて、視線を私に移す。

「何だ?」

「失礼、見くびっていたつもりはなかったのですが……」

「ホホホ、ぬしさまは幾つ属性をお持ちなのか。豪気よのぅ。私も強うなった、差は変わらぬぞ、雷公」

先ほどと打って変わって、紅葉の機嫌がいい。

「さてそろそろ鶏《とり》が鳴く。悔しいが私は退散じゃ。ぬしさま、閨の相手がいる時はいつでもお呼びくださいな」

紅葉がそっと私の胸に触れてから消えてゆく。

気づけば、他の鬼どもも櫛《くし》の歯が欠けるように、一匹、また一匹と消えていっている。

「我らは、結界の中にいるモノ。この島の結界は一層ではないのです。陰《いん》の世、陰《かげ》の世、夜の世と様々に呼ばれる我らがいる世界は、この『あわいの宴』のように結界が薄い場所で、時々こちらの世界と交《まじ》わります」

結構頻繁に混じり合うらしいが、だいたいが夜や、人の恨みなどが凝《こご》る場所で、らしい。大変鬼らしいといえば鬼らしいか。

話を聞くと『夜のモノ』を食べていたら、一緒に結界内に連れ込まれるか、陽の元でダメージを負うステータス異常がつくようだ。

あれ？　結界内って九尾がいるところか？　食って行くのが正式ルート？　いやでも緑の物体《アレ》を食う気にはならん。

「同じ鬼の下につくなんざ、ぜってぇ嫌だ！」

少しの間、攻略の考えに落ちていた私の耳に酒呑の叫びが届く。

「いいのではないですか？　眷属にならずとも。ただ、喚ばれることのない貴方は、扶桑の常の夜では本領を発揮できないだけ。ましてや陽の時間はその身に毒、レンガード様に寄ることさえできないだけです。第一頁の私は、喚ばれるまでもなく、さらには昼夜拘わらずお傍に上がれますが」

紅梅さんが煽りまくって酒呑が、ぐぬぬぬぬっとなっているのだが、大丈夫なのだろうかこれ。経験したことのないタイプの修羅場だ。あれか、ここは「私のために争わないで！」——、いやこのネタは二回目だった。

「朝が来ます」

紅梅の言葉に、木々の途切れ目から地平線に近い空を見れば、紫にたなびく雲。もう既に他の鬼の姿は欠片もない。

「眷属にならないのならば、早く夜の世にお戻りなさい。どんなに強い鬼でも朝日はその身を焼きますよ」

紅梅が酒呑に諭すように言う。

『常の夜』は表の世界の夜、『夜の世』は、もう一つの結界の中だという陰界のことでいいだろうか？　で、『閻魔帳』の第一頁の鬼というのは、表の世界の昼も平気になる。

紅梅と酒呑の会話で鬼のことを学びながらなので、私は口を出さず二人の会話をただ聞くだけ。

「うるせぇ！　これは俺んだ！　アンタの下にもつかねぇ!!」

「……困りましたね。ここまで頑固だとは思いませんでした」

紅梅が対処しかねて、困惑し、笏で自分の口元を軽く叩く。

紫だった雲には茜が差し、日が空をオレンジ色に染め始める。酒呑の身体から、ぷすぷすと煙のようなものが上がり顔が歪む。

「貴方はレンガード様の役に立ちそうなので、失うのは惜しいのですが。私への対抗心で消え去りますか」

「ぐだぐだうるせぇよ!!　朝日に耐え切りゃいいんだろ！」

どんどん青みがかった煙の量が増えてゆく。

よく見れば煙の出ている肌が、沸騰したようにぷくぷくと泡立っている。痛そうなんですが！！！

どんな意地っ張りだ！！！

「おい、鬼には回復魔法は効くのか？」

回復するつもりで、ダメージ食らわせるとかそんなオチがあったら嫌だ。

「【回復】であれば受け入れます。神聖魔法の系列は個々によりけりです。陰の気に偏ったモノには毒となる事も。酒呑は平気でしょう。……申し訳ありません」

紅梅の謝罪は、騒がせていることへの詫びなのか、酒呑を危うくしている現状への詫びか。

平気だと言われてもここでダメでした！　となると止めを刺しそうなので、神社で購入した『回復符』をありったけ出して、酒呑に使う。

特に酒呑に手を貸そうともしない紅梅であるが、そっと朝日を遮るように立ち、酒呑に影を作っている。

酒呑や紅葉には、自分自身の肌に落ちる影はあるが、地に落ちる影はなかった。今の紅梅にはそれがある。式になると影を持つようになるのか？　今はどうでもいいことを思いながら『符』に魔力を流す。

「気を失えば、夜の世界に強制的に戻されるのですが……」

「があああああッッツ」

「意地を張らずに早くお戻りなさい。泡になって消えてしまいますよ」

人魚姫か⁉

「おい、無茶するな。手合わせの機会はまた……」

《スキル【鬼宴帰還《きえんきかん》】を取得しました》

《称号【百鬼夜行の主】を手に入れました》

《お知らせします、初めて『鬼の宴』に参加したプレイヤーが現れました》

ああ、うん。間が悪い。どうやら『あわい』が完全に消え、人の世界《おもて》に戻ったらしい。

『符』を使い果し、回復薬を取り出す。って、あれ。

「わはははは、耐えてやったぞ！　ちっと痛えが、回復しながら居れば問題ない！」

朝日が顔を出す中で、酒呑が勝利宣言をする。

まだぷすぷす言うの続行してますよ！！！　あと回復を続けているのが私な件。

「大ありです！　レンガード様の『符』を使い果たさせておいて何を言っているのですか！」

笏でべしっと酒呑の頭を叩く紅梅。

笏は目の詰まった木でできているヘラのようなもので、結構いい音がする。

「体で返す！！！」

「迷惑です！」

「何をぅ！　元はと言えばアンタが……ッ」

「自分を損なうような方は、仕える方も危険に巻き込みます！」

「耐え切ったんだからいいだろうがよ！」

「レンガード様に手間をおかけして何を言っているんですか！」

言い合う二匹の鬼。仲良しだな、おい。

「酒呑、お前の『閻魔帳』をよこせ」

「言ったろ、俺はコイツの下につくのは嫌《ヤ》なの！」

「・・・お前の、『閻魔帳』をよこせ」

「あ？　何だ？　どうせ二冊目は素通りして触れねぇぜ？」

不審そうな顔をしながら、酒呑が『閻魔帳』を差し出してくる。

紅梅の『閻魔帳』の表紙は黒地に雲と白梅の図柄、酒呑のものは赤地に黒い炎と瓢箪《ひょうたん》。

手形の押された『閻魔帳』を受け取った途端、酒呑の肌が治り、煙が止む。

「何故……？」

「どうやったんだ⁉」

「千と数百年、こんな話は聞いたことがありません」

「『閻魔帳』は一生のうち、一冊しか持てねぇぜ？　鬼も差し出せる『閻魔帳』は一冊きりだ」

やや呆然としながら言い合う二人。

「貴方はどこぞの女子《おなご》に一度差し出したでしょう」

「何百年前の話だよ！　もう女も死んで、それと同時に更《さら》の帳面が戻ってんだよ！　もどってなきゃ出せねぇだろうがよ！」

「女好きも控えてもらわねば、いつかレンガード様に迷惑が及びます。いったい何人お子がいるんですか」

「いねーよ！　鬼の精に耐えて孕む女がどこにいるよ！――まあ、あの女が帰った大陸には来孫《らいそん》くらいならいっかもな。……って、そうじゃねぇ！　お前、どうやったんだ⁉」

紅梅と酒呑って実は相性がいいのか？

「心配させたヤツには教えてやらん」

そっけなく言うと、酒呑が黙る。

その頭を紅梅がフフンという顔をして、笏でペシペシと叩く。

称号【百鬼夜行の主】の効果は『閻魔帳』を二冊持てること。間が悪いというのは撤回する。これ以上ないくらい間が良かった。

【鬼宴帰還】は待望のスキル使用時の消費ＥＰ軽減。空腹でも飲み食いする気になれない宴会だからとかそういうあれか。

「まあ、夜明けだし私は宿に帰る」

みんなが起き出す前に帰らんと叱られる。

特に天音には夜は出歩くな、と釘を刺されているのでバレる前に帰りたい。

「俺は一旦戻るぜ、さすがに疲れた。今付いていっても役に立ちそうにねぇからな」

酒呑が手をかざして朝日を眩しそうに見る。

昇り立ての陽は、私の感覚ではそう眩しくはないのだが、夜の住人にはきつい光なのだろう。

「思ったよりも陽の元では力が振るえないようです。私が酒呑と同じことをしたら綺麗さっぱり消えていたでしょうな」

紅梅が難しい顔をしている。

「ケケケッ。俺様は強ぇんだよ！」

「向き不向きの問題です。夜に貴方に負けるつもりは毛ほどもありませんよ。レンガード様、我らを使役する時は昼は酒呑を、夜は私を呼ばれるといいでしょう」

「夜だって俺は強ぇえ！」

「第一頁の鬼とはいえ、こちらにとどまれる時間は半日ありません。そしてその時間分、我らの界におらねば弱体化します。――鬼の本分として夜のほうが強いのは分かっていますよ」

何を今更、というような顔で酒呑を見る紅梅。

「それでは本日はこれで御前を下がらせていただきます」

「いつでも呼べよ！」

「ああ」

と、答えたものの、自分の戦いに夢中になって、召喚系って忘れるんだよな。

「ああ。第二頁以降の鬼は夜の間、我らより時間は短くなりますが自由にこちらに来ることができます。念のため、レンガード様に喚ばれもせずに無駄にお側に寄らぬよう通達しておきましょう。ですが紅葉は隙を見てお側に上がることが予想されます。用はなくとも夜は私を喚んでおいたほうが安眠ができますよ」

ぶっ！　紅梅が最後に不穏な忠告を残して、酒呑とは一拍遅れて消えてゆく。天音のこともあるし、フソウでの私の安眠はどこへ！！！

周囲が明るくなってしまったので、ズルをして――いや、本当に効果があるか実験として、『ヴァルの風の靴』を利用。ペテロの寝ている部屋に戻る。

「痛い」

戻った途端、黒に噛まれました。無言で噛むのやめてください。

「俺を置いてどこへいってた!!」

「黒、隣まだ寝てるから」

死に戻りのつもりだったので、巻き込まないよう黒を布団の中に置いて出たのだ。

ちなみに隣とは、隣で寝ているペテロではなく、隣の部屋のルバたちのことだ。ペテロはログアウト中だろうから、騒いでも影響はないはず。

「やかましい！　寝ている間に出て行くとはどういう了見だ！」

ぷりぷり怒りながらも声を落とす黒。

白装備から平常装備――とみせかけて、『闇の指輪』なし、『技巧の手袋』、『疾風のブーツ』、非表示にした『タシャの白葉帽子』、『ファル白流《はくりゅう》の下着』などで、少し能力調整しつつ、シャーシャー言う黒に手を伸ばす。

「死んで神殿経由で戻るつもりだったのでな。契約も結んでおらんし、巻き込んだら黒は普通に死ぬだろう」

「む……。うるさい！　ごまかされんぞ！　俺に黙って出て行ったくせに!!」

威嚇しまくってくるわりに頬をおとなしく撫でさせてくれる黒。

怒っているポイントも何かずれているような……、これはあれか、キレていると見せかけてデレているのか？

「はいはい、次回はちゃんと言ってゆくから」

「絶対だぞ!?」

そう言って、縮まるとローブの懐に入る黒。

尻尾の先がちょろりとまだ出ているのだが、その位置でいいのか。『アシャの火』を懐に入れると、尻尾も引っ込んだ。今日は黒をブラッシングできそうにない。

明るくなった部屋で『閻魔帳』を見ると、紅梅と紅葉の手形がある面の裏側に、びっしり小鬼の手形があって、うをぅっ！　となった清々しい朝。

なかなかのホラーです、おはようございます。名もなき鬼どもはどうやら一匹一頁でさえなく、適当に裏側に、らしい。

紅梅以外は、手形だけで署名は無しだと思っていたら、名前が入っていた。鬼の署名に『書く』という行為は必須ではないようだ。

幸いなことに天音に抜け出したことはバレてはおらず、「異邦人の眠りの話は聞いていたけど、気配というか存在感も薄くなるのね」と。

確かにログアウト中のペテロは、マップにも表示されず、気配がないとは言わんが、不思議な感じだ。私は単に部屋にいなかっただけだが。

宿屋の朝食はシンプルに、ごはん、味噌汁、ぴりからこんにゃく、おひたし、焼き鮭、漬物三種、海苔。熱い緑茶。とても馴染み深いメニューだが、箱足膳にのっている。

とりあえず座布団が配置されているので、「は？　武士に座布団？　馬鹿じゃないのか」系世界観ではないらしい。

江戸時代、武士は座布団を敷かなかったそうで……。痔主《じぬし》も多く、ついでに痔主の届け出を出すと、駕籠《かご》で江戸城内に乗り付けできるようになるので、持っていない人もたくさん届け出を出していたそうな。

遠山の金さんも出していたそうだが、果たして本当に痔だったのか。いや、朝っぱらから考えることじゃないな。

まあ、このぶんなら江戸時代はこうだった！　とか言って、蕎麦がグズグズに柔らかいこともあるまい。既婚女性のお歯黒もないようだし、月代《さかやき》も少数派だ。

「海苔と茶はどこで手に入るんだろうか」

海苔はすぐに湿気ってしまうので、アイテムポーチでの状態保存が完璧な異邦人に、作って売り出してほしいところ。

私の島で海苔は採れるだろうか？　海苔も養殖できるはずだし、種を手に入れたい。生態系はこの際考えない、海竜スーンが来るようになった時点ですでに手遅れだろう。

そして『庭』で育てる用の茶の木！

「江都にもいろいろ集まるけど、食べ物に限ったら左海《さかい》の港かしら？　反対方向だけどね」

鮭の皮を箸の先で器用にむきながら天音が言う。

できることなら、塩鮭の皮をはがして、もう一度トースターで焼いてパリパリかじりたい。行儀が悪いと言われそうなので、今回は皿の隅に寄せてあるが。

「加工されたものより、現地を回って素材を手に入れるのだろう？　江都についたら僕の知人たちに、各領への紹介状をもらってあげるよ。急がば回れ、だ」

「だったら私が……」

「いや、西家本家嫡男の書状など出してみろ、場所によっては疑われて、真偽の判別がつくまで軟禁されかねないよ」

左近の申し出を右近が却下する。軟禁フラグは私も遠慮する。

「まあ、普通は使わないにしても、いざという時のためにあるといいかもしれないね。僕も一通は書いておこうか」

話を聞いていると、左近の家が凄そうなのもわかるが、右近の身分がこう、最上位に近いんじゃなかろうかと思えてくる。

「ホムラ、頼みがあるんだが」

「なんだ？」

ルバからの頼みなんて珍しい。

「コーヒーをくれ」

……。

くっ！　紅茶派はおらんのか！！！　少数派すぎないか⁉　クラウ！　クラウに会いたい‼　いや、まて。落ち着け私。和食だし、私もここは紅茶ではなく緑茶だ。

部屋で寝ているペテロの様子を見、きっちり襖《ふすま》を閉める。鍵はないが、この部屋の契約者である私が出入り口を閉めることによって、結界が発動するらしい。結界が発動した後は、部屋の契約者しか襖を開けられない仕組みなのだそうだ。部屋の契約は宿帳に名前を書くだけだ。

眠るペテロを置いて宿を出、街道を進む。

右近たちは完全にこちらの服にシフトしたらしく、袴《はかま》に足袋、草鞋《わらじ》履きだ。草鞋は防御力は低めだが、素早さと器用さがついていて、ああ、ゲームだなぁと変なところで感心する。

足袋と袴って、チラチラ見える足の肌色が色っぽいと思うのは私だけか。

「天気いいわね～、寒いけど気持ちいいわ」

旅は順調だ。

途中私が山芋掘りのじーさんについてゆき、別行動をとったりしたが順調だ。山芋は半分種芋にして島に植えよう。

街道から外れて山に入った途端、魔物が襲ってきたのだが、ナタの一振りで仕留めたじーさん、強い。そこの山の中でだけ、能力が跳ね上がる山の神の守護持ちだった。加護から寵愛まで差があるものの、里山で暮らす住民たちには、けっこう一般的な称号らしい。

「あ、ナメコまだ生えてるのか」

ブナの立木に茶色い物体。

「ちょっと、人が旅の清々しさを満喫してる時に」

天音から苦情が来たが、つい食材採取に走ってしまう。

本当は街道から外れたほうが、ランクの高いものが採れるのだろう、と思いつつも真面目に街道を歩いているのだから許してほしい。

沢を見つけて『扶桑紅沢蟹《ふそうべにさわがに》』を天音と左近に捕ってもらったりもしているので、迷惑をかけていないとは言い切れないのだが。

現在の他の収穫物は、『扶桑菊芋』『扶桑冬茸《ふゆたけ》』『扶桑山葵』。山葵は沢蟹のところでゲット！　欲しかったものの一つなので嬉しい。

葛《くず》のツタで造られた峡谷にかかった吊り橋。

ざあざあと流れる橋板の隙間から見え放題な、岩に当たって割れる白い川。山道の霜のたった後の柔らかい土。踏まれすぎて丸まり、滑りやすくなっている石段。

天音が時々、組紐を狙ってくるが本気ではないらしく、ふっと視線を向けると分かりやすく顔をそらして明後日の方を向く。

しばらくたつと、また私の手元にそっと手を伸ばし、私が視線をやった途端、大げさに顔をそらすことを繰り返す。

組紐を取ろうとしているというよりは、右近を楽しませるためにやっているようだ。

「もう太陽が南中にある。昼にしようか」

右近が笑って言う。

「確かもう少し行くと、無人ですが、神社があったはずです。そこでとりましょう」

無人とはいえ、神社は結界の外。

ややこしいが扶桑全体にかかった、九尾を封じる結界を避ける結界がはられている。『符』が製作できるのならば、補充ができるし、魔物も入ってこないため休憩するには丁度いい。

「私、先に場所を見てきますね。左近右側だったわよね？」

天音が駆け出す。

「いえ、左……、天音！」

慌てて左近が天音の背に叫ぶ。

休憩や宿は、左近か天音が先に行き、場所を確認したり、泊まる手続きを取ったりしてくれる。私やルバの分は右近のついでなのだろうが、有難い。

「君は本当に自由だね」

二人の様子を見ながら、右近が言う。

「やりたいことをやって、こうして行きたい場所に行っている自覚はある。が、もっと自由人がいるぞ」

レオとかレオとか。

「異邦人はこの世界にしがらみがない。かといって君に友がいないわけじゃない。――この世界の住人も含めてね」

ペテロも同じだと言おうとしたら、右近の言葉に続きがあった。

そう言われると、私はこっちの世界の知り合いがずいぶん増えた。照れくさくはあるが、友達だと口にしても否定はされないと思う人たちも。

いや、ペテロがぼっちというわけではないのだが。どうも他人と一線引きたがるというか、深入りしないさせないところがあるというか。――まあ、選択ぼっちだな。

「大事な人たちがいて、大事にしている上で君は自由だ。――羨ましいくらいに」

最後は聞き取れないほどの囁き。

右近たちにも色々事情がありそうだが、果たして踏み込んで聞いていいものか。迷っているうちに社についた。

「さっき捕ってもらった沢蟹で味噌汁を作ろうか」

お弁当は宿が持たせてくれたおにぎりがあるが、汁物も欲しい。

なので、捕ってもらった沢蟹を味噌汁に。殻ごと全部すり潰して濾《こ》した沢蟹の味噌汁、具は薬味《やくみ》の葱《ねぎ》だけだ。アラ汁もカニ汁も熱いうち、冷めるとニオイが鼻に付くようになる。

「む、おいしいな」

「おお、これは温まる」

右近とルバが味噌汁をすすって言う。

「晴れて清々しいとはいえ、気づかぬうちにだいぶ体が冷えていたようだ」

「生き返る、生き返る。ホムラの寄り道もちょっとはいいわね」

左近が言えば、天音も椀《わん》を両手で包むようにしながら言う。

宿がもたせてくれたおにぎりは、竹の皮に包まれ漬物が添えてあった。味噌の焼きおにぎりと、朝食と同じ鮭、梅干しの具の三つなのだが、外で食べるおにぎりは、どうしてこんなに旨く感じるのか。

そんなこんなで道中二泊目。

本日は一人部屋。三人部屋にするか聞かれたのだが、ペテロがくるかもしれんし、何より紅梅を呼び出すのに一人のほうが都合がいい。

本日の最初の右近の警護当番は天音らしく、私の部屋で呑んでいた左近とルバが、寝るために部屋に戻ったところで『閻魔帳』を開く。そして紅梅を呼び出して……。

「ぴぎゃ！」

「お？　バハムート久しぶり。体力はもう戻ったのか？」

私と私の持った『閻魔帳』の間、膝の上にバハムート出現。

「なんだ⁉」

黒が顔をだす。

「ああ、私の最強のドラゴンだ。黒同士、仲良くしてやってくれ」

「ぴぎゃ」

見た目、傷ひとつない漆黒の鱗なのだが、視線をそらすところをみると全快！　とまではいかないらしい。『閻魔帳』をしまい、代わりに柔らかい布をだして、バハムートを磨く。

「ドラゴン……」

「黒もブラッシングするか？」

声をかけたら引っ込んだ。そこまで嫌か、ブラッシング。

ペットや騎獣は装身具から出せるのだが、召喚獣はそうはいかない。最初に着いた島の『符』屋では、召喚を書き込める符術師《ふじゅつし》がいなかったため、現状では扶桑で白を呼び出すことができない。昼間の戦闘で無事、【符】は取ったので、レベル上げをして自力で白を喚び出せるようになる所存。

「何か食うか？」

何かといってもバハムートが好むのは、塩胡椒をして焼いた肉なのだが。

アルバルで手に入れたエラで焼いた肉の塊を出すと、むっちゃむっちゃと頬ばり、時々前足で押さえて噛みちぎってご満悦だ。バハムートが肉を食べている姿は美味しそうで、見ていて楽しい。

「ぴぎゃ！」

顔の側でパタパタ飛んでいるバハムートに、なでながら【生活魔法】を幾つかかけて、口の周りや口腔をきれいにする。

「ぴぎゃ！」

今度は障子の前で一声。

「ああ、散歩に行きたいのか。この島は結界があるから、島外に行くなら、海の中の鳥居からだ。あっちこっちにクレーターつくったり、山を壊したりは最小限にな」

声をかけながら障子を開けてやると、月の冴え冴えとした夜に飛び出して行くバハムート。

「お土産よろしく～」

振り返りもせずに飛んで行く背に小声で言い、手を振る。

一体、何年ぶりの空なのだろうか。最初に出てきたのは迷宮内だったし、次は闘技場でブレスを吐いてすぐ消えてしまった。

ブレスはブレスで思い切りぶっ放して、本人は気持ち良さげな気配だったので、あれはあれでいいのだろう。だが、空を飛ぶのは格別なはずだ。

多少の自然破壊があっても、バハムートを閉じ込めておく気はない。でもドキドキするから破壊はできれば控えてほしいのも本音だ。

バハムートがあっと言う間に見えなくなった空を障子で隠し、今度こそ紅梅を――。


「何故また戦闘じゃないのじゃ！」

白にぺしぺしされて幸せな現在。

もふもふもいいけど、肉球もね！　白は地面に足をつけないためだろう、ピンク色で柔らかい肉球の持ち主だ。

紅梅を喚び出す前にはたと気がついた。私、今、【生活魔法】を使ったよな？　と。

この宿屋には庭に小さな社《やしろ》がある。右近たちの宿屋を選ぶ基準が謎だったが、社があり、符の製作が可能な場所を選んでいるのかと思い当たる。――一番大きな宿は避けている様子だったが、それは貴人が利用する本陣《やど》で、面が割れてるからじゃないかと思っている。

「ここは扶桑だ。扶桑は大部分の場所で、外部に影響するようなスキルは使えんのだ」

ぷんすか怒っている白に説明する。

「出かける前に呼び出せば済むことじゃろが！　それともこれから出かけるところか⁉」

「いいえ」

「即座に否定するとはいい度胸じゃの⁉」

白は、なんでこんなに戦闘狂なんだろうな？

「『符』というものを使えば、外でも呼び出せるようになるようでな。これからレベル上げをしようと思う」

「む……」

おとなしくなる白。

「対象《しろ》がいる方が、やる気もでるしな」

「しかたないの」

そう言うと、膝に落ち着く白。

「人の膝で撫でられて喜ぶとは、同族とは思えん」

黒が襟元から顔を出し、白を見下ろして言う。

「なんじゃや、貴様は。懐から出てこんくせに」

「ふん！　俺は怪我を治すために、しかたなく、だ」

え、まだ治ってなかったのか⁉

「フフン。言い訳にしか聞こえんのじゃ」

「なんだとっ！」

ばしっと黒の右ストレート。

「いい度胸じゃの！」

白のアッパー。

そして始まるもふもふ対決。場所は私の懐。

「えー、会場からのお知らせです。キャパオーバーです、外でお願いします。中でやるならもっと小さくなってください」

止めようかと思ったが、二匹が楽しそうなのでやめた。

白はずっと一匹でいたので仲間は嬉しいはずなのに、島のミスティフたちと交わろうとしない。黒も同じく、島に行くことを選ばなかった。

ミスティフたちは本来、変化を好まず、外界と関わりを持たない、静かな生き物だ。白も黒も戦いに身を置いたことで、自分をミスティフの中では異質と考えているのかもしれない。同類が見つかって二匹とも嬉しいのだろう。もふもふ対決のおかげで、私は少しくすぐったい上、時々痛いが。

何故外でやらずに小さくなる方を選ぶかな。

「『雷公』」

時々、黒か白がいる場所の服を手で押さえてみては、鼻面での突きが来るのを楽しんでいたが、当初の目的に戻る。丑三つ時になったら、紅梅を呼び出す前に紅葉が来てしまいそうだ。

「……」

行灯の明かりが、布で覆ったかのように一段暗くなると、紅梅が滲むように現れた。

「こんばんは」

「……、レンガード様？」

「ああ。強力な認識阻害がついていたんだ」

白炎の仮面を顔に当てて装備して見せ、鼻の下にずらして紅梅を見る。

「契約があるので、わかるのですが、視覚と認識が一致しないおかしな感覚でした」

ホッとしたように紅梅が言って、音もなく近づき、座《ざ》す。

「それにその……」

そう言って紅梅が視線を向けたのは、奇妙に動く私の胴。

「何だ新顔か」

「お前もじゃ」

紅梅の声に、白と黒が顔を出す。

暴れたせいで二匹とも毛並みが乱れて、頭から湯気が上がりそうにほかほかになっている。先輩顔の黒に白がツッコミを入れて、肩に移動する。黒より白のほうが暑がりだ。

「白と黒だ。白は私の召喚獣、黒は私の懐に棲んでる」

「初めまして、紅梅と申します」

「フン、俺は居候だ。好きにやれ」

言い残すと懐に潜りなおす黒。

「勝手なヤツじゃの」

鼻を鳴らす白の頭を撫でて、乱れた毛並みを整える。

相変わらずの素晴らしき手触り！　とか思っていたら、紅梅に無言で襟を整えられてしまった。服装の乱れは心の乱れ、とか言われそうだ。

「そういえば、レンガードは仮面をかぶっている時に名乗っている名前だ。ホムラと呼んでくれ」

「ホムラ様。ご存知かと思いますが、私は雷公。紅梅は私の知り合いの梅の精霊の名前です。ですが私の名は、こちらの界の者にとって不穏なものを含みますゆえ、今まで通り紅梅とお呼びいただいた方がよかろうかと思います」

東風《こち》吹かば　にほひおこせよ梅の花　主なしとて春な忘れそ　か。飛梅は白梅だが、住んでいた屋敷は紅梅殿と呼ばれていたはずだ。

「了解した。様は不要だぞ」

「式ですから」

そう軽く返される。

対紅葉の用心棒が来たところで、姿勢をただして文机に向かう。

「ああ、そうだ。腹は？　夜食はどうだ？」

鬼の活動時間帯は夜である。だったら飯も夜にがっつり摂るのではないかと思い至る。

「いただきましょう」

紅梅の返事に筆を置き、膳を出す。

お膳は手に入れたが、やっぱり机というか、ちゃぶ台というか、和室用の食事机が欲しいな。

メニューは和食、購入した食器をさっそく使う。蟹しんじょの椀、タラの芽の胡麻和え、カレイの煮付け、海老芋の田楽、油揚げ入りの筍ご飯、香の物の三種盛り。

買い込んだ日本酒を一合つける。

「カレイですか……」

「苦手か？」

「いえ、以前好んでいたものだと思い出したようです」

以前とは人間だった頃のことだろうか。そして何故他人事のように？　やはり人だったころと鬼になってからでは隔たりがあるのだろうか。

「私は書道に励むから、ゆっくり過ごしてくれ」

聞いてもいいか少し迷い、結局そう声をかけて文机に向かう。


「上手いもんじゃの」

紅梅が本を読む傍で、『符』のレベル上げと言う名の書道に励む。

紙は大量に購入してあるので安心なのだが、書体がこう楷書《かいしょ》しか書けんので微妙な気分になる。白は褒めてくれるのだが、自分の字は好きでない。せめて普段の字をごまかせる、草書《そうしょ》、欲を言えば篆書《てんしょ》が書けるようになりたい。まあ、現実世界で達筆すぎて読めない草書の書類を渡されたら殺意がわくが。

だが、『符』に書いた文字が簡単に読めてしまっては、敵に行動の予測を簡単にさせてしまう気がするし、なんとかしたいところ。どうやら崩そうが、象形文字にしようが、作った本人が読めればいいっぽいしな。ちょっと試行錯誤して遊ぼう。

『符』は神々の気配を排除し、事象だけを効果として抜き出す、らしい。スケルトンの回復も【神聖魔法】の『回復』でできるよ！

バグっぽいなにかだが、扶桑では『符』に限らず、『道具』を通してしかスキルを発動できない代わり、大本の属性を無視して回復なら回復として効くそうな。——九尾を封じているのはルシャだったたか。ルシャは職人の神でもあるしな。

それにしても『帰還符』とかできてしまったところをみると、錬金でつくった『石』でもよかった気配がそこはかとなく……。思わず和風なことが目新しく、大喜びしてさっさと取ってしまったが、スキルの能力的にかぶってるんじゃあるまいかこれ。

「それにしても、私は必要なかったようですね」

紅梅がページをめくる手を止めて、思い出したように言う。

「何が？」

「この宿の部屋にかかった結界は、結構強力なようですから。紅葉もこちらで騒ぎを起こしてまで忍んでこないでしょう」

騒ぎを起こした時点で忍んでないと思うが。

「……結界、かかっているのか」

「一定以上の位を持つ、宿の部屋には必ず。宿の者、旅の仲間、部屋の主が招き入れた者しか、入室できない結界です」

【結界察知】は出ているのだが、スキルポイントがもったいなくて取っていない。なんとかなる！　と思っていたが、おとなしく取ったほうがよさそうだ。……次、レベルが上がったら取ろう。また未知のスキルが出て欲しくなるかもしれんし、今はスキルポイントを0にしたくない。スキルポイント稼ぎに闘技場に通っておけばよかった！

「ん？　ということは私の【結界】レベルが上がれば自力で張れるのか」

「【結界】をお持ちならそうですね。『符』も併用すれば、便利でしょう」

『符』はもう、白を喚び出せるところまで上がっている。——何故ならば、白のレベルが低いから。

ここは【結界】上げをするしか！

「【結界】は、【傾国】も防げるか？」

とりあえず、EPが何度かほぼ0になったことだし、一旦休憩しよう。完全に0になると色々障りがあるし、夢中になると調整が難しい。何よりEP回復のためだけの食事は何だか物足りない。

そう思いつつも本日の夜食。

『扶桑海老』と山芋の磯辺揚げ。山芋をすりおろして白だしでふわっとするまで混ぜたもので、海老が縮まないよう片栗粉を薄くつけたものを海苔で包んで揚げたもの。この世界、揚げ物が楽で素晴らしい。だし醤油でふわっとぷりっと食べる。

紅梅にも同じものを出して、酒を追加する。

酒呑のように鯨飲するような雰囲気ではないが、紅梅も鬼の酒好きなことからは漏れないようなので。

「レベルを上げれば、一時的にでしたら可能なものもあるでしょう。ただ、【傾国】に惑わされるモノは、男や雄と名のつく老人から幼子まで。鬼や男の姿をとる器物さえ影響を受ける。式となった私でさえ、正面から向かい合えば惑わされない保証はありません。精神の低い酒呑は確実にかかるでしょう。九尾に惑わされた大勢が、張った【結界】を破ろうとします」

いや、防ぎたいのは九尾の【傾国】ではなくてですね。

『符』ならば、一度発動させてしまえば一定時間効いているし、寝ている間も安心なのではあるまいか！……あれ？

「【傾国】……、男にしか効かないのか？」

ラピスがかかっていた気がするんだが。

「九尾は女性《にょしょう》ですから。稀《まれ》に同性にかかることはありますが、【傾国】の効果があるのは異性にです」

「ん？？？」

「どうかされましたか？」

稀が身の回りに二人いた……、いやミスティフ狩りの一族にも、男女お構いなく効いていた。白のジト目が刺さる。

「いや、ちょっと頭痛が痛いかんじの事実に気づいただけだ」

九尾の【傾国】よりも強力疑惑。いや、広く浅くなのかもしれん、まだ取り乱すには早い。

「扶桑の者たちは、【傾国】の影響を恐れて、女系なのですよ。特に人が無防備になりがちな宿などは必ず女性が仕切りますし、客と接する者はほとんど女性です。地位の高い家の惣領《そうりょう》も女性がなることが多い。男性がなる場合は、周囲を女性で固めて、【傾国】にかかった場合に対処できる体制をとります」

美味しそうに磯辺揚げを口に運びながら、紅梅が教えてくれる。

「なるほど」

宿の女将と仲居さん、現実世界でも宿は女性の従業員ばかりなので気づかなかった。そういえば最初の神社も神主に比べて、やたら巫女さんが多かった気がする。

その後、紅梅が本格的に酒を飲み始めたので、鯵のなめろうを追加。万能ネギと胡麻をたっぷり。味噌のしょっぱさも丁度いい。酒の飲めない私はご飯が食いたくなる味だ。さて、少し歯ごたえのあるものも欲しい――。

「ホムラ様」

杯を置いて、紅梅がこちらを見る。

「ああ」

立ち上がって障子を開ける。

濡れ縁に血にまみれた酒呑がいた。

「おい！」

慌てて部屋に呼び込んで、出来立ての『回復符』を使う。今ならたくさんあるぞ！　元気な時に【神聖魔法】が平気か試させてもらわねば。

「何事ですか？　見るたび貴方は血だらけか、泥だらけ。もしくは、酒を飲んでいるかですね」

「どうした!?」

笏で口元を隠して紅梅が酒呑に言うのと、左近が刀の柄に手をかけ、鯉口《こいくち》を切った状態で飛び込んで来たのが同時だ。

鯉口が切られた状態は、刀が鞘《さや》から少し引き出され、いつでも抜ける状態になっている、つまり臨戦態勢である。

「なんと」

「うるせぇよ！　それどころじゃねぇ！　封印内に何者かが侵入した！」

封印内というと陰界か？

「ああ、左近。騒がせてすまん、二人とも私の式だ」

「式!?」

鬼たちの会話を聞きつつ、左近に説明する。

「この俺が出合い頭に一撃くらって、追うこともできなかった。ありゃあやばいぜ！」

「いつの間に手に入れたんだ？　いや、式になり安定しているというのにこの気配……！」

「内裏《だいり》は？」

「無事だ、九尾には影響がねぇ。あれが外に出ることはない。それだけ確かめてアンタ呼びに来たんだよ。探知得意だろう？　どこに行ったのか分かんねぇんだよ」

酒呑と紅梅、私と左近で話すものだから少々混沌とした。

とりあえず左近は、刀を納め、天音にこの騒ぎは敵襲ではないことを伝え、話を聞くために落ち着いた。

天音が気づいていて、且《か》つ、右近の側を離れないのはさすがだと思う。左近が酒呑が来た時に、間髪を容れずに飛び込んでこなかったのも、先に天音と連絡を取っていたからだろう。護衛対象は右近、私はあくまでおまけなのだ。

酒呑の話では、九尾の封じられる陰界には芙蓉宮《ふようきゅう》とも内裏とも呼ばれる場所がある。扶桑自体が神の封印で覆われ、その中で九尾とそれに大きく影響を受けた者――ついでに都合の悪い者たちを、人間の力で押し込んで封じた場所が陰界。

芙蓉宮は九尾のいる場所、すなわち陰界の中でも封印の力が集まる場所だそうだ。封じられた九尾を慰めるため、【傾国】にかかったモノどもが美しく整えているという。

「もともとは帝の住まう場所、それを歪めて押し込め、下賤な者が上に醜い城を築いている――もっとも九尾が自由になるのは我らとて望みませんが」

紅梅が左近を挑発するように言い、左近が身構え言い返そうとした絶妙なタイミングで先を続ける。

煽っておいて、相手が怒り出すタイミングを絶妙な間で外す。喧嘩に発展しないのは分かったが、遺恨が残りそうなのでやめてほしい。いや、鬼と人の時点ですでに遺恨はありまくるのか？

「ふぎょ」

「ふぎょ？」

妙な声に閉めた障子を開ける。

「ぴぎゃ！」

鳴き声とともに、どさっと床に落ちる何か。

いたのはバハムート、さっきの「ふぎょ」は咥えてて上手く鳴けなかったのか。

「おかえり、ってさっきの酒呑じゃないが、また血だらけだな」

腕に飛び込んでくるバハムート。

そのままぺったり胸にくっつくバハムートに『回復』をかけて、血を止め、【生活魔法】でキレイにして、再び回復。

「黒いの！　この気配！」

酒呑が驚愕の声を上げる。

「何だこの圧は!?」

混乱気味の左近が刀を引き寄せる。

「おぬし、バハムートを放し飼いにしとったのか！」

白が毛を逆立てて驚く。

「自由が一番。いや、閉じ込めておくとストレス溜まって反動が怖いだろう？　そっちの方が大惨事だと思うぞ？」

回復を続けつつ、足元を見ると、こちらも血だらけの何か。鬼だと困るからこっちは『回復符』か。今晩は血だらけ率高くないか？

「何を持ってきたんだ？」

「ぴぎゃ！」

「む、もしかして土産か」

「ぴぎゃ！」

ちょっとこの土産、食えそうにないのだが。

原形が怪しいので、とりあえず回復させて、血を落としてみようか。


「さて、これは……」

疲れたらしいバハムートが帰還して、血だらけの物体を見る。

酒呑よりさらに一回り大きく、顔が厳《いか》つい。たいそう鬼らしい顔だ、子供が泣く。血だらけだし。

「………おい」

「……小次郎《こじろう》殿に見えるのですが」

酒呑と紅梅が周囲をはばかるように小声で言い合う。

小次郎というと佐々木小次郎しか浮かばないのだが、とりあえず手当が先か？　うーん？　まあどうするにしてもキレイな方が扱いやすいだろう。

「なんか最近こればかりな気がする」

回復薬をどばどばとかける。

【神聖魔法】が毒になる鬼かどうか、判別付かんうちは使えんのが不便なので、薬以外にも見知らぬ鬼用の回復方法を模索しよう。というか、出会ってすぐに回復しなくてはならんケースが多いのは気のせいか？

なかなかのＨＰ量だが、バハムートの回復と比べたら酒呑でも物体Ｘでもどんとこい、だ。バハムートと黒用に回復薬のストックは大量に常備している、常備してたんだがな……。

明らかに回復薬のスペック不足ですね！　ＨＡＨＡＨＡ！

……食材探しより先に、扶桑での薬草探しが先かもしれん。『庭の水』のおかげで回復量は多少上がったものの、上限がある。新しいレシピと対応する、メイン素材の薬草のランクを上げねばこれ以上は無理だ。しばらくは持つだろうが、戦闘中の回復に不安がある。

「裂傷と、あちこちに噛みちぎられた痕がある」

「アレに抵抗出来たとも思えねぇんだが。いたぶったのかよ」

眉をひそめながら左近が指摘すれば、うんざりしたように酒呑が答える。

「悪い竜じゃのう」

白の気のないあいづち。

バハムートが帰還したあとは、物体Ｘからも興味が失せた様子。

「これは戦闘でというか、単に運ぶ時に何度か落としたような気がするが」

「……あの小さささでこの巨体を咥えて飛べば、いかに小次郎殿の躰《からだ》が丈夫でも途中で千切れるでしょうね。そもそも、本当にあの小さな竜がここまで持ってきたのかが疑問ですが。いえ、気配的には正解なんでしょうけれども」

私の言葉に、紅梅が混乱しつつ分析しようとしている。

バハムートの強さは突き抜けているので、分析は無駄だと思うのだが。

「破壊は最小限になんて出かける時に声をかけたから、大きくなるのは控えてくれたのかな？　落とすたび拾って頑張って、ここまで持ってきてくれたことを思うと、悪い事を言った」

適当な大きさになれば楽だったろうに。

「デカくなれるのかよ！　てか、なんでいい話風になってんだよ!!」

「バハムート……。大きな黒い竜というと闘技場で見たあの竜しか浮かばないのだが……」

左近の眉間の皺《しわ》が深くなる。

『ぬ、すまぬ。失言じゃった』

『何が』

『バハムートの名を出したのは我じゃ』

『ああ。いいんじゃないか？　すでに規格外なのはばれたわけだし』

念話で謝ってきた白に気にしていない事を伝え、肩の白に頬を寄せると、珍しく白からもすり寄せてきた。ああ、白もこのままデレて添い寝してくれないかな。

「現場におりませんでしたので、強くは言えませんが、破壊を最小限に、という声かけは続けていただいたほうが無難そうですね」

とりあえず傷を治し、血や泥を落とした物体Xあらため、小次郎という名の大次郎を布団に寝かせるかと、濡れ縁に転がる巨体に手をかけると意識を取り戻した。

「む……」

「起きたか。大丈夫か?」

「何故、私はここに……」

体を起こし、頭をふる小次郎。

「あんた、黒いちっこい竜と戦わなかったか？」

「酒呑？　雷公まで。確かに小さな竜と戦ったが、何故君たちがいるのかね？　まさか君達も？」

全員バハムートと戦ってここに運ばれた、私へのお土産疑惑を生じさせているらしい小次郎。結構凶悪な顔をしているのに口調は丁寧で落ち着いている。

「不穏な名前が出たのは気のせいだろうか。私の認識する鬼とは別人……？」

推移を見守る左近が青い顔で何かつぶやいている。

「私は、名の持ち主である主に呼ばれて参じているだけです」

「雷公に主!?」

「今、貴方を回復された方ですよ」

笏で薄く笑う口元を隠し、紅梅が言う。

「俺の主でもあるんだぜ」

私が主のはずだが、所有権争いのようなものがまた勃発している気がする。

「私はホムラだ。紅梅と酒呑とは昨夜、宴会で仲良くなった」

とりあえず、寒いので障子を早く閉めたい。

気づいたようだし、部屋に誘うつもりで立ち上がった。

「うわ、増えてる」

「ペテロ」

小次郎の後ろ、濡れ縁にペテロがいた。

友の帰還に間髪を容れずに黙って障子を閉める。ついでに小次郎も締め出したがまあ仕方がない。

「ちょ、閉めないで。言いたいことはわかるけど、これ私の趣味じゃないから！」

当然のごとく障子を開けて入って来る。

もともと宿の部屋は私とペテロの名前で借りたものだし、ペテロにも開けられるのだ。ちなみに登録のない小次郎には、結界を壊さず障子を開けることはできない。

「酒呑～！」

「げっ！　茨木！」

私が障子を閉めた原因、ペテロの後ろにいた、発展途上で小柄な褌《ふんどし》&さらし姿の少女が部屋に転がりこんできた。

闇夜に浮かび上がる白褌ってどう反応していいかわからん。

「酒呑、茨木――雷公。名前、名前が……。ここにいていいモノではない名ばかりなのだが、強大な鬼の名を騙っている、のか？　雷公がこのように平静でいるなどと……。いやだが気配……」

頭を抱えている左近。

「とりあえず、ええと、小次郎さん？」

「雷公の主であるならば、小次郎で結構」

「小次郎、入ったらどうだ？　狭いが」

招き入れようとして気づく、むちゃくちゃ狭い。

床の間付きの八畳間なのだが、酒呑と小次郎は二人分どころか三人分はありそうだし、総勢七名って多過ぎじゃなかろうか。

右近と天音の女子部屋は少し離れて——部屋風呂があると言っていたのでグレードも上——いるが、左近とルバの部屋は隣だ。襖を開けて繋げたいところだが、こんな理由でルバを起こすには忍びない。あ、結界防音バッチリだそうです。便利だ。

「酒呑、酒呑、なんでここにいるの？　運命⁉」

「ちげーよ‼」

褌っ娘は、どうやら酒呑にご執心の鬼《こ》らしい。胡座姿の酒呑の首に抱きつき、きゃっきゃとしている。というか、茨木童子《いばらきどうじ》？

「平和な宿がカオスに……」

「お主がそれを言うのかの？」

「やっぱり何かやらかしてるの？」

白のツッコミにペテロが聞く。

「ホムラ様、こちらは？」

「ああ。ペテロ、私の友人だ。と、左近もか。ペテロ、左近、こちらは紅梅、あっちで褌っ娘に抱きつかれてるのは酒呑、私の式だ。あとこっちは白」

紅梅の問いに、ペテロと左近を紹介する。白が姿を見せているようなので、白の紹介も。

「左近です」

「よろしく。あちらは？」

軽く会釈する挨拶を交わすと、ペテロが小次郎に目を向ける。

「小次郎と申す。正直自分が何故ここにおるのか、わからない。だが、ホムラ殿に助けられたようだ」

「いや、もともと私のペットが土産として持ってきたんだ」

うちのバハムートがすみません。

「土産……。私はホムラ殿のペットに負けたのか」

ガックリ落ち込んだ様子だったが、すぐに顔を上げて言う。

「負けたからには私は、貴方の式に。望みは？」

「え？　じゃあ酒樽に定期的に入ってくれ」

「……、望みとあらば」

一瞬の間があって、了承される。

「何がどうしてそうなるの？」

「いや、塩胡椒で焼くのはさすがにあんまりだが、マムシ酒ならぬ、鬼酒ならいいのではないかと」

「途中経過を聞いても理解ができない」

ペテロに投げ出された。

「バハムート的には、好みの塩胡椒で焼いてほしくて持ってきたのだと思うのだが、まあ酒に替わって喜んでもらえるかな、と」

まずバハムートの嗜好から説明し直す。焼いた肉が好みだが、古今東西鬼と竜は酒好きなので、バハムートも小次郎の肉ではなく、酒で我慢してもらえないかなという希望だ。

「えっ！　食うつもりだったのか⁉　違うだろ⁉」

「ホムラ様に新たな式を、ということでしょう？　ホムラ様へのお土産ですし」

ちょっと丁寧に説明をしたら、酒呑と紅梅から否定の声が上がった。

「ホムラ殿、鬼もひくようなことを言い出すな」

「バハムート主体で考えるのやめなさい」

そして左近とペテロにたしなめられた。

「いや、鬼の中でも人喰いから同族喰いまでおりますからな」

「アンタは否定しろよ！」

唯一、小次郎が賛同してくれたが、褌っ娘に擦り寄られている酒呑が納得いかないふうだ。

褌っ娘は邪険にされてもめげる気配がなく、なかなかのガッツの持ち主だ。酒呑以外眼中にないようだしな。

「ペテロ、あの褌っ娘はペテロの式なのか？」

「呼び方なんとかして。私の式であってるよ。ここへ来る途中遭ってね、あれでスペックはなかなかよ」

「服着せろ、服」

「断られた後です」

スペックだけで選ぶのは、危険だからやめたほうがいいと思います。

「ホムラ殿、『閻魔帳』を貸していただけますか」

「ああ、どっちがいい？」

顔が怖目なのに落ち着いた話し方をする小次郎に、梅模様と瓢箪模様を差し出す。

「花柄で」

まさかの花柄即答。

「初取得、やっぱりホムラか。まあ他にプレイヤーいないだろうしね」

私が『閻魔帳』を二冊出したのを見て、ペテロが言う。

褌っ娘の表紙は何柄だろうか、あとで見せてもらおう。褌柄だったら見せてくれないかもしれんが。

「酒呑のほうがよろしくないですか？　三頁目《さんこう》になりますよ」

「おい、何俺のほうに誘導しようとしてんだよ！」

「私は新参者だ、甘んじて受け入れよう」

紅梅の言葉を意に介さず三頁目に手形を押す。

「そうそう、そこで署名ですよ」

「む、そうか」

「おい、手形だけで大丈夫だぞ。署名は仕えたい人が出るまでとっといたほうが」

ペテロの言葉に素直に署名しようとする小次郎。

大丈夫なのかこの鬼、騙されやすそうなんだが。

「今まで『閻魔帳』に手形を連ねたことがないので作法に自信が……」

「アンタほどの鬼なら、負けたことねぇだろうな。俺みてぇに惚れっぽくもなさそうだし」

酒呑がそう言うならば、小次郎はよっぽど強い鬼なのだろう。

「署名して、雷公を倒して第一頁の鬼の座、奪っちまえよ」

「酒呑」

けしかける酒呑を紅梅が睨む。

「何、何？　酒呑がやるならアタシ加勢するよ！」

準備運動のように軽くぴょんぴょん跳ねて嬉しそうに笑う禰。

「狭いし、やるなら外でやれ」

「いや、外でやられても困る。泊まった宿の庭先で、明らかに大物の鬼同士の戦いなんて笑えない」

左近に却下された。

結局、ラムを一樽もたせて帰した。部屋《ここ》で宴会するには狭すぎたのだから仕方ない。帰った先でバトルになっても、まあ、好戦的な鬼同士のことだし多少はしょうがなかろう。

「で？」

「何がどうして鬼三匹、式として取り込んだのか教えてくれ」

笑顔のペテロと左近に迫られる現在。

「私は脱走した先で宴会に交じっただけだぞ？　ペテロだって禰入手してるじゃないか」

「私が褌つけるみたいに言わないで」

「お二人とも……」

左近が眉間に手を当ててため息をつく。

「コレの行動にツッコんでると身がもたんのじゃ」


マント鑑定結果【まったくだ、という気配がする】

夜が明け切って、朝食の時間。

広間で全員で箱膳を前にする。

「ほう、では橋で茨木童子とあったのか」

「そう。攻撃の大半は避けられるんだけど、当てられなくてね。ついでに茨木が範囲持ちなせいで私の分《ぶ》が悪かったんだ。逃げる分《ぶん》には問題ないんだけどね」

橋は一種の境界、怪異《かいい》が起こる定番の場所だ。

ペテロは最初は橋台に埋められた人柱の霊かと思ったそうだ。――なんでやたら具体的なんだ、ペテロ。橋のたもとに棲む、白蛇の精あたりにしておいてくれんものか。まあ、結果は白褌だったわけだが。

「それでどうやって、殺されもせずにここに連れてきたんだい？」

朝食を食べながら、右近の質問タイムである。

本日のメニューは、ご飯、味噌汁、アジの干物、厚揚げとわらびの煮物、海苔の佃煮、漬物二種。ひとのつくった料理は三割り増しでおいしい。

「あっちから条件を出してきたんだよ。『酒呑様を式とした異邦人を三日以内に見つけたら、お前の式になってやる。見つからなかったらお前の心臓をもらうが、どうだ？』ってね」

「それを受けたのか……」

「無謀ね。もっと慎重な男かとおもっていたわ」

左近と天音が呆れてため息をつき、ルバは寝ている間に隣室で起きたあれこれに驚いている。

ルバは箸が使える。もともと器用さが高いということもあるのだろうが、亡くなった友人の家に招かれ、たまに扶桑の食事《にほんしょく》を食べていたそうだ。

「答えを知ってたからね」

肩をすくめて私を見る。

「まあ、ペテロじゃなかったら他に私しかいないな」

「何言ってるのよ、異邦人は他にもいたわよ。……ずっと以前にだけど」

住人が異邦人を認識しているのは、邪神が活動を開始した時期に異邦人がやってきて、この世界の住人と力を合わせて……という過去話があるからだ。

私たちがこの『異世界』に来て、冒険者ギルドなどですんなり受け入れてくれたのは、その下地《せってい》があるせいだ。

住人にとって、最近ゲームを開始した私たちだけが異邦人ではない。

が、ペテロにとっても私にとっても、今扶桑にいる異邦人といえば、お互いだけだ。

「それよりも私は鬼の手形を押す、押さないでもめているのを初めて見た」

左近が私を横目で見る。

「鬼が手形を押したがらないのは、よく聞く話だけどね」

「いや、そうでなく。茨木童子は是が非でも押す気満々なのにホムラが嫌がって」

「……」

「はぁ？」

右近は湯飲みを持ち上げたところで動きを止め、天音からは語尾の音階の上がる、間抜けな声が出た。

「結局、私の前では服を着て、おとなしくする条件で受けたがな」

アジの干物は、朝食用にわざとなのか少々小ぶりだが、身が厚くおいしい。

その身を箸でほぐしながら、酒呑の第二頁に手形を押すのだと、断っても駄々をこね、酒呑が止めるのも聞かず、『閻魔帳』はそこかと、懐に手を突っ込んで、黒に思い切り噛まれて涙目になった茨木童子を思い出す。

「服……？」

天音が困惑している。

「うむ。ホムラの方は、聞いてもさっぱり事情がわからん」

右近が言う。

「……言葉のままなところが頭の痛いところだ」

天音と右近が困惑しているところにもってきて、左近が事実だと肯定する。

「ホムラの方は、そういうものだと思って諦めたほうが」

「まて、今回私悪くないだろう？　褌いっちょ……じゃない、褌と晒しだけの少女拾ってきた、ペテロが悪いと思います！」

そしてさらっとペテロが責任を押し付けてくるのに抗議する。実際今、茨木童子はペテロの第一頁の鬼だ。

「茨木童子のことじゃなくって、全体的にね。――あれは後で、ホムラに絡まないように、躾とくから」

あの褌を躾けるのか。

「まあ、よくやらかしているとは聞くな」

「え⁉　誰に⁉」

まさかのルバ参戦。

「ガラハドたちが時々飲みに来て、な。さすがに『何を』ということは口に出さんので、オレは話半分に聞いていたんだが……」

ルバが言葉を止めてチラリとこちらを見る。

「インゴットの件といい、今回のこれといい、話通りのようだな」

「私は普通に過ごしているだけだ」

釈然とせぬ私。

決して私の行動が原因でやらかしているわけではない。

「もう一度聞こうか？　雷公や酒呑を式にしたのは？」

「夜中に脱走して、鬼の宴会で気に入られた」

「小次郎は？」

「散歩に出たペットが土産にくれた」

「そのペット、バハムートの名を付けた竜は？」

「最初にらみ合う羽目になったが、カッコイイと褒めたらなついてくれた。たぶん褒められて伸びるタイプ？」

「……」

「…………」

「……………」

右近の問いに答えてゆくと、どんどん扶桑組の三人の目が据わってじと目になってゆく。ペテロとルバは面白そうに声を出さずに笑っている。

「遭遇の場所、現れ方――茨木童子は本物のようだ。と、すると酒呑も本物、その酒呑に雷公と呼ばれるモノも本物……」

右近が遠いところを見ながら言う。

「え、ちょ……。そんな馬鹿なことは……！」

「馬鹿なとは思いますが、実際相対してみた身としては……。鬼というものは気配を消し、潜むことが上手いですが、目にした姿からは圧倒的な気配が」

真面目な顔で左近。

「左近が言うなら本物、なのだろうね？」

ため息をつきたそうな顔で私を見る右近。

「鬼の知識がないので判別できん。ただ、これからの異邦人たちの来訪を予見して、ゆるそうな私に決めたらしい」

沈黙が落ちる。

これから起きるだろう扶桑への異邦人の来訪の影響を考えていることと、呆れが半々か？

「鬼は酒好きなのも一因か」

沈黙の中、左近がボソリと言う。

「……まあ、紅梅とのやりとりを聞いても、無茶な要求をせず、この扶桑にしがらみのない異邦人ということで目をつけられたのだろうね。陰界のモノは、こちら側の者に怨みを持っているモノが多いし。ホムラが主ならば、力の均衡が変わることもなさそうだ。ヘタな野心家がなるより、こっちとしても良かった、かな」

「毒にも薬にもならないってことね。それにしても夜に出歩くのは危険だからやめなさいと忠告したのに。今回無事だったから良かったけど、魔法が効かない敵だっているのよ？」

右近が嘆息して告げた内容で、どうやら式たちについては解決、もしくは棚上げとなったようだ。

そして夜歩きを天音に叱られる。

「いや、私は……」

剣も使うのだが。

「まあ、次からは式が守ってくれるでしょ。でもほどほどにしときなさいね」

こちらのお説教も終了した模様。

長かったりあとを引く説教じゃないのはいいな。天音のさらりとした説教は、そっと私に対する心配も同時に感じさせる。


それはそうと、江都がどこにあるか朧げなのであれだが、もう一泊しそうな気配。

ペテロ：ずいぶんあちこち寄る
ホムラ：闘技大会に出た、帰るついでに商人の護衛依頼を受けた、不穏な帝国の騎士を誘き寄せた後何があるのだろうな？
ペテロ：要人の望まぬ帰郷というと、お見合いとかパターンじゃない？　w
ホムラ：ああ。結婚して家を継げとかありそうだな
お茶漬：また訳あり引っ掛けたの？
ペテロ：こんばんはｗｗｗ
ホムラ：こんばんは、お茶漬け。イカ釣りか？

お茶漬：そう、これから船に乗って漁に……って違う！　変な時間に寝て、起きちゃった。お風呂にお湯溜めてる隙間に生産セットしにきた。アンタらまた変なとこいるね？　居場所が地図にでにゃい
ペテロ：ふ。引っ掛けたのはホムラ、私はただのお供ですｗ

他に誰もいなかったのでクラン会話でペテロと話していたら、お茶漬が起きてきた。今から風呂らしい、たぶん食事も。

ホムラ：一緒に来た商人の護衛だっただけで、私が釣ったわけじゃないぞ？
お茶漬：どうせその要人だかと何かフラグたててるんでしょ
ペテロ：と、見せかけて他のフラグの回収済みですｗ
ホムラ：他のフラグ？
ペテロ：酒呑童子とかｗ
お茶漬：いきなり大物キタコレ
ホムラ：ペテロだって茨木童子と！
ペテロ：鬼女紅葉とか羨ましいｗ
ホムラ：名前的には茨木も負けてないだろう？　羨ましがる理由は服を着てるからか？
お茶漬：大物釣り上げた同士言い合ってると思ったら、突然のレオ案件。完全に茨木童子が虎の

パンイチになったんだけど
ホムラ：どっちがマシだろうか
お茶漬：ちょっと。どういうこと？
ペテロ：黙秘します

などとクラン会話で話しつつ、不自然にはしゃぐ天音を眺める。

少し先を行っては、なんでもないようなものを指さし、振り返って右近に笑顔を向けて話しかける。それに律儀に答える右近。

また天音が先に行き――逆に右近に気を遣われているぞ、天音。そう思って隣の右近をみたら微笑まれた。これは気を遣っているというより、空回っている天音を一歩引いて愛でている感じか。

本人はもう覚悟を完了しているのか。なんとなく見合いという雰囲気ではなさげだが、まさか束の間の自由を与えられた生贄パターンではあるまいな？

いや、むしろお見合いより生贄パターンの方が楽か。その場合はゲーム的に戦闘して倒せば済む。


予想通りさらに一泊。とうとう江都に到着！

宿には結界があるので必要ないと言ったくせに、丑三つ時に障子の向こうに紅梅と紅葉が立っていてびっくりしたり、ちょっとした事件はあったが無事到着。

鬼の影は地面に落ちなかったのに、式になると出現するのか？　と聞いたら、式になるか、対象に怨みが濃く執着があると影が落ちる、と返ってきた。微妙な二択である。ついでに障子に映る影には本性が表れやすいようだ。

掘割を流れる水、通りに面した瓦屋根の家々。その裏手を覗くと、長屋の板葺き屋根。江戸です、江戸。ファストに初めて降り立った時のイメージはテーマパークの中のヨーロッパだったが、こちらは時代劇の中の江戸の町だ。

「おお、いいね」

「ちょっとテンション上がるな」

道中の宿場町もそれなりに良かったが、規模が違うし、こちらはどこか垢抜《あかぬ》けている。表通りの店の藍染の日よけ暖簾も物珍しい。大風呂敷のような一枚布の上を軒先に、下部を路にせり出させて取り付けるサンシェードのような暖簾だ。紺地に白で染め抜かれた屋号らしき文字が粋に見える。

扱っているのは陽に弱いものかな？　あとで冷やかしてみよう。

「ほら、早くしなさい、混むわよ！」

ペテロと二人、きょろきょろして言い合っていたら天音に急かされた。

「はい、はい」

入れないと困るので、慌てて天音たちの後を追う。

あちこちフラフラして、江都に着いたのは昼の少し前。混まないうちに天音オススメの店で、食事をすることになっている。

ついた先は、白い暖簾のかかった間口が小さめの店。

黒いくせに透明感がある。一緒に碾《ひ》かれた殻がホシのように散っているのも透明感を引き立てているようだ。

蕎麦である。殻ごと碾いたそば粉を使った藪蕎麦より、つるんとした更科蕎麦のほうが好きなのだが、この蕎麦はうまそうだ。

もともと藪蕎麦が苦手なのは、実家の近所の爺どもに蕎麦打ちブームが来て材料だけは傲っている、下手な蕎麦を散々食わされたからだ。殻混じりで黒いくせに、なんだか白っぽくてブツブツと切れまくっていたような記憶がある。

コネたりまとめたりする過程で手間取って、乾いてしまったんだろう。何故難しい十割り蕎麦を打ちたがるのか。

「蕎麦のつゆ、ここのは濃いから気をつけなさい」

店を選んだ天音が、どこか得意げに注意をしてくる。

あれか、江戸っ子方式か？　助言に従って、摘んだ蕎麦の先を、ちょんとつゆにつけ手繰る。蕎麦のできる秋からはだいぶ遅いのだが、口に入れたときの香りがいい。少ししかつけていないせいもあるだろうが、出汁と醤油のつゆの香りにも負けていない。

小柱と三つ葉のかき揚げがまたうまい。さくっとね！　貝柱のかたさもちょうどいい、揚げ加減が絶妙だ！

ペテロたちの食べる、湯気の上がる温かい蕎麦もうまそうだ。温かい蕎麦は、藪蕎麦と同じ理由で苦手なのだが、寒い日にはちょっと心惹かれる。

他にも、天音オススメの甘味屋、小間物屋《アクセサリー》、一膳飯屋、呉服屋、具足屋《ぼうぐ》、甘味屋、刀剣屋《ぶき》、そしてまた甘味屋を案内される。

「さすがにテンションがおかしい」

ペテロがツッコミを入れる頃には、ルバと左近がぐったりしていた。私？　私も甘物の上限がきました。ぐふっ。

「天音、もういいから。帰るよ」

右近が諭す。

「右近様……」

切なげに右近を見る天音。

「失礼。家に着いたら、僕は家業を継がなければならなくてね。今までのように自由にはできなくなるんだ」

「今日が自由人最後なの？」

右近の言葉にペテロが確認を入れる。

どうやら天音は、右近にギリギリまで自由を満喫させたくて引きずり回していた模様。左近が天音を止めなかったのも同じ理由だろう。

「そうなるかな？」

「じゃあ、右近が行きたいところに行ったほうがいいんじゃないか？　付き合うぞ？」

右近も甘味はあまり得意そうには見えなかったしな。

「僕はあまり店を知らないから。それにもう時間だよ。これ以上は色々勘ぐられて、君たちにまで迷惑がかかるかもしれない」

「家業とやらを知らんので無責任に言うが、そんな周りが窮屈そうな所に戻らんでもいいんじゃ」

長旅だというのに到着が一日、二日遅れただけで、一緒にいた者たちにまで、ちょっかいを出してくる関係者がいるというのが嫌すぎる。

「窮屈は窮屈だけどね、納得もしているから」

いつものように静かに笑う右近。


「右近、左近も天音も一緒に住んでいるふうじゃなかったし、着いたらお別れはわかってたけど。何か二度と会えないふうな雰囲気があったね」

左近と天音が右近と行くのを見送って、ただいま湯屋《ゆや》体験中。

暗い部屋で、もうもうと湯気が立ち込める中、むちゃくちゃ熱い湯に浸かり、のぼせかけて早々に逃げ出し、二階でゴロゴロしている。将棋や、黄表紙《マンガ》が置いてあったりと、ダラけてくださいと言わんばかりの空間だ。

「早く言ってくれれば、三人の時間がもうちょっと取れただろうに」

「まあ、事情を知っている者たちだけだと、気を使いすぎて気詰まりだったのかもしれんな」

別れた三人の姿を思い浮かべて口にすれば、ルバも言う。

しんみりしているように見せかけて、ペテロとルバは将棋で静かに熱くなっている。先ほどの二人のセリフも盤面から目を離さないままだ。いい勝負らしいのだが、私は将棋やチェスはからっきしなので、どちらが優勢なのかよくわからん。誰か私と囲碁対戦しませんか？

道中で話に上がった通り、左近の家にお邪魔することとなっているため、ここで左近と待ち合わせている。

ついでに『強力な鬼を連れている私たちの監視に、左近が人となりを見極めるためついていた』、と言えるかたちをつくっておきたいと言われた。

「老体どもにバレた時、うるさいからな」とは右近の言。私は江都をふらふらしたら食材探しにすぐ脱走する予定だが。

二人が相手にしてくれないので、黄表紙をパラパラとめくる。

……誰だ!?　春本《えろほん》の表紙付け替えたやつは!!　葛飾北斎の『蛸と海女』ですかそうですか。静かつ即行閉じて、私はエロ本には興味はありません～という顔をして、ペテロとルバを見る。将棋に夢中だったくせに、こんな時は目が合うんですネ。

「どうしたの？」

「イイエ。なんでもないデス」

三　鍛冶と剣の修行

左近の家にお邪魔して数日。

ルバと共に『刀自殿《とじ》』と呼びたくなる左近の祖母と対面。ルバの話を聞いて、背筋の伸びた少々厳しそうな印象だった彼女が涙ぐむのを見たり、ログアウトして食事をとったり、江都の街をそぞろ歩いたり。

寝ている間に《ログアウトの》、ペテロと天音の決着はついていた。

天音が「もう一匹いるなんて聞いてないわよ!!　私の唇〜〜〜！！！」などと叫んでいたので、紅葉に何かされた模様。強く生きろ。

「覚えてなさいよ、卑怯者〜〜〜っ！！！」とも叫んでいたので、ペテロに聞いたら、いい笑顔で「さあ？」と返事が来た。

見捨てて逃げたのか、それとも誘導してわざとハメたのかどっちだ。

まあ、右近を送って戻ってきてからの天音は、空元気なのか何をしていてもどこか空々しかったが、あれは本当に心からの叫びのようだったので良かった、のか？

それにしても、明日は仕事の帰りにでも食料を買って来ねば。このままでは、冷蔵庫がただの調味料入れになってしまう。最近のマイブームは油揚げの上に、ピザ用チーズとトマトをのせてオーブントースターで焼くものだ。トマトの味に左右されるが、醤油をひと垂らしして食べると和洋折衷の勝利が味わえる。餃子の皮でミニピザもしたい、お徳用チーズを買ってきて、小分け冷凍をしよう。解凍の手間はかかるが、カビさせるよりはいい。

などと、現実的なことを考えているが、現在絶賛現実逃避中だ。

「ペテロ、これ……」

「諦めて」

ペテロに誘われて、『兵糧丸《ひょうろうがん》』のレシピをゲット。

……したのはいいが、味がですね、おいしくないです。口に含んだ瞬間、現実逃避した。『兵糧丸』は食べるとEPの消費が緩やかになる。長いダンジョンや、EP消費の激しい技を連発したい場合には便利だ。便利なんだが……。

「おいしくない」

「【料理】スキルとは違うしね」

「一緒だっていいじゃないか」

「【調合】なんだからしかたないじゃない」

そう、ゴマやら蕎麦やら食材も使うが、怪しげな漢方薬もインされており、『兵糧丸』はこの世界では薬扱いというオチ。

「普段は焼き串をマメにかじるとして、気が抜けないような戦闘になるときは諦めて食うか」

酒呑との戦いのような場合、片手間に飯を食うなどという芸当はできない。

しかもできないような戦いこそ、EPの減りは早めなのだ。そうとは意識せず【回避】やら【心眼】やら、スキルを使っているのだろう。

「ホムラ」

「うん？」

「レンガードの時、人前で焼き串かじるのはやめてね」

「何故？」

あれか、白はこぼすと目立つからか？

「イメージの問題です。苗あげるから『兵糧丸』で我慢して」

ペテロから『宝珠杏《ほうじゅあんず》の苗木』『紅茗荷《べにみょうが》の根』をもらった。

「いつの間に……。茗荷なんかどうやって探したんだ？　今の季節影も形もないだろうに」

茗荷は根で増えてゆくのだが、今の季節、地上には葉の一枚も出ていないはずだ。

「ふっ。今度、東家の領地で植木市あるって。果樹もよく並ぶっていうから覗いてみたら？」

「おお、行ってみよう。ありがとう」

鶉から植木市まで、ペテロは一体どんな情報収集能力をしているんだろうか。

以前に精霊を使っている、とか言っていたので、精霊のスキルなのか。そういえば私にもそんな能力があったような気がするが……。あれか、風の精霊の〝逃げられ〟が効果を発揮しているのか。気づけば確実に会えるシチュエーションでしか会ったことがない。

「何か美味しいものができたら、分けてください」

「了解」

杏というと、タルトかな？　あんず飴もお祭りのようで楽しいかもしれんが、それはスモモも手に入れてからにしよう。祭りのあんず飴って、大部分がアンズといいつつスモモ推しなのは何故なのか。ところで関西ではあんず飴をあまり見かけないというのは本当だろうか。

ああ、杏仁豆腐ができるのか！

断然クコの実も欲しくなる。市販されている杏仁豆腐は、大抵が粉の状態で保存されている杏仁を使うためか香りが飛んで、代わりに香料で匂いづけがされていることが多い。

ちゃんと原形を留めた杏仁から作ると、作りたては優しい香りがして大変おいしい。おいしいもののことを考えて、気分が浮上した。

【調合】上げがてら、無人の神社の境内に入り込み、ペテロと並んで『兵糧丸』作りを続行中。

私は【調合】のほか、【調合】と魔術系とで派生する、【錬金調合】を取ったが、ペテロは【調合】から派生の【調毒】持ちだ。【調毒】でつくった『毒』の『解毒薬』をつくるために、【調合】も結構なレベルになっているそうだ。……【調毒】のレベルも高いということだな。

「おや、メール。ルバからだ」

「今日は左近と鍛冶の工房へ行っているんでしょ？　どうした？」

左近が紹介しようとした刀工は、大変頑固で偏屈とのことで、興味本位でついて行き、話を壊すのを恐れて、私とペテロは遠慮した。

ペテロは【鍛冶】持ちなのだから、ついていってもよかった気がするのだが、本人曰く、「【鍛治】のレベル足りないだろうし、打った刀に毒を塗るっていったら叩き出されるでしょ」だ、そうだ。

確かに、人となりやエピソードを聞く限り、刀になにか細工しようものなら好感度が急降下しそうな人物像だ。

偏屈だと左近は言っていたが、気に入らない相手には大金を積まれようと打たないという点などは、むしろ好感が持てる。

弟子は一人だけで、さすがに鞘は鞘師に発注するそうだが、打つことから化粧《けしょう》研《と》ぎまで自分でやっているらしい。

「ルバの打った『月影の刀剣』を持って来てほしいそうだ。とりあえずどんな剣を打ったかみたいのかな？」

「他に自分の打った剣持ってそうだけどね」

ペテロと一緒にいることは知っているはずだし、呼ばれたからには行っても問題ないだろうと、二人揃って刀工の家に移動した。

火を扱うためか、場所は町から離れた閑静な竹林《ちくりん》の中だ。

「なんか残念臭ただよう感じが」

「うむ」

ペテロが笑いを含んで言うのに答える。

竹林の最初はいい感じだったのだが、家の周りが据え物斬りにされたっぽいブッツリ切られた竹だらけだった。

「こう、庭に入ったら斬りかかってきたりして」

「大丈夫でしょ、つくる方なんだから。でも気配は多いね、六人もいる」

町から離れると、生垣で囲ってあるだけで門もないオープンな印象の家が多いのだが、ここは黒《くろ》板塀《いたべい》で囲まれ、扉で閉ざされている。刃物を扱うための用心か、庭に入り込まれて作業中に気を散らされないためか。

雰囲気からか、なんとなく『月影の刀剣』を体に引きつけ、【気配察知】をしつつ、『糸』を伸ばす。

「……。いるんですが、抜刀している仁王立ち」

「うは」

しかも『糸』を切られた。

次の瞬間、黒い扉が吹っ飛んだ。

「うを！」

「……！」

破片というには大きな、ついさっきまで扉だったものの一部が体をかすめて飛んでいくのを追って、剣が突き出される。

『月影の刀剣』を鞘ごとかざし、突き入れられた剣を弾き、飛び退りながら剣を抜く。

「何だ？」

私が状況を確認する前に、今度は壊れた扉を踏みつぶしながら現れた尻尾——じゃない狼の獣人に、ペテロが苦無を投げる。

獣人が苦無を叩き落とす間に、周囲を確認すれば、庭にあっけにとられた左近とルバの姿、その隣にあわあわしている少年、驚いたふうもなく、こちらを注視している老人と偉丈夫。

「む、二人か」

「まあ、斬りかかってきた相手に一人で対応せねばならん法はないな」

「剣を持つは貴様か。まずは邪魔者を黙らせよう」

獣人がペテロに向かって踏み込む。

この獣人は、人の顔をしたレオやシンと違い、その顔は狼、くつろげられた和服の胸元からモッフモフの胸毛が存在を主張している。……モッフモフに心揺れてはいけない。

「ケイト殿！」

左近が止めようとしたのか叫ぶ。

ペテロの影が獣人――ケイトに伸びる。だが相手もすぐに気づき、影を斬る。影を伸ばすと同時に投げた、『符』を突き刺した苦無も弾かれたが、剣が触れたとたん『符』から黒い粘りつくような闇が溢れる。

「まあ、剣で応対せねばならんということもないな」

【重魔法】レベル40『鉄塊の拘束』。『符』の使用であるため、魔法のように重ねがけやら何やらはできんが、剣を使う者はステータス的に魔法の影響を受けやすい。ただ、魔法が発動する前に『符』を斬られるか、発動した魔法を斬られるか避けられる可能性が高い。

「ええい！　小賢しい！！！」

ペテロの三段攻撃、私の魔法。それでも反応したのはさすがなのだが。

「残念、『ファイア・リング』と同じく、斬ると増えるタイプだ」

攻撃魔法ではなく、拘束魔法。

知力が高いせいか、初撃で出る黒い鉄塊は五つ。ケイトが避けた分は地面に解けて消えたが、剣で払いのけた分は、倍に増え、ケイトに張り付き、足の一踏みだけでも更に増える。

「相手の知力、さすがにそう高くないだろうから、かかったら勝ちかな？」

口にくわえていた『符』を取りつつペテロが言う。

そう言う割に、再び影を伸ばし、ケイトを更に拘束しにかかっている。ケイトに触れた影から靄《もや》のような手が出現し、足元から絡んでゆく、なかなかホラーな絵面が出現する。

「……不覚！」

「弱体ついてるし大丈夫かな？」

不本意そうなケイトを眺めながら言う、手を緩めない男ペテロ。

「む……。すまんが解いてやってはくれんか」

偉丈夫が声をかけてくる。

「剣での戦いを期待してたんだがなァ」

老人がぼやく。

あれか、『月影の刀剣』の性能を見たかったのか！

「ホムラ、こっちが突然襲われたのは変わらないから」

ああ、それが理由で！　と納得しかけたところで冷静なペテロからのツッコミ。

その後、笑顔のペテロが交渉して、偏屈で気が向いたときしか打たない、扶桑随一の刀工からいろいろ巻きあ……いただくことになった。

刀工――天津《あまつ》から、小柄《こづか》やらを受け取っている。刀は扱う者に納得できんと渡せん、と却下されている。そこは刀工として譲れないこだわりなのだろう。

ペテロは刀は貰えないことを理解しつつも、最初に渡せないものをくれと言ってから、譲歩する形で小柄をせしめた。

その隣で微妙な気分になっている私。なにせ最初に探索のためとはいえ『糸』を使ったのは私なのだ。まあ、向こうも探知系のスキルは展開してた（ペテロ談）ようだし、いいのか？

一緒にいた少年は、少年ではなく少女だった。天津の弟子であるそうだが、まだ下働きをしているだけらしく、動きやすさ優先で服や髪形を選んだところ、こうなったそうだ。やや高い澄んだ声、近くで見れば男物を着ていても少女だとすぐにわかる。

名前は胡蝶《こちょう》。頑固一徹、職人気質な感じの天津の顔が、孫ほど年の離れた、彼女を見るときだけ時々和む。

偉丈夫は、やはりというか、斑鳩だった。

壮年から初老に片足を突っ込んだような年齢だが、日に焼けた肌は筋骨隆々、肌の露出は少ないのだが、その少ない面積でも白く見える傷痕があちこちに。何故治さなかったんだ、と思ってしまうのはキャラクターデザインの人に悪いだろうか。

そして狼男型の獣人ケイト。もふもふなんですよ、もふもふ。もふもふが正座している。胸元の毛がスカーフを巻いているかのようにもふっと。その胸毛をもふるのはセーフなのか、アウトなのか。直立二足歩行する生き物はアウトか……。だがプレーリードッグやミーアキャットだってよく直立してるよな。

これが女性のもふもふ型獣人だったら……。胸を揉むのはマズイ、アウトだ。だが、幸いケイトは男性、男の胸を触ったところで特に問題はなかろう、セーフ？　いや、雌雄を気にしなければならん時点でアウトか？

「ホムラも小柄でいい？　他に希望はある？」

「セウトかな」

ペテロの問いかけに、思わず思っていたことを口にだす。

「何？」

ぽかんとするペテロ。

いつも口元に笑みを浮かべて余裕な顔をしているのに素だ。セーフとアウトでセウトだが、説明はしない。

「……小柄でお願いします」

もふる欲求を抑えて、黒のいる腹の辺りを撫でる。

蹴られたり、鼻で突き返されたりするわけだが、服の中からなので痛くない。あまりやりすぎると腹の方を蹴られるので、ほどほどでやめる。

結局、ペテロは小柄を二本、砥石を三種類、私は『小柄・赤銅魚子地牡丹図《しゃくどうななこじぼたんず》』を二本と『紫紺《しこん》の下げ緒《さげお》』をもらった。

下げ緒の目的は、不意に鞘を抜き取られない用心と、鞘の位置が移動しないよう、帯に留めることだ。毎度ストレージに収納している私には実は無用の長物……と、みせかけて剣につけることによって器用さがあがるというゲーム的アイテム。

小柄は投擲具扱いなのか。性能が見たことがないほど高い。赤銅と書いてあるが実際には真っ黒な烏色《からすいろ》の柄に、金と銀で色付けされた牡丹が彫ってある。刀の鞘に取り付ける前提なのか、刃がむき出しで鞘がない。まあ、しまうからいいんだが。

投擲具はリキャスト時間が決められており、一つ持っていれば何度でも投げられるものと、そうでない投げたらそれきりのものがあり、これは前者だ。ただし、一定確率でロストする。

――私は、過去のゲームでこのスキルを使用すると0・01％の確率で装備壊しますよ~、というのを三連続で壊した前科持ち（ちなみに翌日も壊して、友人にスキルの使用禁止をくらった）なので、これはリデルに使ってもらおう。

そしてケイトと斑鳩が提示したものから、ペテロは符を二枚選ぶ。

「ホムラ殿も符でいいでござるか？」

ケイトは元は斑鳩を始末しに来た忍者。

当然のごとく暗殺者でもあったが、失敗してバレたため、ギルドから下賜《かし》されていたスキルの系統を失い、逆に暗殺者ギルドから命を狙われる身となった。紆余曲折《うよきょくせつ》あって、斑鳩に弟子入り、兼、従者となったそうだ。そしてござる。

符を含めて、選べるアイテムのリストが提示される。

もふる権利をもらってはダメですか？

ペテロ：符をもらっておいたほうがいいよw　使ったらスキルリストに出る可能性があるしねw
　　欲しいアイテムあるなら別だけど

ホムラ：なるほど

そんなわけはないのだが、ペテロに考えを読まれて、そっと軌道修正されている気分がこう……。

私もおとなしく符を二枚選んだ。『疾風迅雷《しっぷうじんらい》』『食溜絶食《くいだめぜっしょく》』。

忍者らしい遁甲《とんこう》系もあったが、全部代用できそうなスキルがあったので、候補から早々に外した。『疾風迅雷』は刀剣のスキル、正直名前で選択。

そして『食溜絶食』。あれです、ＥＰゲージが満タンでもあと一ゲージ分食え、そしてオーバーしたゲージ分もＥＰが使える正《まさ》に求めていたスキル！　単純にＥＰが二倍になる感じだ。ぜひスキルとして覚えたい。

——ただし、これから斑鳩と対戦をせねば貰えない。私の選んだ二枚は提示された中では、最高ランクだ。選ぶアイテムのランクによって、斑鳩との対戦時間が決まる。勝たなくても、時間いっぱい逃げ切れば勝ち、ということらしい。欲張った分、気合い入れて逃げよう。

「すまん。天津殿にオレの剣をどんな人物が使っているのか、見たいと言われてな。まさか話す前に戦闘になるとは思わなかった」

ルバが軽く頭を下げる横で、左近も正座した膝に拳をつけ、頭を下げてくる。なお、庭の扉は左近が修理費を持つ模様。

「いいさ。どうやら欲しいスキルを手にいれるチャンスもあるようだし」

もふもふの悩みを忘れるほど、現在の私には魅力的だ。


先鋒はペテロ。

「む……。疾い、な」

斑鳩さん、無口気味というか、言葉のテンポが無茶苦茶遅いです。

大丈夫、おじいちゃん？　と言いたくなるくらいなのだが、反比例して、身体の動きも反応も速い。落差にペースを見誤りそうだ。

「お茶をどうぞ」

「ありがとう」

胡蝶が入れてくれたお茶を飲みながら、縁側で二人の対戦を見守る。

対戦というか、ペテロは逃げに徹している。この縁側に面した庭からは出ないという条件のもと、軒《のき》を支える柱で踏み切ったり、石灯籠《いしどうろう》を足場にしたりと、縦横無尽。ただ、時間が経つとともに斑鳩の使うスキルがえげつなくなってゆく。

下のランクのアイテムには、生産素材も多く含まれていたので、最初の間は生産主体な人用にゆるいのかもしれない。

空に飛んで避けているのもありだろうか……、と思ったところで斑鳩の広範囲スキル炸裂！

「ペテロ！」

ペテロのＨＰバーが赤く……、ならない。というかバーが見えない。

「セーフ。範囲区切られるとキツイね、ちょっとドキドキした」

どうやら時間がきた模様。ＨＰが極端に低いステータスのままのペテロは、攻撃が当たるとやばい。最初から姿を見せての対戦も苦手な部類だ。

「む……。効果が切れたか」

「効果？」

「斑鳩様は、鬼と賭けの最中。再戦の時まで普段はスキルを封じているでござる。封印を解いたあかつきには、一時的に強化される寸法。今は、封印はそのままに、『緩和符』を用いて、一時的にスキルを解放しているでござるよ」

残念そうでもなく言う斑鳩に問うと、ケイトから答えが返ってきた。その効果とやらが切れたため、スキルも霧散したらしい。

「封印……」

「そうでござる。普段溜めた分、パワーアップでござる」

すごく似たような称号に心当たりがあるんだが。さすがルシャのお膝元。

「よろしく頼む」

休憩を挟むことなく誘ってくる斑鳩と、涙目で正対する。

『兵糧丸』まずいよ、『兵糧丸』。酒呑の時のように一晩近く戦うわけではないので余裕のはずだが、万全を期す。

倒さないと経験値は入らないし、意味がないので『闇の指輪』は当然無し、『月影の刀剣』はルバの手入れで新品同様。仮面なしのフル装備、いざとなったら仮面も被る所存。

黒は懐からご退出願った、現在は人から離れて不服そうに屋根の上で丸まっている。

「ホムラ殿、無理はなされないように」

左近が心配して声をかけてくるのに頷く。

「綺麗ですね、装備。でも戦いには向かないような……」

胡蝶の声が聞こえる。仕方ないんですよ、私の持ってる装備は魔法装備、でもそれが一番強いという現実。近接用の装備も揃えんといかん。

ペテロと同じく、速い自信はあるのだが、あんなアクロバチックな回避は出来ない上、欲張った分、時間が長い。逃げるより、斑鳩のＨＰを前半削って、後半の時間でＨＰの回復とかで時間を消費することを期待したほうがいいかな？

《称号【皇帝】と『リング』に関わる挑戦です。挑戦をしますか？》

ぶっ！　そういえば斑鳩は【元剣帝】だった。

「む……。これは」

斑鳩のほうにも何やらお知らせが入っている様子。私の逃げ回る計画がピンチです。

「斑鳩様、いかがなされたでござる？」

「久しぶりに楽しめそうよな」

ケイトの問いに答えず、くつくつと笑う斑鳩。

私のほうも『符』が欲しいし、相手は【王】ではない。どうなるかわからんが、負けても【王】に落とされるまではいかないだろう。受けない選択肢はない。

斑鳩と剣を合わせて思ったことは、酒呑ほどではないものの剛剣の使い手。使う得物も肉厚で刀身が５尺（約１５０センチ）ほどもある大太刀《おおたち》。人間らしく酒呑《おに》より力は落ちるが、代わりに技は豊富。なるほど、酒呑が喜びそうな相手だ。

打ち合うこと数分、逃げることを優先するつもりだったが、うっかり楽しい。魔法は派手だし、便利だが爽快感は一瞬だ。剣も派手なスキルを使えば魔法と同じような感覚になるのだろうが、もったいない。

酒呑の時と違い、ギリギリ受けていなすことが可能。だが、きっと何度も続けては、剣が持たない。

どんどん速まる動き。

剣同士がぶつかり合って散らす火花。

見るとはなしに見る。
視線は斑鳩の顔、いや目から動かさないままに全体を知覚する。
斑鳩の動きも、視界に入る自身の剣もすべてがゆっくり動くような錯覚。
能の舞いのような、緩やかな動き。
一分の遅滞も緩みもない。
気配　匂い　音　振動　筋肉の動き。
見ないまま　視て　視て。

【刀】【体術】【回避】【剣の道】【心眼】【運び】【跳躍】【滞空】。スキルの数々が上手く噛み合い一体となって、私の体を軽くする。

斑鳩の顔に視線は置くが、視ているのは広大無辺な宙。
斑鳩の朱を刷いたような、血の上がった顔の上から振り下ろされる剣を躱《かわ》し、そのまま胴を抜く。

《【元剣帝】『斑鳩』を倒したことにより、称号【放浪の強者】を取得しました》
《『八刀』斑鳩の最上位ランクを初めてクリアしたことにより、スキル【月花望月《げっかもちづき》】を取得しました》

《『疾風迅雷』『食溜絶食』を手に入れました》

斑鳩はよろめき、石灯籠にぶつかって腰砕けに座り込んだ。

「斑鳩様!!」

「馬鹿な……っ。斑鳩様が！」

「魔法剣士ときいとったぞ!?　どういうことだ！」

「天津様、まさかこんな……」

「……驚いた」

「さすが現役」

なんだか縁側が騒然としているのを背に聞きながら、斑鳩に『回復符』を使う。

レベルが二つ一度に上がりましたよ。ギリギリ上がる手前だったのか、斑鳩の経験値が破格だったのか。両方かな？　耐久以外は三桁になった。もうどんなステータスの上がり方をしても驚かないぞ。

マント鑑定結果【しでかしたことに少しは驚け、という気配がする】
手甲鑑定結果【……うむ】

「む……。さすがだ」

「ありがとう」

手を差し出して斑鳩を起こす。

「剣での勝負、感謝する。最近は派手なスキルを使いたがる若いのが多い」

「こちらこそ。私はもともと剣スキルの数は少ないんだ。符を使うことにも慣れとらんしな」

並んで縁側の前に置かれた靴ぬぎ石に向かい、歩きながら話す。たとえ、派手めのスキルを持っていたとしても、出している間に『符』ごと斬られる気がする。

靴を脱いで収納していると、軒から黒が下りてきて懐に潜り込もうとする。軽やかな動きなんだが、傷や体調はもういいのだろうか。

まあ、私的にはいてもらって構わんのだが。家賃代わりに時々もふろう。

称号【放浪の強者】は、町に戻らない時間が長いほど、攻撃力が上がる。スキル【月花望月】は死の宣告――一定時間経つと問答無用で死ぬ――か、一定時間の継続ダメージを広範囲に付加、継続ダメージ分味方のHPを回復。

死の宣告などというスキルは、お約束としてレジストされやすい。MP回復の【紅葉錦】と同じく、大規模戦《アライアンス》かつ、長期戦の回復向きだろうか。

『疾風迅雷』『食溜絶食』の二枚の符はここぞという時に使うか、ペテロが使ってスキル取得リストに上がってきたら使おう。――ペテロも同じことを考えてそうだ。

「ホムラ殿……！」

左近が何か言いたそうにして、止まる。

　あれかサンバか？　サンバなのか？　炎王たちに正体をバラす前は、『アシャ白炎の仮面』の思考阻害で、ホムラ《わたし》がレンガード《わたし》であることを考えようとすると、彼らの思考がサンバやらランバダで汚染された。扶桑だと盆踊りとかヨサコイ節、花笠音頭とかだろうか。

「すみません」

　急に鼻を押さえて不明瞭な声で謝る左近。指の間から鼻血。

「ムッツリ属性でしたか」

　ペテロがいい笑顔で言い放つ。

　ムッツリと言うと。

「スケベ」

「ご、誤解です！　決して紅葉殿の太ももなど思い出しては……ふぐっ」

　続く言葉を端的に口にすれば、左近が真っ赤になって慌てる。ついでに出血増量。

「見たのか、紅葉の太もも。私、まだ見てないのに」

「え⁉　まだなのですか⁉　いえ、そうでなく、見たくて見たわけではないんです。彼女と天音が戦っている時に、偶々視界に入っただけで……」

「え？　見たくないのか？」

「え、いや」

　しどろもどろになる左近。

「二人とも、女性もいるんだからね」

きっかけをつくったペテロが涼しい顔で諫《いさ》めてくる。

「……ホムラ様、お強かったんですね」

新しいお茶を渡してくれる、胡蝶の視線が気のせいか若干冷たい。

「そう、ホムラ殿は強……、うっ！」

再び鼻を押さえてうずくまる左近。

この家から出るまでに出血多量死しないだろうな、おい。『回復符』を使っても、すぐにまた出る気がするので、タオルを渡して済ます。

「ホムラ、剣を。手入れをする」

機嫌がよさそうなルバに『月影の刀剣』を渡す。

斑鳩の剛剣を受けていたためか、耐久がごっそり減っている。65／100。【破壊不可】が付いているので耐久は基礎値――これが0になると完全に壊れる――が減ることは無いものの、切れ味は悪くなる。

酒呑の時のように、峰で受けるべきだったか。いや、斑鳩の剣は酒呑より多少軽い代わりに、技巧に優れている。そんなことをしている暇はない。無駄に耐久を減らすような使い方をしていないことを確認し、安堵する。なにせ製作者に見られるわけだからな。

「……ほう、これがアンタが打った剣か。いいな」

天津がルバに渡した剣を受け取り、一通り検分する。

隣で胡蝶も食い入るように刀身を眺めている。使い方に駄目出しをされないかドキドキしていたのだが、こちらに声をかけることなく、三人で静かに盛り上がっている。

「ホムラ殿！　拙者も再戦を希望するでござる。剣で！」

ケイトが再戦の申し入れをしてくる。

狼だと思っていたが、ハスキーだったかもしれん。キラキラした期待の眼差しが、散歩を期待する犬のようだ。これはあれか、毎日朝晩お散歩コースか？　もふらせてくれるなら考えなくもない。

ペテロ：アウトだからね？　w
ホムラ：ん？
ペテロ：直立二足歩行はアウトw　さっきはピンとこなかったけど
ホムラ：……
ペテロ：あれをモフッて許されるのは、恋人以上か幼女だけw
ホムラ：幼女……
ペテロ：なお、今から変えてもその姿のイメージがある限り、ただの変態な模様

一瞬、闘技場の『性転換薬』がよぎったところでペテロから釘を刺された。おのれ……！

「ペテロに勝ったら」

「面倒なので却下で」

ケイトをペテロになすりつけようとしたら、間髪を容れず断るペテロ。

結局、賭けの期間が終了しても、ペテロと一緒にいる時に、天音が時々リベンジしに来るため、今も夜は騒がしい。

日中じゃダメなのかとも思うのだが、天音は昼間は何かと忙しいらしく、ペテロはペテロで夜のほうが称号・スキル的に都合がいいらしい。

賭けは終わっているので、私は完全に見ているだけになったが。

「かくなる上は、ご迷惑ながら滞在先に推参させてもらうでござる！」

「止めてね。これ以上のカオスは左近が泣くから。わ……」

ペテロの小さな驚きの声に、視線を追うと赤い水たまりにうずくまった左近。

「この場合、殺人犯はホムラ？」

爽やかな笑顔を向けてくるペテロ。

「まだ死んでない、まだ死んでないから！」

「左近殿、いかがいたしたでござる⁉」

「きゃー！」

……。

しばし、左近の手当てと床の掃除にバタバタした。生活魔法の『符』もつくっておくべきだなこれ。畳でないのは幸いだが、床の血だまりがやばい。

——そういえば、ケイトの探知のスキルはどんなものなのだろうか。ただの【気配察知】であれば使用者だけで完結で符や道具は必要ないが、ペテロが「仕掛けてきた」のは向こうも同じと言っていた。ということはたぶん、私の『糸』のように道具を通すか、『符』を使った外に作用する何かだ。なんだろうな？

「面目次第もない」

「いや」

貧血で横になったまま、恥じ入る左近に否定の言葉を投げる。

「西の坊主の、大分遅い思春期か。朴念仁の部類と思っておったが、こじらせると厄介よ」

「何故こんな……」

面白そうに顎を撫でながら言う天津に、弱々しく答える左近。

「まあ、遊里にでも行くんだな。安いところはやめろよ、鼻が欠ける」

「師匠！」

濡れた手ぬぐいを持ってきた胡蝶がたしなめる。

ペテロ：主にホムラのせいですｗｗｗ
ホムラ：すみません、すみません
ペテロ：左近たちは、どう考えても闘技大会見てるしｗ
ホムラ：考えるのやめてくれれば問題ないのだが
ペテロ：無茶ｗ　それにしても、なんで認識阻害の方法が愉快な方面に行ってるの？　私のホムラにつけてもらった阻害効果、恐怖とか嫌悪とかそっちなんだけど

ホムラ：なんでだろうな……。とりあえず左近が死ぬ前にバラすか
ペテロ：このままじゃ、いつどこで出血多量になるかわからないしねw

「左近さんや」

「何でしょうか？」

こちらを見る左近に、仮面をかぶってみせる。

「……！　レンガード！」

がばっと起きようとして、そのままへなへなとまた横になる左近。血が足りておらんな。

「何でござるか？」

「仮面をかぶっている時はレンガードと名乗っている。これには認識阻害がついていてな、レンガードと私を結び付けようとすると、思考の邪魔をするらしい。左近の鼻血はたぶんそのせいだ」

『回復符』を左近に使いながら解説する。

「レンガードだというのは内緒にしてほしい。まあ、中途半端に知ろうとすると、左近と似たような目にあわせることになるので話すのはおすすめしない」

盛大な鼻血の海でも想像したのか、視線を逸らす面々。


甘じょっぱいみたらし団子、甘さを抑えた餡をのせた餡団子、濃いめの緑茶。

その後あれやこれや左近とケイトから質問攻めにあい、一息つきつつ、おやつだ。団子を出した

のは私だが、茶は天津が茶道楽らしく、胡蝶が淹れてくれた。

いつでも茶が飲めるよう、座敷の中央には囲炉裏が切られ、今も鉄瓶がしゅんしゅんと音を立てている。

話している間に判明したのだが、斑鳩が無口なのは修行で何年も一人でいたからであり、みんながあまり話しかけないのは、【覇気】のせいであったらしい。完全スルーというか、気づかなかったが、斑鳩には話しかけられない、厳《いかめ》しい雰囲気が漂っているらしい。

「ひっこめられないのか？」

「む……。剣のスキル以外はよくわからん」

「斑鳩様……」

初めて知る主人の事実に困惑するケイト。

訂正、剣術以外のことには労力を割きたくないらしく、口数も少ない。

「夢と憧れが……」

「勘弁してください……」

「まったくでござる」

私たちの会話にダメージを受けているのは胡蝶、左近、ケイトである。

「ホムラ殿は剣につけるならどんなスキルが好みだ？」

「ん？」

天津に問われる。

「『月影の刀剣』についている【斬魔成長】がいいな」

休憩でリセットされるが、魔物を斬った数だけ攻撃力がアップ。無心でわらわらと現れる強めの魔物を狩る時に、ちょうどいい。

「発動するタイプのほうは？　こっちじゃ、技を一つ二つつけるのが普通だ。おぬしが持っとるスキルをつける方法もないではないが、大概素材依存で強力なのをつける。連発できんがな」

こう、手持ちが少なすぎて選定が難しいのだが。先ほど、斑鳩にスキルを使用しない戦いを感謝されたばかりだし。

「『月華の刀剣』はどうした？」

ルバが『月影の刀剣』の手入れを終え、こちらに差し出しながら聞いてくる。……。そういえば、闘技大会前に、もう一振りもらっている。忘れていたわけじゃないぞ、ただ装備条件が厳しくてですね……。

「さっきの斑鳩との戦いでレベルはあがったが、装備するにはまだまだ遠いな」

「……70からだったと思うが、今いくつだ？」

「二つ上がって41だな」

はるか遠い。

『月影の刀剣』がランク65。通常なら私のレベルが65からの装備条件を、【装備ランク制限解除】で無効にしている。

『月華の刀剣』は月影より上の70から。同じ『月光石』を使った剣だが、特性を引き出せる素材、

『月詠草《つくよみそう》』が足りないので【装備ランク制限解除】がついていない。レベル70までお預けである。

その前に上位職への転職がある気がするが。

「……レベルが上がるのがやたら早いのかと思っていたが。いや早いんだが」

「む……。半分に満たないどころか、四分の一、いや五分の一か」

いや、まて。斑鳩、レベルいくつだ？　もしや、【剣帝】持ちでないと、普通の対戦はできない特殊キャラでしたか？

マント鑑定結果【自分のステータスが何倍になっているか考えないんだろうか、という気配がする】
手甲鑑定結果【……うむ】

……。あれ、これ酷くないか？

斑鳩が同レベル帯より剣術特化でステータスに補正がびしばしだったとしても。ドラゴンリングに類した効果のものを保持していたとしても。『天地のマント』さんの補正対象はステータス。そして、なんとなくだが、『有無の手甲』さんの効果は称号、スキルの強化。


……。


「修行が足りない……」

恐ろしいことにステータス的に絶対勝っているのに互角近く。

多分、【剣術《けいけん》】が低《なさ》すぎる。思えば、戦闘開始直後は自分の回避の速さを制御しきれず、滑ることもあった。駄目だこれ、この装備でしばらく何処かに籠って、フル装備時の自分の身体能力に慣れないと。

マント鑑定結果【そういう結論に行くの⁉　という気配がする】
手甲鑑定結果【……うむ】

あれから数日。斑鳩にくっついて山籠りを始めた。

始めたのだが、【傾国】の心配がでてくるので生活空間は別だ。長時間ログアウトは雑貨屋の商品の補充がてら、【庭】に戻って行《おこな》った。

扶桑に戻れなかったらと心配したが、『ヴァルの風の靴』でパートナーカード一覧から、任意の人の場所まで転移できる機能は有効だった。【天地の越境者】で扶桑の結界を抜けたのかもしれんが、セーフだった。

で、斑鳩の拠点と離れた場所に自分の普段の寝床を確保するため、良さげな場所を探した。修行なので斑鳩たちと同じく食料は現地調達でいくことにする。まずは水源の確保。川というか渓流を見つけさかのぼる。水は私だけでなく、動物たちも利用するのだ、なるべく上流の方が綺麗なはず。

水源を見つけ、雨の日の増水を考え、一段高い開けた場所を探し野営地とする。

日中は朝っぱらから斑鳩とケイトと打ち合い、夜間は山野を跋渉《ばっしょう》する。現実世界でなら（？）、独りこもって精神修行、という側面もあるのだろうが、あいにくログアウトすると普通に会社に出勤する身。その辺は無視だ。

ケイトは斑鳩が籠っている間は、時間の多くを彼曰く諜報活動に充てているらしい。特に何をするわけではないが、情報を集めておかないと不安になるそうだ。今回は私がいるので少なくとも昼間はずっと姿を見せている。

「いったい何をしてるの？」

「……何をしてるんだろうか」

シフトが合わずにしばらく会っていなかったペテロが訪ねてきた。私が夜番が続いたので、他のクランメンツとも攻略はすれ違い、クラン会話のみで会っていない。

そしてかけられた言葉にちょっと目的を見失っていたことに気づく。

「つい楽しくてですね」

差し掛け小屋だったものに、細い木を重ねた壁がつき、落ち葉を混ぜた泥を塗って隙間が埋められ、【大工】のレベルが上がったために、普通の小屋を建て……。

【細工】で作った長細い籠の罠で山女魚や岩魚をとり、『黒鞠猪豚《くろまりいのぶた》』『無双イノシシ』『火の雄鹿《おじか》』『水の雌鹿《めじか》』を倒し肉の確保。セリ、キノコ――食物に関してはいつもの採取だ。

猪系は、秋から冬にかけて、山の木の実などをたっぷり食べ、その身に脂を溜め込む秋から年末にかけてあたりが旬だ。だが、恋の季節でもあるので、大人の雄は臭いが濃く、戦いのために脂肪を硬く鎧のようにするため、味が落ちる。脂がのった雌か、脂は少ないが臭いの少ない子猪がくせもなくおいしい。

風呂は河原の石をどけて穴を作り、水を流し入れたところに、焼いた石を投げ入れてすませた。川の流れる音を聞きながら、梢の間の月を見て入る風呂もなかなかいい。

気が付いたら大変快適な拠点になっていました。いろいろなことが簡単に実現できて、スキル、ステータスってすごいな！　扶桑での生産は、ほぼ省略不可の手作業だけれど。

「だいぶ目的を見失い気味だったようだ」

「分かっていただいてなによりです。短期間で小屋までつくってるから永住するのかと思いました」

ペテロの持っている肉などの食材と、手持ちの皮などを交換しながら話す。

いい加減山を下りて社会復帰をしよう。我ながら脱線しすぎだ、このままここにいると、そのうち数奇屋《すきや》でもつくりだしかねない。

「スキル、無事上がったの？」

山を下りながらペテロと話す。

「剣術系の基礎スキルは上がった。うっかりレベルも一つ上がった」

ついでに耐久・精神・速さがそれぞれ1上がった。修行の成果！――この分はサボっていると下がるので気をつけよう。

ついでに【孤高の修行者】の称号を取得。効果はソロの時にHPMP自然回復で、【孤高の冒険者】と同じ効果。魔法レベルが低いのも相まって、よほど連発しない限りMPの回復は要らなくなってきた。

「よく上がるね。30過ぎてからレベルで10以上差があると、なんか取得経験値下げられてる気がするのに」

「ついハムハム」

斑鳩との対戦も面白いのだが、道無き道を駆け下るのも楽しかった。

足場を瞬時に判断して、魔物を斬り伏せつつスピードを落とさないでどこまでいけるか、だ。最初、駆け下る自分のスピードに足がもつれそうになったり、選んだ足場が脆《もろ》かったりとうまくいかなかったのだが、どんどん行ける距離が伸びたので、嬉しくなった。早朝、キツツキに威嚇されたのもいい思い出。

「第二陣が来るというのに、差をつけまくってるね」

「そういえば、一人だけ招待できるんだっけ？」

「このサーバーいっぱいだからね。まあ、他のサーバーはデフォルト状態から一斉に始められるし、いいんじゃないかな」

すでにいるプレイヤーから招待を受けないと、このサーバーは選べない仕様だ。私にも運営からメールで招待用のパスコードが送られてきている。

「【雲夜《くもよ》残月《ざんげつ》】もらったけど、忍び刀を持っていないな。あ、初取得すまぬ」

下山の挨拶をしに、斑鳩たちを訪ね、そこでまた手合わせをしている。

ペテロもケイトと対戦をしているので、同じスキルをもらえているはずだ。が、初取得は私。

このサーバーで、初めてそのスキルを手に入れたプレイヤーにつく特典で、少しスキルが向上する。

「いや、そもそもホムラがいなきゃ扶桑に来られてないから。ケイトから【雲夜残月】はもらえたけど、斑鳩は他の『八刀』を倒してからか、【剣帝】の称号がなくちゃ、正式な対戦できないみたい、残念」

「天津の家での戦いでもらえればよかったのにな。――他の『八刀』か。東西南北、一人ずつはいそうだな」

「あれは、アイテム入手のための固定イベントっぽかったしね。北はちょっと敵が生命感知かなんか持ってるのか、たくさん寄ってきちゃって見に行けないかな」

方角の名前を持つ家は、名前通り江都から見て、その方向に所領がある。私がいた山は西家の領地だ。金山やその他希少鉱物が採れる場所は別として、領民や山窩《さんか》と呼ばれる山の民は、自由に出入りできる。

私はすでに、左近から【紅葉錦】をもらっているので、あと五人だ。ただし、対応した武器でしか効果を発揮しないスキルが交じっているので、斑鳩のスキル【月花望月】が要らなければ、全てと戦う必要はなさそうだ。天音も小太刀のスキルを持っていそうだな。

【雲夜残月】は忍び刀用、斬りつけた時、対象の後ろから黒い刃が出現、恐怖付加、低確率で即死。本物の刃を正面から当てながら使うことも可能だが、離れた敵にも使える、ちょっとトリッキーなスキルだ。忍び刀専用スキルなので、ペテロが初取得するとよかったのだが。

「ホムラ、ステータス隠蔽の情報更新忘れてるでしょ」

「あ、完全に忘れていた」

通常の【鑑定】をされた時に表示される、偽のステータス情報を作ってあるのだが、更新するのを忘れていた。

「レベル的に大抵は【鑑定】そのものが出来ないだろうから大丈夫でしょ」

そうは言うが、ペテロは少なくとも偽のステータスは見えているのだろうし、気をつけねば。でもまた忘れる気がする……。


大きな町では夜間、小さな通りは木戸が閉められ、町中での移動が制限される。

左近の口利きで、西家領内に限るが、夜間も木戸を出入りできる木簡を手に入れているが、そもそも夜間は大通り沿いの宿しか開いていない。

きっと解放された場所で、夜間限定イベントがあるのだろうと予測をつけたが、まだ見つけていない。

とりあえず町に出て、宿屋に泊まる。ペテロは仕事を終えて、就寝前に顔を見せに来たらしく、ここでログアウト。私も休憩を取るため、一旦ログアウトする。

ログイン《おき》したら何をしようかな。

よし、温泉を探そう。

修行後はのんびりしたい、まあ、修行と言いつつ趣味に走っていただけな気もするが。のんびりといえば温泉だ。

宿の風呂で手足を伸ばし、明日の予定を考える。屋根のある風呂もいいが、露天風呂がいい。食事が美味しい露天風呂のある宿を探そう。

それにしても、タオルを全裸と同じ扱いにするよう、マントを説得できて本当に良かった。

宿の柔らかな布団で、眠りに落ちる。

白い月が天の高い場所に煌々と照っている。

空は風が強いのか、時々薄い雲が月を覆う。

月明かりに照らされた白い道を白虎が駆ける。

背景の木々は濃淡のない黒一色。

ああ、これは夢か。

白虎の背で気づく。

ログアウトの準備のための僅かな微睡《まどろみ》。

夢――いや、この世界の何かの意識に同調したのは初めてではない。

アリスのクエストに至っては、その微睡の中で進んだ。

どうやらこの『異世界』では、寝るということも大事らしい。

不意に背にぬくもりがあることに気づく。
腹に回されている腕。
背にいるのは白拍子姿の右近。
紅い単《ひとえ》。
白い水干。
紅い袴。
黒い烏帽子。
烏帽子を留める紅い紐。
髪を一つに束ねる白い奉書紙。
それを留める紅い紐。
前を向く私に右近の姿は見えない。
夢を見ている私にはその姿が見える。

どこまでも続くような、白い道を白虎が風のように走る。
紅い単が透ける、薄い水干の袖が風に揺れてふわふわとたなびく。
紅い袴の裾《すそ》が白虎の後ろに尾を引くようにたなびく。
私の背に頬を寄せた右近が何事かささやく。
それを聞いた私が何事か言葉を返す。

確かに言葉を交わしたはずなのに、夢を見ている私にはその声は聞こえない。

白い道を白虎が走る。
追手の姿はないけれど、逃げている。
白虎に乗る私は、逃げている理由を知っている。
夢を見ている私にはその理由はわからない。

右近を攫って結界の出口へと走る。
逃げている理由は、右近を攫ったからか。
ならば何故、右近を攫った?
夢を見る私が考える。

『一緒に行けたら良かったのに』

右近の声が聞こえた。
夢を見る私は、右近に聞き返そうとする。

白虎に乗り前を見る私は、その声に気づかない。
右近のたなびく紅い袴の端が、椿の花に変わる。
ぽとり。
白い道に紅い椿が落ちる。
ぽとり。ぽとり。
紅い袴が、紅い単が、椿に変わる。
白い道が紅く色づく。
烏帽子を留める紅い紐も、髪を束ねる奉書紙を結ぶ紅い紐も、解けた黒髪も――。
右近が椿に変わる。
最後に私の背に寄せていた淡い微笑みを浮かべた白い顔が椿に変わる。
白虎に乗る私はそれに気づかず、先を目指して駆ける。
私の背に残っていた薄い水干が風に攫われ

空に舞い上がる。

四　傾国九尾クズノハ

おはようございます。

といいつつ現実世界も夜だが。

ログアウト時のあれはなんだったんだ？　やたら静かで美しい世界だったが、登場人物が私な時点であの雰囲気はない。


翌朝、宿の女将に聞くと、オススメは北にある雪景色の温泉、そろそろ春の気配がしてきたが、今ならギリギリ間に合うと言う。

ならば途中、早春の食材を探しつつ北上しようかと思ったところに、右近からメール。約束のものが揃ったので取りに来いとのこと。

一瞬なんのことかと思ったが、紹介状のことかと思いあたり、江都へ移動する。

領地にも屋敷はあるらしいが、四家は江都にも屋敷を持つ。江戸城よろしく、江都の町の中心に立つ白壁の城を囲むように、四家の上屋敷《かみやしき》がある。

江都に到着した時に左近に案内されたのは、西家の中屋敷《なかやしき》。当主のいる上屋敷より、くだけた雰囲気……のはず。呼び出しはそこだ。

玄関で訪《おとな》いを告げると、用人《ようにん》でもなく若党でもなく、左近自身が出てきた。本日の案内役だが、若干顔がこわばっている。

鼻血後だろうか。普段肉を食わない扶桑の民に、レバーの差し入れはハードルが高いかな？ 他に造血作用のある食材は何だ。

「ホムラ殿、すぐに乗物を用意します」

「乗物？」

何か変わったものが出てくるのかと思ったのだが、門前に用意されたのは引き戸がついた大名行列でお殿様が乗るような駕籠だ。まあ、これも変わったものだが。引き戸がついた駕籠を『乗物』と呼ぶそうだ。

江都の中は、馬車の代わりに猪牙舟《ちょきぶね》が水路を走り、町と町の間は、辻駕籠《つじかご》が走っている。庶民の駕籠は軽さ重視なのだろう、竹と筵《むしろ》で出来ている。馬車の代わりのせいか、やたら速い。

黒塗りの駕籠で町中を行くのはちょっと恥ずかしい気がしたが、外から誰が乗っているのか見えないので、諦めて供揃《ともぞろ》え付きの駕籠におとなしく乗り込む。

左近もいつの間に着替えたのか、羽織《はおり》と半袴《はんばかま》の正装っぽい格好。そして、なんとなく、なんとなく分かってはいたが、向かう先は城。

城を囲む堀を渡り、門をくぐるごとにお供が減っていき、三つ目の門では、駕籠から降りて左近と、五人の供侍と白い玉砂利を踏んで歩く。先ほどまで晴れていたのに、暗雲がたれこめ始め今にも降りそうだ。そして玄関からは左近と二人。

えーと、畳のヘリは踏んではいかんことくらいしか作法わからんぞ。山籠りしていたほうが気楽なんだが。

駕籠から降りた時以外、押し黙ったままの左近の後について行く。あらかじめ人払いがしてあったのか何なのか、誰とも会わずにそのまま城の奥に。人の声のない静かな廊下を歩いていると、時々ゴロゴロと雷鳴が聞こえる。

「こちらへ」

左近に言われて入った部屋には、烏帽子をかぶった巫女装束の先客がおり軽く頭を下げてくる。

「ただいま少々とりこんでおります。しばしお待ちを」

綺麗な声で告げながら、巫女装束の女が茶菓を差し出してくる。

「取り込み中とは？」

左近が女に聞く。

「鬼がでております」

「陰陽師も巫女もおろうに。大物か？」

女の言葉に左近が顔をしかめる。

「はい、あれに」

女が庭に向いた障子を開け放つと、空はいよいよ黒い雲で覆われ――。

「何だ？」

空の様子は思った通りだが、不自然に低い位置に黒雲があり、時々稲光のするその雲の上には、毛が逆立ち、口からちろちろと火炎を吐く鬼が。

その鬼は雷を撒き散らしているが、結界に逸らされ、建物には届かないようだ。少し距離があるのではっきりとは分からないが、庭や塀はひどいことになっていそうだ。

「雷公か！」

左近が小さく叫ぶ。

「え、紅梅？」

「ホムラ殿、恨みに狂っている時の鬼は、自分でも制御がきかぬものです。近づかないように」

「鬼を寄せないために、私が侍《はべ》っております。恨みの因の北家の者もこの部屋にはおりませんし、よほどのことがない限りは……。何をしておられる？」

「いや、目が合った気がしたので」

手を振ってみました。

「距離があるとはいえ、鬼を前に随分とお気楽な。余波を防いで煩《わずら》わせぬよう申しつかっておりますが、少しご本人にも危機を感じていただきたいのですが」

女が私にではなく、左近に向かって告げる。

「……申し訳ない」

左近に謝らせてしまった。

これは私も謝った方がいいのだろうかと思いつつ、気まずくなって外を見ると、黒い雲はそのままに、落雷はなくなり、小鬼が跳ねているだけで紅梅の姿がない。

「お呼びですか、ホムラ様」

部屋の隅に黒く滲むように現れた紅梅。

私の前に現れるいつもの、冠《かん》をかぶった端正《たんせい》な佇《たたず》まいだ。

「な……っ」

女が慌てて、紙垂《しで》をつけた榊《さかき》――玉串《たまぐし》を紅梅にかざす。

が、かざした途端、白い紙が焦げたように茶色く染まり、端から細かく破けてサラサラと榊から落ちていった。

「ひっ！」

女の口から悲鳴が漏れる。

「部屋の結界は無事、招かれてもいないのにどうして……」

左近が部屋を見渡しながら呟く声に、そっと【結界察知】を取得する私。

レベルアップしたら、と後回しにし、他のスキルに目移りして、スキルポイントを手に入れてからも保留にしていたのだ。

取得と同時に、結構存在の主張の激しい結界が、城全体と部屋に張られていることがわかる。まあ、隠すよりも見せることによって、相手に引かせる考えなのだろう。城にはこの主張の激しい結界以外に、レベルが上がらんと気づくことができないタイプの結界もあると予想ができる。

【結界】は自分の貞操――パンツを穿いているので最終的には無事のはずだが――のためにも、

【傾国】を封じるためにも、とりあえず外界と自分を区切る結界習得まではあげた。

結界の存在も丸わかりで、音もだだ漏れ、自分のレベルより高いものの侵入は防げない。もっとスキルレベルを上げねば、実用するに足る結界はでないだろうが、【結界察知】するに当たって、持っていると多少プラスに働くようだ。

「ホムラ様が名をお呼びになったので」

私が紅梅の名を口に出したため、私の存在に気づいた、ということらしい。目があったと思ったのは気のせいではなかった。

視線は女に置いたまま、口元を笏で隠して薄く笑う紅梅。もしかして対抗しようとした彼女に、プレッシャーをかけて、嫌がらせをしてますか？

「邪魔したか。何か鬱憤ばらしの最中だったんじゃないのか？」

気をそらすために、話しかけてみる。

その間に左近が何事か囁き、女は青い顔をして部屋を静かに出て行った。気のせいでなければ、歯の根があってないくらい怯えているようだったが大丈夫だろうか。

「ここへ参った時の習慣のようなものです。お見苦しい姿をお見せしました」

習慣だった。

強い怨霊《おに》となるのは大体、無実の罪に落とされたり不当に扱われた者たちだ。見る側に負い目があればあるほど、強烈な怨霊となる。怨霊《ほんにん》だけの心のあり方だけでなく、周囲を怖れさせることによってより強く、そして人々の怖れを力として取り入れた怨霊は、自分でも制御が利かなくなる。

紅梅たちが己の怨みを持て余しているようであれば、なんとかしたいところだが、歴史に根ざしてしまいそうな何かだし、個人でどうこうできる問題なのか謎なのと、鎮まったら消えてしまうのではないかという危惧もある。

そう思っているので特に紅梅が怨みを晴らす行為を煽ることも、積極的に止める気もない。そもその発端を調べてどっちが悪いか、あるいはどうしてそうなってしまったかがわからんまま、口を挟む気もない。そして知らん他人——北家——相手に、その労力を割くつもりは全くない。

「もう少し控えていただくわけには……」

「無理ですな」

左近の願いをすげなく断る。

「それができるくらいならば、鬼になどなっていない」

「ですが、今こうして正気でおられる」

「ええ。ホムラ様の傍は、己でどうにもならなかった、思考を焼くような怨《うら》みも、肌から滲むような恨《うら》みも、胆を焼く怒りも不思議と鎮まる……」

紅梅と左近に視線を向けられ、思わず自分のよくわからん称号の一覧を見る。

……あれか、HPMP継続回復がメイン効果だと思っていたのだが、まさかの【月光の癒し】の、『切ないような優しい気持ちになれる』とか書いてあるこれか。

「これのせいかという称号があるのだが……。心凪いだら消えてしまうとか？　嫌なら称号封印するが」

その場合、『兵糧丸』を定期的に呑む羽目になりそうだ。ぐふっ。

「嫌ではありません。それに小鬼なら消え去ることもあるかもしれませんが、私や酒呑は、今や人からの畏れのほうが大きい。怒りに思考を狂わせるより、むしろ強いのではないですかね？――そもそも考えがあるのか怪しい酒呑は変わらないかもしれませんが」

扶桑にも太宰府天満宮はあるのだろうか……。

どうしようもなくなった強大な怨霊は、神に祭り上げて、人々の怖れを畏れに変え、信仰とすり替えて封じてしまう。己の怨みも、周囲の怖れも無くなった時に、ようやく鎮まり、人々が忘れた時に消え去る。それが怨霊に対するイメージだが、裏を返せば人々が忘れない限り消えることはないのか。

「それにしても称号ですか。紅葉はおろか、酒呑までやたら触りたがる上、小次郎殿まで名を寄越す。どのような称号かわかりませんが、ホムラ様は鬼に好かれますね」

「称号で好かれるというのも微妙な気分になるな。ステータス見てみるか？」

九尾の【傾国】に詳しい、扶桑の鬼が私の持つ【傾国】にどういうジャッジを下すのかちょっと気になる。

「ホムラ様、この扶桑で私も含め、男と名のつくものを信用してはなりません。今、信頼に値するとしても、九尾の影響を受けていつ敵に回るとも限らない。軽々しく手の内を明かすことはお勧めしかねます」

諌められてしまった。

紅梅は佇まいといい、書物を好むところといい、学者みたいだ。研究者タイプのアルと会わせてみたい。

知った顔のみとなった部屋で、菓子をつまみながら待つことしばし。おやつにつられて顔をだした黒をすかさずもふる。

修行中、雑貨屋にいるか聞いたのだが、結局懐に常駐。なるべく懐に影響のないように動いていたら、腰が据わったとか、体幹ができたと斑鳩とケイトから言われた。剣の道的にどうこうはぴんとこないが、歩くときに上半身が揺れなくなり、口縁近くまで注いだ茶をこぼさず持ち歩けるようになった！

「要《かなめ》様のご用意が整いました」

迎えが来た。巫女装束だが、先ほどとは別の女だ。

紅梅は迎えが姿を見せるよりも先に、「私は遠慮したほうが良いでしょう」と言葉を残し、消えている。

「要？」

私が問うと、ほんの一瞬女の動きが止まる。

「右近様のことです。右近様は気にされない、いや、むしろ寂しく思われるかもしれませんが、ここでは敬称を」

予想はしていたが、面倒そうな立場の様子。

薄暗い廊下を燭台を持った女について行く。部屋の多い屋敷は、坪庭などを設けて内にある部屋や廊下にも陽を入れたりするのだが、そんな気配はない。

左右は襖が閉められ、静まり返っている。風景の変わらない長い廊下を歩いていると、空間か、時間か、どちらかの認識が狂わされている気分になる。

「お着きになりました」

ようやく、正面に畳廊下に囲まれた部屋が現れ、前を歩いていた女が襖の前に座ると、中に声をかける。

「どうぞ」

中から天音の声がし、襖を女が開けて入室を促す。

敷居から先は暗黒の床。

真っ黒な雲が密度を変えながら渦巻いている。ガラスでもはまっているのかと思うほど、天音の座る場所からその黒雲は水平に阻まれている。いや、部屋の中央を囲むように四箇所に立てられた、斎竹《いみだけ》を繋ぐ注連縄《しめなわ》の結界の中、右近の座る平たい石から水平に阻まれている。

底の見えない場所に足を踏み入れるのはなかなか勇気がいるんですが。『浮遊符』使っていいかこれ？

「どうしたんだい？」

右近の声に、気がそれた途端、暗黒渦巻く空間はただの畳になった。

「いや、なかなかスリリングだなと思ってな」

あれか【ヴェルスの眼】か？

そう思い直して部屋を見ると、右近を囲む四方竹の結界はそのままに、普通の、いや華美ではないが金のかかっていそうな和室だ。

綺麗な絵蝋燭《えろうそく》が何本も灯され、格子天井の正方形の一枚一枚に描かれた、花鳥風月の天井絵を照らす。綺麗なんですがぶっちゃけ怖い空間になってます。

意を決して部屋に入り、十二単姿の右近の前に座る。形は十二単だが、真っ白だ。色の重ねもなく飾り紐だけが紅い。織の違いで同じ白とは見えないが。

紅は夢の椿を思い出す。

「何を言ってるのよ。相変わらずわからない男ね」

右近の側、結界のすぐ前に座る天音が言う。

「ふふ、どうやら君は僕と同じ風景を見たらしい」

「右近様？」

「君に約束した紹介状だよ。僕はここから動けないから天音から受け取ってくれるかい？」

天音が怪訝な様子で問いかけるのには答えず、右近が言う。

髪を下ろした姿はなかなか新鮮。

そして、別れた時と変わらず声音も変わらなければ、顔色も変わらない。

――あの夢は右近の夢が流れ込んできたのかと思ったが、別だろうか。

「要というのは、封印の要か？」

天音から何通かの書状を受け取りながら聞く。

「そう。僕はこれから名前を捨てて、この国の要となるんだ。君と直接会えるのもこれが最後かな？」

「最後？」

「数日後には、この部屋ごと封じられてしまうからね。入れるのは天音だけになるんだよ」

「それは右近の自由が奪われるということか？」

生贄か人柱か。

「誤解しないでほしいな、僕はこれでもこの役目に誇りを持っている。自由になる時間を使って、あちこち見て回ったけれど、やっぱりこの国が好きなんだ」

晴れ晴れと笑う右近。

硬い顔をしているのは右近本人ではなく、天音と左近のほうだ。

「本来ならこの城から出なければいいだけだったのよ。それなのに先代が……」

「天音」

先代が何かやらかしたのか。

天音が不満をぶちまける前に、右近に止められてしまったので何をやらかしたかは謎だが、そのために後を継ぐ右近の条件が厳しくなったようだ。

「この部屋にかける予定の結界のおかげで、一年《ひととせ》が数日程度の体感になるはずだしね。そうひどくはないよ」

「一体それは何年続くんだ？」

一年が数日って、それは年単位でこもらなくてはならないと、言っているようなものだ。

「なるべく次に引き継ぐのは遅らせたいね。そしてできれば、君に右近がいたことを覚えておいてほしいな」

右近が微笑む。

「君の自由さが、――君の後ろに帝国の気配がなければ、恋してもいいくらいには好きだったよ」

フリーダムだって言われてしまった！　いやまて爆弾発言！　いや、フラれた⁉　そして帝国関係ない‼

「もっとも僕は、役目柄男性が欲しがるものはあげられないけどね」

ウィンクしてくる右近。

「その手の話題でからかうのは勘弁してください」

ムッツリなんで逃げたくなるんです。

「ふふ」

私の様子に右近が笑い、硬い表情だった天音が笑みを漏らす。

黙って控えていた左近も困ったように笑った。

「右近は、この部屋のその石の上から動けない？」

「そうだね」

「その石を押し上げようとしている力は、鬼の世界のもの？」

「ああ、正確に言うと九尾の力に強化されて広がったモノ、かな」

気を取り直して確認してゆく。

「では九尾を倒せば解決する？」

「大半は。でも九尾を倒すのは無茶を通り越して不可能だよ。なにせ私がこうして界を分けているからね」

「そう？」

懐から黒を引っ張り出して左近の膝へ。

「男の膝なんぞに投げるな！」

黒の抗議を聞きつつ、畳に沈んでいく私の体。

「畳……っ、いえ、この結界まで抜けられるの⁉」

「待て！　無茶です！」

驚愕する天音と、左近が止める声を無視して、境界を越えてゆく。

「ホムラ、止せ！」

唯一、私と同じ違う世界を見ている右近が手を伸ばす。

「だめなら戻ってくるさ。黒をよろしく」


暗い空間を落ちて行く。

右近が乗っているだろう、白い石の裏側は梵字らしきものが、渦を巻くようにびっしり彫り込まれていた。結界の中は、その石を黒い霧が押し上げようとしているのか、その石の渦に黒い霧がうねらされているのか、どちらか判別できない光景が広がっていた。

だが今は、それもすでに視界にはない。

『浮遊のサイハイブーツ』に装備替えしようかと思ったところで、そもそも『浮遊』は種族特性にあることを思い出す。髪に埋もれていた羽を広げると、ばたばたと音を立てていたローブの裾もおさまり、落下が緩やかになる。

マップに念のためマーキング。

ステータスのチェック。

10％の能力の低下。

ＨＰＭＰは特に変化無し。

酒呑が昼の世界で食らったような種類のダメージ――さすがにもっと軽いだろうが――を予想していたので、能力の低下とスリップダメージが入るのかと思っていたのだが、どうやらスリップダメージは無いらしい。

私の場合、恐ろしいことに自然回復量が上回っているのかもしれんが。

尖った針のような石がところどころ突き出る灰色の地面に降り、『結界符』を使用。思った通りステータスの低下がなくなった。もっとも低レベルの【結界】なせいで、敵の攻撃を受けると消えてしまうという、戦闘中の効果は期待できそうにもないものだ。

「紅梅、酒呑、紅葉」

「御前に」

「応《おう》よ」

「あれ、うれしや。ぬしさまのおそばに」

『閻魔帳』を出し、名を呼べばすぐに三人が現れる。

「九尾がいる場所はどこか知っていたら教えてほしい」

「こっから真っ直ぐ北の芙蓉宮が根城だぜ」

酒呑が正面を指さす。

「ホムラ様、まさか行かれるおつもりですか？」

「ああ」

「その【結界】では【傾国】は防げますまい」

紅梅の言葉に、【結界】を上げていけばいずれは【傾国】を防ぐものも入手可能だと理解する。

たぶんその結界の符を使っての攻略が正規の方法なのだろう。

「試したいこともあってな」

【眼】が【眼】で防げるように、【傾国】同士をぶつけて防げるか確かめるつもりだ。

「ぬしさま、男どもが惹かれるは【傾国】のせい。狐は見るほどの価値もなき容姿、わざわざ行くことはございますまい」

紅葉は九尾を見たことがある様子。

九尾の見た目はもふもふ的に、たいそう気になるが、今回はそうではない。それが目的ではない。

違う。違いますよ？

「式に【傾国】は有効か？」

召喚獣《しろ》には私の【傾国】は効かないと言われたのだが、式はどうだろう？　白は召喚獣だからではなく単純に精神が高いからな気もそこはかとなく。

「主人持ちは他の魅了系・従属系のスキルに多少強くなりますが、残念ながら九尾を前に正気でいられる自信はありません」

「あー。気合いでなんとかすると言いてぇが、紅梅より俺のほうがやべぇな」

酒呑がバツが悪そうに頬を掻く。

「ほほ、男どもの頼りにならぬことよ」

いや、むしろ異性の紅葉がかかりまくりそうで怖いのだが。

「白峯《しらみね》様すら狂われた。九尾の前に多くを相手にすることでしょう。それまではお供を」

目礼を送ってくる紅梅。

白峯、雨月物語か。また大物をモデルに……。そのものずばりな名前を出さないのは日本ではなく、『扶桑』だからか。単に運営が恐れ多いと思ってるだけだったりして。私も恐れ多いので、決定的な名前は口に出さんようにしよう。

「おう！　俺がそっち方面で危ないと感じたら強制帰還させてくれ。自覚がねぇらしいからな」

戦っている最中にかかっているかどうか、見分けるのは難易度が高そうだ。

「その前に、三人に契約者《わたし》の撒き散らす魅了とか精神操作系の効果は有効か？　もしくはかかった後に、聖水的なものをかぶって、祈祷やら聖句を唱えられるのは平気か？」

九尾の【傾国】の話題を私の【傾国】の話に修正する。

「契約による束縛が優先されます。名前を呼んで個別にかけるなどしない限り、上書き・重複は起こりません。ただ、敵から【魅了】された場合、不本意ながら敵に回ります。先ほども申し上げましたが、九尾を前に正気でいる自信は……」

「水ぶっかけられるのはいいけど、祈祷は勘弁だな」

「ほほ、男どもの情けなきことよ。ですがぬしさまも男、好奇心はあぶのうございますよ？」

何か会話が軽くループしかかっているが、要するに三人は九尾の元に行くことを遠回しに止めているらしい。

「戻ったら、かかったかどうかに拘わらず、聖水かぶって祈祷を受けるさ」

友人をあんな部屋に閉じ込めるのは御免蒙る。

右近に、国を見捨てるか、自分を捨てるかの二択しかないなら、選択肢を増やすだけだ。

白い炎が揺らめく『アシャ白炎の仮面』をかぶり、【空翔け】【空中移動】【空中行動】。

誰《プレイヤー》も見ている者がいないのをいいことに、障害物がない最短距離《そら》を行く。真っ黒な霧の覆う、夜の世界、空と呼べるかどうかもわからんが。

スピードの割に、ローブの裾は優雅にたなびく。顔も額全開にならずに済んでいる、体の周りはある程度、大気《かぜ》から保護されているようだ。

「ぬおおおお!!」

聞こえてきた雄叫びに、下を見れば酒呑が走っている。

手をついているわけではないが、頭を低く、前傾姿勢で走る酒呑は、足の爪が地面を削るのも相まって、一個の獣が走っているようだ。

紅梅と紅葉はと、後方に視線を移せば、こちらは真剣な顔をして飛んでいる。少しスピードを落とすべきだろうか。

酒呑が、地を這う鬼を蹴散らして走っている。空にも敵は出るが、レベル上げで大量に作った『符』をばら撒き、倒れる、倒れないに拘わらずスピードを緩めず後にする。知力が乗らないので魔法のレベル相応のダメージしか与えられない。代わりに大量にばらまいているが。

【符術師】や【アイテムマスター】など、相応の職業が使用するのを別として、消耗品の道具の効果は使うもののステータスに左右されない。そこがいいところでもあり、魔法が封じられた状態の今は歯がゆいところでもある。

飛ぶことしばし、湖に平屋を連ねた豪邸いや、内裏が見えてきた。

「ぬしさま、あそこが芙蓉宮、九尾の棲まう場所です」

「ホムラ様、決まった順で門をくぐらねば、九尾のいる場所にはたどり着けません」

「ああ」

紅葉と紅梅の案内に、小さく返事をして芙蓉宮の門の前に降りると、すぐに酒呑も隣に並んだ。

大きな朱塗りの扉に触れると門が開く。灰と黒ばかりの色を見てきた目には、なお一層鮮やかに見える。

中は、門から正面の大きな建物まで、白砂の道があるのみで、後は水に満たされている。そここに蓮の花の浮かぶ水が、朱く塗られた柱や白壁にぶつかり、小さな波紋を作っている。

「ああ、芙蓉は蓮のことか」

ハイビスカスみたいな芙蓉の方を思い浮かべていたので大分イメージが違った。

芙蓉は蓮の古い呼び方でもある。白に先だけうっすらとピンクがかった蓮が、その葉に負けない数、浮いている。

三千年を経《へ》たる狐、藻草《もぐさ》をかぶりて北斗《ほくと》を拝し、美女と化する、だったか。気をつけてみればタヌキモの黄色や、紫、白い花が蓮の葉の間から小さく顔を出している。どうやらこの宮は九尾のためのもので間違いがないようだ。それにしても何故タヌキモを選んだのか。

時々ちゃぷちゃぷと小さな水音のする以外、音のない静かな道を歩く。正面のデカイ建物は太極殿だろうか、紫宸殿《ししんでん》だろうか。右近の橘、左近の桜があるからには紫宸殿のほうか。建物へと上がる階段の横に植えられた、橘と桜を見て右近と左近を思い出す。そういえば、左近からもらった刀のスキルは【紅葉錦】だった、【桜】でなくてよかったのだろうか。

磨き抜かれた顔が映る板の間に遠慮して、引き続き浮遊したままだ。酒呑はと見ると、一向に気にした様子はなく、カシカシと床に爪で傷をつけながら歩いている。

「誰じゃ、ワシの顔を踏むやつは。ワシの体に傷をつけるやからは」

声が聞こえたかと思うと、部屋の中央の床が盛り上がり、人の形を作る。

「おう、おう。顔に引っかき傷ができたぞ」

自分の顔をつるりと撫でる。

「この部屋はワシじゃ、ワシはこの部屋じゃ。招かれんものを通しはせんぞ」

現れた敵の言動からして、顔の傷は酒呑の爪の痕だろう。

あれか、この部屋に足を踏み入れる前に、魔法でも放り込んで、それから戦えば有利だったりするのか？

「やかましい！　床は黙って踏まれてろ！」

考え事をしている隙に、酒呑が先制攻撃というか、喧嘩をふっかけに行ったというか、大太刀を横にないで、敵がのけぞったところに蹴り。いや、踏んだ。

「この場合、足が早いというべきですかね」

紅梅がため息をつきつつ、笏を振ると、敵を酒呑ごと雷が打つ。

どうやら、紅梅が符の代わりに、媒介としている道具は笏であるらしい。

「もう少し優雅に戦えぬものか」

紅葉が扇を一振り、鬼火が酒呑もろとも敵を焼く。

「ほほ、火に弱いの」

「建物《き》だからであろうよ」

目を細める紅葉に、薄く笑って答える紅梅。

「こらぁ！　お前ら!!　俺まで狙いやがったな!?」

怒気を紅葉と紅梅に向けながら、敵に容赦のない攻撃を加えてゆく。

「今はホムラ様に喚び出されたモノ同士、私の雷も紅葉の火も効いてはいないでしょう」

「残念なことに」

扇の陰から、酒呑に妖艶な流し目を向けつつ心底残念そうに言う紅葉。

「後で覚えとけよ！」

怒りに任せて敵を叩き切る酒呑。

あれ、もしかして油断していると これ、私の出番がない？

《芙蓉宮の荏油《えのあぶら》×5を手に入れました》
《芙蓉宮の荏油×5を手に入れました》
《芙蓉宮の荏油×5を手に入れました》
《芙蓉宮の荏油×5を手に入れました》
《『通行証』を手に入れました》

出番がありませんでした。酒呑も火系だしな……。

荏油はエゴマ油のことで、ちゃんと食用にもなると書いてあるが、どう考えても床やら柱やらに塗って磨く用だろうこれ。黒光りするケヤキの大黒柱とか目指せと？　何年かかるのか。いやその前に【大工】のレベルを上げなくては！……違う。

初討伐報酬もでんかったし、強さも大したことはない。中ボスまでいかない扱いで、部屋ごとに出るちょっと強い敵が『通行証』を落として先に進める、ということなのか。

「ホムラ、小次郎の旦那喚ばねぇの？」

「刀剣三人って戦いにくくないか？」

大太刀二人、プラス魔法が使えないので刀剣で戦うつもりの私。

そしてもともと、三人は九尾の居場所を聞くために喚んだのだ、小次郎は天然っぽくって居場所を知らない気がして除外した私だ。聞いたら解散するつもりだったのだが……。

「旦那は格闘系もいけるぜ？」

ニヤニヤしながら紅梅と紅葉を見て酒呑が言う。

嫌そうに眉をひそめる紅梅と、顔を背ける紅葉。

小次郎は私と契約して、紅梅の『閻魔帳』に手形を押した鬼だ。第一頁の鬼は紅梅、第二頁は紅葉、三番目に小次郎なのだが、小次郎が紅梅や紅葉を倒せば順番が入れ替わる。第一頁の鬼は私が呼び出している間、下位の鬼にある程度命令を出したり、その他に優遇事項があるらしい。

紅葉が第一頁を奪うと宣言した時は、特に気にした様子もなかった紅梅が、小次郎相手には居心地悪そうにしている。

当の小次郎は序列をあまり気にしていない。おっかない顔をしているのに、性格は穏やかで、たっぷりのクロテッドクリームと、ベリーのジャムをつけたスコーンを気に入り、待望の紅茶仲間でもある。

「では喚ぶか。小次郎――」

「呼んだかね」

黒い影がしみ出て、熊のようにでかい体がのっそりと現れる。

「特に問題がないなら白峯との戦闘を手伝ってほしい」

「承知」

一瞬、小次郎の右目が金色の双瞳《そうとう》に見えた。

ああああ！　『幸若舞』で、どなたかも双瞳とか重瞳《ちょうどう》とか呼ばれる、一つの目に瞳二つ持ちでしたね！

小次郎のモデルにようやく気付いた私の心が修羅場。白峯・紅梅・小次郎で三大怨霊が同じ部屋に揃ってしまう事案が発生しかけているのかこれ。あれ、九尾・白峯・酒呑で日本三大悪妖怪も揃う？

……よし、私は気づかなかった！

『通行証』で部屋、もしくは建物の扉が三箇所開くが、一箇所開けると『通行証』は消えてしまう。部屋ごとに正しい扉を選びとって進まないと、最初の部屋や、いくつか前の部屋に戻され、戦闘のやり直しになる。そして現在、七度目の最初の部屋に足を踏み入れたところである。

「進むつもりで同じ場所を回っていると、気持ちが悪くなってくるな」

「私の膝で少し横になられますか？　ぬしさま」

ぼやくと紅葉が袖を引いてくる。

「おいおい、一応敵陣だぜ？」

「ホホ。ぬしさまが休む間ぐらい男どもでなんとかせい」

酒呑の窘める声も適当だ。確かに「一応」敵陣なのだが、途中の渡り廊下などは別として部屋には少々強い一体しか出ないことと、パーティーメンバーが豪華すぎて、下手すると一人戦えば済むという事態。

実際、ほとんどを酒呑が突っ込んでいって、紅梅と紅葉が援護――酒呑の方にぶつけるような範囲攻撃だが――で済んでしまうため、私と小次郎の出番まで無い。まあ、敵の方も、迷う《ぐるぐるする》前提で弱めな設定なのだろう。

「横になるのはともかく、休憩を入れるか」

濃いめのお茶に、黄身を五、白身を三の割合で焼き上げたカステラ。私の好みで底に少し溶けたザラメがたっぷりついている。現実世界では有名なくせに、微妙に口の中の水分を奪ってゆくカステラもありやがりますが、これはしっとりとふわふわだ。

「おいしい……」

鬼も女性は甘いものに弱いのか幸せそうな紅葉。

女性は、とつけたところで私の知るこの世界の甘味好きは、男二人だったことを思い出す。

「俺は甘いのはちょっと。ホムラのは口に入れちまえばうまいんだが、今までの苦手意識のせいか抵抗あんだよなぁ」

そういう酒呑の前には酒と黄身の味噌漬け。

オレンジが鮮やかなねっとりとした黄身、ご飯のお供には一日程度漬けた柔らかいものの方が好きだが、酒の肴にするにはもう少し漬けて固めにした方がいいようだ。

「床左、柱右、天井中央……」

カステラを食べ終えた小次郎がつぶやく。

「なんだなんだ？」

「部屋に出る魔物の種類で、どちらに進むか、でしょう」

不思議そうな酒呑に紅葉が呆れたように言う。

「そうそう、柱が左だよな！」

とってつけたような笑顔で、酒呑が杯を呷る。冷や汗が見えるぞ、酒呑。

「襖は左、灯明《とうみょう》右。ですが、几帳《きちょう》は中央でも左右でもありませんね」

困ったように、笏で自分の顎をトントンと軽く叩く紅梅。

几帳はT字形の柱に薄絹を下げた間仕切りのようなものだ。だいたい高貴な女性の姿を隠すために使われる。

「几帳の色でも変わるのかと思ったがそうではないようだな」

こういう判じ物はペテロやお茶漬が得意なのだが、残念ながら今はいない。

考えるより戦闘してさっさと進みたいタイプの私には嫌なダンジョンだ。謎は謎でもミステリーは好きなんだが。

「どこもダメなら戻ってみりゃいいんじゃねぇの？」

酒を飲みながら適当な感じで言う酒呑の言葉に、紅梅と紅葉が固まった。

「うむ。ここは『入った扉』も考慮するべきであるな」

小次郎が同意する。

「くっ、酒呑なんかに……」

「……」

他の二人も同意のようだ。ちょっと不本意そうだが。

そしてあっさりと迷路を抜けた。

「さて、ホムラ様。この先に白峯様がおられる、ご用意は？」

「問題ない」

私が答えると、紅葉が襖を開けた。

御簾《みす》の前に優しげな一人の男。その男がこちらを向いて口を開く。

「久《ひさし》や、雷公」

「白峯様……」

「あの忌々しい月ももう見えぬ。もうすぐ我らを閉じ込め、力を奪い、のうのうと生きる厚顔なものどもに怨みをはらせよう」

月はきっと右近の座るあの白い石のことだろう。

結界の強かった時代はもっと低い位置に存在し、弱まった今、見えなくなるほど押し上げられている。

きっとそういうことだ。扶桑には二重の結界がある。一つは扶桑を包む九尾を封印する金の神ルシャの結界。一つは鬼どもを封じる人の張った結界。

神の封印に封じられた扶桑の人々。今までの経緯から考えると、いつの時代か知らんが、たぶん人も境界を破る罪に加担している。そして人の結界は、鬼たちを封じるだけではなく、その力を奪い、その力を使って、神の封印に穴を開けている。

「クズノハ様に全てが従い、全てを手に入れられる。嗚呼《ああ》、しかし此処に我以外の男はいらぬ……」

九尾の信徒を増やすくせに、九尾への傾倒が隠しようもなく極まると、独占するために他の男どもの排除を始める矛盾。

「おいおい」

バリバリと音を立てて白峯の背を破り、羽が生えてゆくのを見て酒呑が軽い驚きの声を上げる。

変貌はそれだけにとどまらない。爪が伸び、髪がざんばらに伸び、顔が青黒く染まって鼻が伸びる。

「思いのほか派手だな……」

他の色味が黒っぽいのに羽が金色なんです。

「相変わらずズレた感想だね」

突然少年の声がする。

「やあ、こんばんは」

芙蓉はずっと夜だ。

「僕が来るの、予想していた？」

「まあ、アリスの時もヴェルナが来たし。バハムートの時はヴェルスが居たし、な。——忘れないうちに渡しておこう」

現れたルシャの姿は式たちには見えていないようで、私がルシャと会話していることさえ、気付いている様子はない。

そんな中、ルシャにグリーンカレーをそっと手渡す。最近日本食ばかりでパンチのある味のものを食べていなかったせいか、スパイシーなカレーの匂いに私も食べたくなる。

「【庭】のウロにも詰めといたから寄る機会があったら持って行ってくれ」

「ありがとう。やっぱりズレてるね」

受け取りつつ、なんとも言えない表情をするルシャ。

「君は気づいているの？　扶桑の者は鬼も人も等しく罪人だ」

「九尾が境界を破るのに力を貸した？」

「うん。九尾と鬼たち以外は代替わりを繰り返して、記憶も罪も薄くなっているけれどね。でも『罪』に墜として、鬼をつくったのは人間だよ。そして墜とすだけじゃなく利用している」

果たして扶桑の人々はそれを知っているのだろうか。知らずにそのシステムだけ利用しているのだろうか。右近は？

「僕は人の理の中の『罪』に興味はないけれどね」

君は許せるのかい？

君は鬼と人、どちらの側につくんだい？

微笑みを浮かべながら聞くルシャの気配が薄くなったところで、白峯の体が倍ほどに膨れ、黒い霧をまとった大天狗が姿を現わす。

「……どちらか選ぶつもりはないんだがな」

「ぬしさま？」

紅葉が怪訝な顔で問いかけてくる。

「なんでもない。行こうか」

「ええ」

「応！」

「ご随意に」

「うむ」

笑いながら私の式に声をかけると、それぞれ短く肯定の返事をする。

出会った人も鬼も好きだし、私がしたいのはどちらかの味方ではなく解放だ。

マント鑑定結果【カレーを抱えてする会話じゃない、という気配がする】

手甲鑑定結果【……うむ】

「いらぬ、いらぬ。クズノハ様の視界に入る男は我以外いらぬ！」

言葉とともに背に生えた羽を勢いよく広げると、周囲に衝撃波が広がる。それとほぼ同時に、パリンという音とともに薄いガラスがはじけたようなエフェクトが私の周りで広がる。衝撃波はそのまま部屋全体に及び、今まで常識の範囲内で広かった部屋が、構造はそのままにさらに広がり戦いのステージへと姿を変える。

「ぬしさま、結界が！」

「問題ない」

『結界符』が破れ、影の世界の影響を受けるようになりステータスの低下が起こるが、道中を考えるとこの程度ならば心配ないだろう。

それよりもルシャが現れたことを考えると、九尾との連戦の可能性がある。式たちを引かせるタイミングを間違うと、目も当てられないことになる気がする。

「白峯様、手向かいいたします」

紅梅の雷。

「ふはははは！　クズノハ様のよい僕《しもべ》となったであろうに愚か者！」

白峯は避けようともせず、直撃を受けるがダメージを受けた様子はない。

むしろ金色の羽にパチパチと細かい電流が走り、蓄電しているようにみえる。

「うぇっ！　自分で言ってて、おかしいことに気づかねぇのか」

「厄介とは聞いていたが、【傾国】にかかるとこうなるのだな」

「待て」

声をかけたが遅く、右から酒呑が踏み込むと同時に、小次郎も床を蹴る。

酒呑の振るった大太刀を避けた先に小次郎が、という即席の連携に紅葉も乗り、扇から火を飛ばし白峯の動く先を制限しようとする。だが、白峯が攻撃を避けることはなく、太刀を振るった酒呑が紅梅の雷に吹き飛ばされた。

「痛ってぇ！」

紅梅は初撃から容赦なく叩き込んでたっぽいからな。

『回復符』を使用しながら、白峯の様子を観察する。多少ダメージを負ったようだが、その十倍は酒呑に返している。

「なるほど、術は次の攻撃時に反射しますか」

紅梅が横でつぶやく。

羽が通常にもどった白峯に、続けて小次郎が拳の連打を叩き込み、背に手をやる仕草をすると、大太刀が出現、最後にそれを振り下ろしてラスト。

「反射だけなら気にせず使えばよいだけのこと。毛ほども効かぬでは使うても意味がないのぅ」

「いや、使ってくれたまえ。どうやら術を溜めている時しか攻撃が通らぬ」

紅葉の言葉に、後ろに飛んで私の隣に戻った小次郎が言う。

「打撃属性が効かぬのかとも思ったが、そうではないようだ」

「おや、では遠慮なく」

「うむ」

本当に遠慮なく雷と炎の術を叩き込む紅梅と紅葉。

そして、ためらいなく突っ込んで行く小次郎。

雷がその身を撃つのも構わず白峯に、時々大太刀での攻撃の交じる、連続攻撃を叩き込む。格闘優位の刀剣との複合職だろうか?

普段はのっそりとしている印象なのに、大きな体で猫のように機敏に動き、しかも一撃が重い。格闘コンボは滞ると威力がガタ落ちするのだが、雷による痛みを物ともせず、だ。

見ているこっちが痛いので、コンボ中の小次郎に『回復符』を飛ばす。あれ、これ私回復役になってる?

「うむ、じゃねぇよ! もっと威力の小せぇのからいけよ!」

「ほほ。男鬼なら耐えてみせるがいい」

ツッコミを入れる酒呑に、たいへん嬉しそうな紅葉。

雷と炎、カウンターで返す属性は、最初に着弾した術なのか、量が多いほうなのか、どちらか測りかねるが、とりあえず白峯の羽が纏うエフェクトで、どっちが来るかはわかるので良しとする。

「嗚呼、内裏の橘と桜は何故実をつけぬ」

「ここにいる羽虫のせいか? 火に巻かれて死ぬがいい」

白峯が、天狗の羽団扇《はうちわ》をふるい、二柱の火炎の竜巻を起す。

木造建築なのに……防火管理者は誰ですか? それにしても橘はともかく、桜の実ってどうなのか。内裏の桜は食用に改良していないだろうに。サクランボをつけても、苦い! 渋い! 酸っぱい! だと思うのだが。

「ふん、大して速かねぇし、こんなんくらうかよ！」

酒呑が白峯に駆けるのを追い越して、【グランドクロス・刀剣】を発動。取得時にお試しで使った以外、正直、放置していたスキルだ。

【紅葉錦】【月花望月】もどう考えても大規模戦用、【雲夜残月】に至っては忍び刀を持っていないので使えない。気がつけば、一体用の大ダメージを与えるスキルが二つしかなかった。

レベルの付いていないスキルは【符】の必要作成レベルは低めだ。対象のスキルを持っている人しか作れないし、使えないからっぽいが、自分で作って自分で消費する分には何も問題がない。

グランドクロスは、ターゲット中心に光の十字架が広がり、惑星のマークが出た後、再び十字架がターゲットに収縮して爆発する派手なエフェクトだ。ダメージのほうは多分そこそこ？　使ったことが角うさぎと白峯に対してしかないため、比較が極端すぎてよく分からない。

【グランドクロス】は、戦闘でゲージがたまるまで使用できないタイプのスキルだ。『符』で使用してもそれは同じだったらしく、たまっていたゲージが0になる。

同じ刀剣系スキルの【紅葉錦】【月花望月】のゲージは今回使った分なのか、減少した。同じ武器でゲージ技を連発とはいかないらしい。ただ、【グランドクロス・大剣】を使ってみた時、【断罪の大剣】のゲージはそのままだった。これは【断罪の大剣】が特殊なのだろう。いや、もしかして『大剣』だからか？

「ぬしさま！」

紅葉が悲鳴に似た声をあげる。白峯が羽に溜め込んでいた炎がコロナのように飛び出し、私を押し包む。

「どうも近接の攻撃スキルは好かん」

スキル撃つなら魔法でいいじゃないかと思ってしまう。

物理は物理らしく刃を交えたい。派手で変わったエフェクトは嫌いじゃないが。それに物理系の『符』は武器にくっつけて発動させるため、どうしても隙ができやすい。

「ホムラ様、大事ありま、せん、か……？」

「無傷かよ、おい」

途中で途切れた紅梅の声に重なる、呆れたような酒呑の声。

「称号【火の制圧者】を持っているので、火系の攻撃はほぼ効かんのだ」

物理攻撃に火を纏わせて、とかだと物理の部分は食らうことになるが、この跳ね返った術ではノーダメージだ。

そうでなくては突っ込めない、なにせＨＰには一抹どころでない不安が……。

「む。増えた」

小次郎がぼそりと言った言葉に、なんのことかと周りを見れば、壁に当たった火炎の竜巻が、倍に増えて跳ね返ってきていた。

「これは……時間をかけると厄介そうです」

「竜巻同士が接触しても増えるようね」

紅梅と紅葉が竜巻について観察し、言葉を交わす。

後半に行くほど増え方がえぐくなる予想が簡単につく。実質時間制限があるかんじか。

「いや、壁に当たって増えるということは、『何か』に当たれば増えると考えたほうがいい。ホムラ殿にも避けることをお勧めする」

「ああ、竜巻だしな。風のダメージくらうぞ！」

なぜかちょっと嬉しそうな酒呑。だがしかし。

「すまんが【風の制圧者】も持っている」

沈黙が落ちた。

「安心しろ、その二つしかないから」

「……いや、持ってるほうが安心なんだがよ。なんかこう……」

「来る」

酒呑が言葉に詰まっているところに、小次郎が短く警告を発する。

すぐ脇道に逸れそうになる主人ですまん。

「右近衛《うこんえ》の者が『トキジクノカクノコノミ』を食ろうたな？　桜の実は左近衛《さこんえ》の者が食ろうておろう……。嗚呼、邪魔じゃ、邪魔じゃ……」

白峯が羽団扇を再び振ると、炎を纏った石の礫《つぶて》が降りそそぐ。

「【流水ノ紅葉】」

紅葉が持ち替えた扇を振ると、背後から真っ赤に色づいた植物の紅葉を乗せた水のドームが広がり、味方を包む。

白峯の炎の礫を完全に防ぐことはできなかったが、だいぶダメージを軽減してくれた。直で食らっていたら、私は瀕死の予感。

紅葉は攻撃も補助もこなせるタイプか。『回復符』を使用しながら認識を改める。攻撃力では紅梅や酒呑に一歩譲っているが、攻撃型ばかり揃ってしまった中で貴重な存在だ。回復職の方、どこかにおられませんか〜？

「ほう、水の属性を隠しておりましたか」

面白そうに言いながらも紅梅が雷を叩き込む。

なんというか、敵よりも味方同士で腹の探り合いをするパーティーなんですが……。

『トキジクノカクノコノミ』へのツッコミとかはないのか。順当に考えると右近の橘の実、左近の桜の実を、左右の近衛府《このえふ》の者が盗んだということか？

『トキジクノカクノコノミ』は不老不死の実としても有名だが、桜は何かあったかな？　むしろ儚いかんじなんだが。実よりも花びらのイメージが強い。

「くっそ！　ゲージ技使えねー！」

「うむ。通常攻撃でゲージをためる技は、反射ダメージと釣り合わないように見受ける」

嘆く酒呑に同意する小次郎。

小次郎はコンボを叩き込めば、受けるダメージに見合う成果を出せるので、状況に同意はするが、我関せずでもある。

「普通はダメージ量の少ない魔法を積み重ねていって、その間に物理の通常攻撃を入れるのではないだろうか……」

何故こんなハイリスク・ハイリターンな戦法になっているんだ。式には突撃型しかおらんのか。

「問題ありません、お二方とも丈夫ですから」

「この程度で潰れるようなら潰れてしまえばいいのです。ぬしさまの鬼なら耐えられましょう」

いや、あの、私も攻撃を入れたいのだが。

だが酒呑と違い、私の持つ通常スキルは一撃のダメージ量は多くないため、小次郎と酒呑が攻撃を入れた方がどう考えても効率がいい。


「そうじゃ。盗んだモノの心の臓を引きずり出せばその中に在《あ》ろう。そうじゃ、そうじゃ、きっとそうじゃ」

「とりあえず、そなたらは邪魔じゃ。【病魔の呪詛】！　ふははははは」


白峯が狂ったように笑いながら、いや、狂って笑いながら羽団扇を一振りすると、ステータス低下の状態異常がついた。

具体的には咳、喉の痛み、鼻づまりなどの鼻腔や咽頭等の不具合、および発熱、倦怠感、頭痛と筋肉痛に似た症状。

「風邪か！」

つい脱力しそうになったが、万病の因である。

『回復符』でとっとと回復したが、もしかしてこれは『病も治す』付加効果がついておらんと、苦労するのではなかろうか……。いや、状態異常系ならば治せるのか？

「去《い》ね、去ね！【追撃の痛手】！　ふはははははは」

さらにもう一振りすると、旋風《つむじかぜ》の中、黒い霧を纏った礫が降り注ぐ。

旋風、炎の竜巻を避け、酒呑と小次郎も白峯から離れて下がってくる。

「あぶないことよ。呪詛に掛かった状態であれをくろうたら、立っていられる者は限られるわえ」

思ったほどのダメージではなかったのだが、紅葉が漏らした言葉を聞けば、どうやら呪詛の状態異常に陥ったままで食らうと大ダメージを食らうようだ。

「白峯様の羽団扇は厄介。いくつ技と術を使えるのか……」

紅梅が眉を寄せる。

「ああ、そうか」

紅葉も水の防御技を使うときに、火の模様の扇から、流水文の扇に替えていた。本人の使えるスキルを『符』を使わずに振るうことができる道具。天津はなんと言っていた？

「【断罪の大剣】！」

ヴェルスの【断罪の大剣】は『符』にすることはできなかった。

天津が言っていた「こっちじゃ、技を一つ二つ、つけるのが普通」。

『符』をつくるためのレベルが足らんのか、神からもらった特殊スキルだから『符』にできないのかと思っていたのだが、なんのことはない『武器についている』スキルだからだ。最初からつくる必要はない。

【大剣装備】のおかげで、ふらつくことなく振り上げたヴェルス【断罪の大剣】。相変わらず華美なその大剣は、スキルの発動と共にすぐさま光の巨大な剣へと姿を変える。

仄暗《ほのぐら》い内裏の中にあって、周囲から白い硬質な光を集め剣の形に成長してゆくと同時に、その光を撒き散らす。

あるはずの天井はそこにはなく、暗がりに巨大な白い刀身が輝く。

「光の属性!?」

「ぬしさま……!」

「目が痛え！」

「むう……」

四人から声が上がるなか、光の剣が白峯に振り下ろされる。

「嗚呼、嗚呼！　クズノハ様！　御身を晒すことになるとは……っ！」

光に呑まれた白峯の声が響き、御簾が落ちる。

やばい式返すの忘れてた！！！！！

白峯が霧散する。多くの人々に畏れられる鬼であるからには、消滅したわけではなく一時的に姿を保てなくなったということであろう。

山の頂の霧が峰に阻まれて空にたまるがごとく、部屋に霧がたゆたう。その霧と落ちた御簾の奥に揺らぐ姿。

一段高い畳敷。

黒のぬめやかに光る――たぶん本絹の布団。

その上に横たわる柔らかな肢体。

まっすぐな鼻、黒く縁取られた目、明るい赤毛……、ピンと立てた大きな耳、そしてふさふさの尻尾が七本。

「くっ……！　これが本家【傾国】……っ！」

なんという誘惑物。

「えっ！　狐なのに⁉」

「うむ。【傾国】は自覚がないまま、外からも一見そうとは見えぬ状態でかかるという」

「マジで⁉」

私の言葉に驚く酒呑、さらに追撃を入れる小次郎。

「ですが、まだクズノハ相手に戦闘を行えるほどには正気」

「口ではそう言いながら、ぬしさまへ危害を加える気かえ？　今のうちに下がらないのは狂うた証しやもしれぬな」

「ええっ⁉」

クズノハを見て、笏の陰で目を細める紅梅に、紅葉がクギを刺す。

酒呑はおろおろしすぎというか、顔と態度に出過ぎではあるまいか。

「使っていないわ……」

呆れたような声がため息とともに挟まれる。

「獣《こ》の姿の時は、【傾国】は発動しないの。でも長くは持たない……。早く出て行って。人も外も嫌いよ……」

真っ黒な手袋をしているような、前足の中にだるそうに顔を伏せるクズノハ。

もふりたいが無理強いはよくない。

「可愛い狐ちゃんだな、おい」

「……」

「伝え聞いた話と、相違がありますね」

「……」

「男という男をたぶらかす女狐と聞いたが、だいぶ違うようようよの」

「それは私と違うもの。かつて短い間同じであったけれど今は違う……。早くおゆきなさい、私では制御が難しいの……」

酒呑と紅梅の言葉はスルーだったクズノハが、紅葉の言葉に反応する。

「ああ、ダメ……」

クズノハの体毛が白く染まり、そのまま白い色が溢れる。

「せっかく実は地上にあるというのに、どちらも持たずに来るなんて……。なんて……、なんて役立たず」

狐のものではない、白い手がするりと伸び、真っ赤な十二単のようなものを着た女に変わる。

着物の裾が乱れ、袴ではなく、白いふくらはぎと、緋《あか》い蹴出《けだ》しが見えている。白い肌を引き立てる色として、緋縮緬《ひぢりめん》の布団が遊郭では好まれる。今、雪のような肌を引き立てるのはその緋と、黒絹とぬばたまの黒髪だ。

「私を殺すことができない者ならばいらないわ。羽虫のように寄ってくるようになるのも不愉快……」

白い顔の中、目の端に刷いた朱。

ちなみに蹴出しはパンツの一歩手前装備です。

「ここで消えなさい」

カッ！　と見開かれる赫赫と光る目、別の生き物のように動く七本の尻尾。

「男鬼ども！　帰還を！　ぬしさま……！」

紅葉の叫ぶような警告。

「さて」

果たして相殺はできるのか？　できなかったら『庭の水』の水浴びコースなのだ。

【技と法の称号封印】を解く。まだ寒いのでできれば水は浴びたくないのだが。

対抗できる確証がないことへの不安からか、無表情でいながら嬉々として『庭の水』を用意するカイル猊下の姿が浮かぶ。違う、そうじゃない、私の死に戻りでヤバいのは周囲だ。

「ダメ……。遅い……、遅いわ。さあ、惑え！　殺しあえ！」

クズノハから甘い香りが押し寄せる。

「……っ！　ぬしさま！」

酒呑が額を押さえながらふらつき、紅梅は袖で目を隠し、小次郎も眉間を押さえ膝をついている。紅葉が距離のあるクズノハより、近くにいる酒呑たちへ敵意に近い警戒を向ける。

「紅葉、これを」

紅葉にアイテムの譲渡。

桶に入れた『庭の水』と柄杓、ちょっと微妙な顔をして固まる紅葉。

「貴方、正気なの？」

驚くクズノハ。式たちが動けないのは、クズノハの【傾国】と、私の【傾国】が拮抗しているためか。

式に主人《わたし》の精神攻撃は効かないはずだが、相殺という良い影響のほうは受けるようだ。

「嫌い！　嫌い！　男は嫌いよ！　勝手に惑って私のせいにする！」

クズノハの前に妖が現れる。

龍に似たモノ、鳥に似たモノ、地を這う虫に似たモノ。鬼たちの宴で出会った名も知らぬものたちと同じく、形が何であるかわかるが、はっきりと見ることのできない影。

出現した途端、式たちと同じように床に伏せるもの、落ちるもの、動きを止めるもので部屋が溢れる。

「何故⁉　こんな時にしか役に立たないくせに！　嫌いよ！」

混乱したのか、狐火が多数現れ、不規則な渦を巻く。

「大嫌い！　私のじゃなかったのに！　こんな力要らない！」

炎が私めがけて雪崩れてくるが、称号とステータスのせいで大したダメージを受けず、大部分がはじかれる。闇の混ざった冷たい炎、気づけば泣いているクズノハ。

もう一押し。

【畏敬】の発動。

『アシャ白炎の仮面』を取って、【傾国】の効果が一番表れる素顔を晒す。

ふう、とも、ほう、ともつかぬため息が、ひとりではない誰かの口から漏れる。

泣いているクズノハの動きがぎこちなくなる。

斑鳩が【覇気】をだだ漏れにしていたことからも分かる通り、『符』は必要がない。スキルとは言っても気配だ、気合だ。……ちょっと自信はないが、ちゃんと発動している模様。

「私、私は……」

はらはらと涙をこぼすクズノハにゆっくりと静かに近づく。

「何があった？」

扶桑で聞いたクズノハの評判とだいぶ違う。問いかければ狐火は消え、泣いている少女が一人。

「聞いてくれるの？　私の言葉を。ちゃんと聞いてくれる？」

期待し、そして裏切られることに怯えているようにも見える少女。

「聞こう」

手の届く距離に座してクズノハの顔をみる。

「ああ、ああ！　本当に効かないのね！」

泣きながら笑うクズノハ。

「私も【傾国】持ち、相殺されるんだろう」

右近のほうもなんとかしたいが、この様子で聞かずに済ますのも気持ちが悪い。

聞いた上で切り捨てる覚悟を決めるなりなんなりしなければ。

彼女の言うことには、玉藻《たまも》というベタな名前の妖狐に憑かれ、体を乗っ取られたそうだ。

天子を惑わし、面白半分に国ごと滅ぼそうとした玉藻が、陰陽師に正体を見破られ……。この辺もお決まりなコースだったが、玉藻が逃げようと界を越えたところで神々に封じられた。

「封じられる時に、玉藻は逃れたの。大部分の力を私に残し、神々の広げる結界の網から、すり抜けられるギリギリの力を持って。普通の身外身より少し強いぐらいでしたけど、反省もせず、きっと何処かで男を惑わせているわ。あれは病気だもの」

現在、帝国在住と思われる玉藻さん、クズノハさんから病気判定出ました。

「神々に訴えなかったのか？」

「神々は私が玉藻じゃないのは知っているわ。私が頼んだの。玉藻に乗っ取られた時も、北斗の星の加減で玉藻が弱って、私が出られる時はあったの。でもね、玉藻に惑わされてる男は話を聞きはしないのよ。女も嫉妬に狂っていた。それで話を聞いてくれた数少ない女房を追い出す始末」

ため息をついて、熱い緑茶をすする。

御簾の中、クズノハの部屋はなかなか居心地がよくしつらえられており、様々な巻物や本が並び、中には竹簡や木簡まで見える。外に出ないので、暇を紛らわせるため国の内外から集めさせたらしい。引きこもりライフ満喫していた気配。

「私はもともと能面師の娘、生産スキルはあっても他のスキルなんてなかったわ。【傾国】も他も私のスキルじゃないし、うまく扱えなくって。話を聞かないどころか何度も押し倒されそうになったわ」

その度、狐火を暴発させて惑わされた男どもも隠しきれず、陰陽師の知るところとなったそうだ。

「スキル？　称号ではないのか？」

「スキルよ？」

なんで聞くの？　というようなきょとんとした顔で返された。

スキルはよほど高レベルでない限り、称号より弱い。だが裏を返せば、スキルを上げ続ければ称

号を超えることも可能だ。人の寿命ではなかなか難しいと聞いたが、クズノハが生きていた年数を考えると、ちょっと危なかったかもしれない。

ちなみに称号の効果は、種類によって、持ち主の行動の積み重ねやら、属性などの相性、他人からの評価、様々な要素で上昇する。上げるのはスキルよりも難しい。

それはともかく、クズノハがスキルならば、玉藻が称号の方を持っていそうではあるな。

「嫌気がさしたの。だから閉じ籠もれるならと封印を受け入れたわ。永の年月過ごしてしまったから、私も人には戻れなくなってたし。……力も抑えられないし。男がいるのは嫌だったけれど、御簾の中には入れないようにしてくれたわ」

「それにしても酷くないか？」

男が周りにいるのも、力をそのままに封じられるのも。

いや、出不精には素晴らしい環境だったのだろうか。三食おやつ、読書、ゲーム付きなら私も引きこもりたい。――ダメだ、たまには友人と遊びにも行きたい。

「快適よ？　でも、ありがとう」

《ソロ初討伐称号【封印の使い手】を手に入れました》
《称号【封印の使い手】に付随するスキル『封印』を取得しました》
《なお、この情報は秘匿されます》

クズノハに礼を言われた途端、アナウンスが流れた。和解、戦闘終了、ということだろうか。

「ヒトから見たらひどいかもしれないけど、境界の穴はふさいでもらわないと。この妖狐はね、男がいないと力が出ないんだよ。だから国ごと封印させてもらった。境界を破るほど力を蓄えさせた者たちにも協力してもらわないとね。他にもやらかしてるし。——僕にもお茶くれる？」

突然ルシャが現れて隣に座る。

「こういうの茶飲み話って言うんだっけ？　僕、どのタイミングで出るか困っちゃった」

濃いめの緑茶と、サクサクした食感の細長い小さなパイのチーズ塩味・スパイス味、キンカンの蜜漬け。

キンカンの蜜漬けはほんのり苦く、甘さを消す。なかなか大人な味でおいしいのだが、皮に含まれるテレピンのせいでたくさん食べると口の周りと舌が痺れてしまう。

「ん、相変わらずおいしいね」

可愛らしい美少年の外見をして、ルシャは辛いものが好きでスパイシーなものを好む。苦いものもしかり。

「クズノハは連れて出ても構わないよ。ただし、その力の大部分をここに残してだけどね。スキルも弱まるから制御できるようになるんじゃないかな？」

「いや、無理に連れ出すつもりは……」

「本当？　この力どうにかなるの⁉」

クズノハが叫ぶように言う。

ルシャとの対話は、私だけかと思ったらクズノハにも見えて聞こえているのか。

「スキルだからね、見合うレベルになれば自分で制御できるよ」

笑顔で答えるルシャに、キラキラした目でこちらを見てくるクズノハ。

「……何かクズノハを出したい理由でもあるのか？」

ルシャは決して優しい神ではない。

「君には正直に話したほうが早いかな？　全体的に封印が弱くなっているのは知ってるだろう？」

「ああ」

「どこも封印が解けるか、境界がふさがるのが先か、微妙ってとこ。だからここも、封印に見合うよう獣の力を削いで、破れないようにしたいのさ」

器に見合うって大切だよね、とルシャが笑う。

「無理にとは言わないけど。ヒトの張った封印の圧も少なくて済むようになるし？」

「男は嫌いだけど、貴方は別。……久しぶりに檜の森の匂いをかぎたい」

ああ、能面の材料か。花粉症の印象のほうが強いが。

「わかった」

にっこり微笑むルシャと、こちらを見つめて揺れる尻尾……じゃない瞳に屈した。

「ふふ、良かった。カレーのお礼はまた今度ね」

ルシャが消えた。

《『傾国二尾クズノハ』を取得しました》

「ぬしさま、幾久しくよろしくお願いします」

尻尾が減った⁉

ちょっとショックなことがあったが、丸く収まった。

クズノハがランダムで呼んだ妖たちと睨み合って、帰還しなかった式たちも動きだす。戦闘が終わって、呼び出された妖は消えると思っていたのだが、揃いも揃って【傾国】にかかりまして……。

『閻魔帳』に小龍と烏天狗、影鰐《かげわに》が追加された。影鰐さん無茶しないで、あなたワニといいつつ魚でしょう？　ここは陸ですよ。

称号【封印の使い手】は、スキル【封印】の取得及び、封印系のスキルの強化。【封印】は通常、『封印結界』だとか、他のスキルで混じるものを個別に覚えるところ、まとめたもののようだ。

個別では発現しない、結構強力なものも覚えられるっぽい。出るかどうか分からんが、目指せ称号封印！

マント鑑定結果【カンストスキル相殺しちゃったよこのヒト、という気配がする】

手甲鑑定結果【……うむ】

クズノハのいた場所に、鎮座している七尾《ななお》の狐。白峯だった、漂う霧。

「まさか、九尾を手懐ける者がいようとは」

「ふふ、さすがぬしさま」

小次郎が頭を振りながら言えば、紅葉が笑顔で言う。

「むしろ、一緒に茶を喫しておられた方のほうが気になりますが……」

「こまけーことはいいんだよ！　勝った！　勝った！」

「馬鹿力で、背中を叩かないでください」

紅梅はルシャが気になる様子。

クズノハ登場前のルシャは見えていなかった様子なのに、先ほどのルシャの姿は見えていたようだ。もしかしてクズノハの意見を聞けるよう、姿を見せていた？　クズノハの境遇に多少の憐憫《れんびん》があったのかもしれない。

「それにしても、白峯様が復活するまでしばし時が必要のよう……」

辺りを見回し紅葉がつぶやく。

「復活後手に入るであろう白峯様の手形は、埋まり具合からいって、酒呑の『閻魔帳《ほう》』へお願いします」

「さらっと押し付けんじゃねーよ！」

相変わらず複雑な式事情。

やはり倒すと手形がもらえてしまうのだろうか。ここの前座ボスなような気がするのだが。全員もらえる系なのか？　クズノハの【傾国】を長い間受けてきた白峯が、簡単に正気にもどるとも思えん。厄介な気がするが、そこから縁を確かにするか、切らしてしまうかは本人次第ということか。

ところで七尾が気になるのだが、狐姿のもふもふは我関せずと黙して大きな反応もなく、クズノハが寝そべっていた布団に伏せている。尻尾が減るのかと思ったがそんなことはなかった。ピンと立てた耳がこちらを向いて時々ピクピクと動く。耳の先が黒いのもまたいい。

クズノハに渡されたペット用の装身具は竹筒だった。管狐《くだぎつね》ですか、そうですか。尻尾が二本になったクズノハは、スキルが制御できるようになった代わりに、ヒト型で居られる時間が短くなった、らしい。妖としての本性が狐なのだろう。

「普通とは言わないけど、ヒトとして生活できると思ったのに……。でもまあ、気楽ね」

ちょっと残念そうに言って、竹筒の中に消えていったクズノハ。

レベルが上がれば尻尾が増える、が、レベルが上がったら人型になってしまう。悩ましい。

「ぬしさま、お返しを」

紅葉が桶を返してくる。

「いざという時のために、嫌でなければ持っていてくれ。掛ければ多少、浄化や祓《はら》いの効果がある」

「ホムラ様、【傾国】が効かなかったのは何故だか伺っても？」

紅梅が問いかけるようにこちらを見てくる。

「【傾国】で相殺しただけだ」

今は封印《しまって》してますよ。七尾も狐型だし。

「……」

笏の先で額を押さえる紅梅。

「では、ぬしさまが芙蓉宮に参られる際、式に【傾国】が効くか問われたは、九尾のことでなく、ぬしさまのこと……」

「我が主人は多才だな」

「ってことはなんだ？　俺、ホムラの【傾国】にかかってんの？」

「男が何を言いおる」

紅葉の言葉に、同性にもかかる疑惑があると、酒呑をフォローしようとしたが、まあいいか。

「クズノハに会った時まで封印してたし大丈夫だろう」

漏れてないよな？

「いい匂いがしましたわ。クズノハからもぬしさまからも。私はぬしさまの匂いのほうが好ましい……」

胸に手を、肩口に頬を寄せてくる紅葉。

「紅葉もいい香りがするな」

紅葉だけでなく紅梅もいい匂いがする。服に香を焚き染めているのだろう。

「ああ、確かにあの時、いい匂いがしたな」

くんくんと反対の肩口から嗅いでくる酒呑。犬か。

「まだ匂うのかね」

参加しないでください小次郎さん。

「ホムラ様がお困りです。解散してください」

パンパンと笏で手のひらを叩いて、解散を促す紅梅。

「ホムラ様、入り口は開かないようです。出口はおそらく別に」

酒呑が入ってきた板戸に足と手をかけて、「ふんぬーっ」と唸っているのを背に、しれっと紅梅が報告してくる。

「ふむ、ボスがいた場所に、外への転移装置が出現するのがお約束だな」

小次郎が戸に向かって、必殺技的なもののタメに入ったのをスルーして、御簾の奥に向かう。すごい音がしているが、戦闘中も演出なのか柱が四本折れただけで、床も天井もピカピカなので、壊せないオブジェなのだろう。

クズノハがいた部屋、七尾の狐が横たわる場所を見る。ボス戦を終えたせいか、私たちへの反応はあまりない。チラチラとこちらを気にしているようだが、同じポーズのまま動かず、無関心を装っている。イベントを終えた後は、同じ事しか話さないキャラみたいな何か。

「ちょっと失礼しますよ」

七尾さんを持ち上げてみるテスト。何もない、ふかふかの布団だけのようだ。

「何もないな」

迷惑そうな顔をしながらも無言でポーズ維持をしている七尾。このまましれっと持ち帰ってもいいですか？　なかなかのもふもふです。

「ぬしさま、こちらの壁に」

部屋の壁に、芙蓉宮らしく睡蓮の模様。

芙蓉は睡蓮の古い呼び名だ。近づくと薄く光るが特に転移の発動はない。

「ホムラ様、元の場所に置いてらっしゃい。ご迷惑ですよ」

「む……」

やっぱり連れていったらダメか。

紅梅に注意をされて、すごすごと七尾を元いた場所に戻しに行く。布団の上に戻すと、ちょっとホッとした顔をされた。無理強いは良くないし、おとなしく諦めることにする。さようなら七尾さん、時々もふりに来ていいですか？

ついでに酒呑と小次郎の二人に声をかけ、壁の前に立つ。今度は転移が発動し、宮の前、左近の桜と右近の橘の間に飛ばされた。

「明るいな」

「月が……」

怪訝そうな酒呑の言葉に、紅葉が扇で天を指す。

来た時には見えなかった月が煌々と照っている。鬼たちを封じる要石。

「ほう、月が戻りましたか」

それぞれが月を見上げる。

「……近いうちにここへ、異邦人たちが押しかけるだろう。正義と信じて攻撃する者も、乱暴で身勝手な願いで鬼たちを蹂躙《じゅうりん》する者も、確かな縁を結びたがる者も一緒くたに来る。ここの結界を強めた私が言うのもなんだが、気をつけろ」

もともとそのつもりで来て、目的を果たしたのだから謝らない。

謝らないが、少々後ろめたくはある。できれば良い異邦人に恵まれてほしい。

「ホムラ様、我らは主人に恵まれ望外の自由を得ました。鬼は、他の鬼などどうでもいいのですよ」

紅梅が私を哀れむように優しく言う。

「うむ。どうやらこの国の封印自体が、なくなる日が近いらしい」

「神の封印がなくなる時が来るなんて、思ってもみなかったな」

「ふふ。先の楽しみが知れてよい心持ち……」

「では、また」

陰界の封印どころか、扶桑の封印が消滅し、世界を自由に行き来できる未来。

笑いあう式たちを背後に、月に向かって飛ぶ。

ズボッとね。

「ただいま」

「ホムラ！」

「無事なの⁉」

ずいぶん長いこと芙蓉に行っていた気がするのだが、どうやらダンジョン扱いで時の流れが違ったようだ。

現実時間を表示する時計はそんなに進んでおらず、戻った部屋にも、右近の側に天音と左近がいた。

「急に結界の圧が下がったよ。君は何をしてきたんだい？」

あわあわと慌て気味な左近と天音と違い、冷静な右近。

「中に行く前に、言った通りに。……と言いたいところだが、九尾を倒してはこなかった。まあ石は下がったようだし良いとしてくれ」

九尾は今ポッケにいます。

「黒はどこだ？」

きょろきょろと辺りを見回すが、姿が……。いた！

全員の視線が、部屋の隅に集まる。

「ギ……」

薄暗い部屋の中でも燭台の明かりが届かない、真っ暗な部屋の隅で気配がする。

「フリだしに戻った⁉」

がーん。

嫌々ながらも上半身はブラッシングをさせてくれるようになってたのに！

「ほら、黒、黒。おやつ、おやつ」

チーズ味のスティックパイを見せて、黒の目線に合わせ低い位置で振ってみせる。

「……」

そっぽを向かれた気配！　もっと匂いの強いものがいいか？

「こう……。ここは僕との感動の何かじゃないのかな？」

うな丼を出して、匂いが黒の方に行くようにあおいでいたら、右近が呆れた声をかけてきた。

「おかげでこの冷たい石の上に座るのは、一日のうち数刻で良くなったよ。敷地内であれば外にさえ出られるくらいだ。──ありがとう」

「私からもお礼を。右近と会えなくなるところだった」

「私からもよ。私は天音、名付けの意味の通り、右近さまに天の元《そと》の出来事を伝える唯一の者になるところだったわ。ありがとう」

「いや、遅かれ早かれ九尾の元には行ったと思うし、気にするな」

「さて君に何で報いよう」

にっこりと笑いかけてくる右近。

黒へのとりなしを頼んではダメだろうか。──ダメっぽい圧力が天音からひしひしと。

「君に神社の本殿への立ち入りの許可を。扶桑の転移門が使えるよ」

「右近様、長老にも諮《はか》らずよろしいので」

「いいじゃない。だってホムラは右近様だけじゃなく、扶桑を救ったんだもの」

「そう。それにいざとなったら、あのジジイには雷公が暴れるって脅しとけばいいのさ」

いいのかそれで。

《芙蓉宮をクリアしました。以降、扶桑の各所の転移門が解放できます》

おお、これは嬉しい。移動が楽になる。

「ありがとう」

温泉を探さねば！　家にも欲しいな、温泉。

「ところでその、うな丼をいただけないだろうか。この部屋に入る前から、要となるため精進潔斎していてね。ちょっとこの匂いは我慢がきかない」

右近が丼をちらちらと気にする。

「結界は平気なのか？」

「もう気合を入れなくてはならないほど切羽詰まってないよ。大丈夫」

そういうわけで人数分、うな丼と吸い物、お漬物を出す。

結界の要でうな丼食べてるとは、ここへ案内してきた巫女さんとか考えてないだろうな。

香ばしく身がふっくらとしたうなぎ。タレは秘伝の～とかはないので、うなぎの頭を焼いてダシをとって仕上げた。ラーメンとカレー、うなぎの匂いは破壊力が高い。ただ、うなぎはゴムのような歯ごたえの、勘弁していただきたいモノも存在する。

「おいしい……」

「本当に。右近様の解放と相まって、忘れられない味になりそうです」

「タレも濃すぎず薄すぎず。タレだけ絡んだご飯もおいしい」

「巫女姿で、うな重ならともかくうな丼を食べているのはなかなかシュールだな」

などとみんなでうなぎに舌鼓を打っていると、黒が寄ってきた。

うなぎを乗せたご飯をちょっと差し出すともぐもぐと食べた。のっそりと膝に乗ってくる黒。どうやら少し機嫌が直った様子。

「お前、他の獣の臭いがする。白いやつでも騎獣のでもない」

「ああ、クズノハの匂いじゃないか？　私には匂わんが」

黒に給餌《きゅうじ》――給仕をしながら答える。

「む、封印の獣とやらはこんなに移香《うつりが》がするほど、臭いが濃いのか」

「私に移ったというより、ポケットにクズノハがいるからじゃないのか？」

「……」

沈黙が落ちた。


「ホムラ、ちょっと祓っていいかな？」

「何を？」

固まっていた右近が話しかけてくる。

「この部屋は幾十もの結界がほどこされてるから、万に一つも【傾国】の影響を受けたものは入れない。入れないいんだけれど、君、ほら陰界への結界まですり抜けていったからね」

「普通、軽度の精神操作や呪いの類は、この城に入った時点で吹っ飛ぶんだけど」

気を取り直した天音も言ってくる。

「ああ、どうぞ」

【傾国】の厄介さは、自覚ができない上に周囲からも分かりづらいことだ。

疑われても特にカチンともこない。むしろクズノハはともかく、そうと分からず玉藻に遭遇していたら厄介だ。まあ、【ヴェルスの眼】があるので、本性を隠していたらわかるし、丸出しだったら普通にわかるだろう。

『天清浄　地清浄　内外清浄　六根清浄と　祓給う……』

白い十二単姿の右近が、祝詞《のりと》をあげると、手に持つ玉串の榊の葉に枝に、ふつふつと水滴が現れる。私の頭上で玉串を振るとその水滴がかかり、清々しい気持ちに。お祓いを受けている側なので、ガン見できないのが残念だった。だがやっぱり巫女さんは緋袴がいいなあ。

「ふむ、正気のようだね」

「ポケットにクズノハなんて言い出すから、どっかおかしいのかと思ったわよ」

言い合う信じていない様子の二人。

左近だけが心配そうな、怪訝そうな、微妙な表情で私を見ている。

「見せてもいいが、ここで出すのは色々障《さわ》りがありそうだな」

あとあと色々こじれることを防止するために積極的にバラしてゆくスタイル。情報共有は大事だ。

だがしかし、この部屋でクズノハを出すと、人のはる結界と、クズノハと、どちらか一方か、両方に悪い影響があるかもしれない。

「結界への圧が大幅に落ちたし、君が何かをしてきたのは確か。でも申し訳ないが九尾を連れてきたというのは、にわかには信じられないよ」

却下されました。

「ホムラ殿でしたら可能なのでは？　その、色々従えておりますし……」

左近がこちらを気にしながら言いよどむ。

そういえば、紅梅たちやバハムートを直接見たのは左近だけか。報告は上げているのだろうが、聞くのと見るのとでは印象が違うのだろう。いや、こちらを気にしているのは違う理由か？

「はっきり言ってもいいぞ？　ちょっと仮面の効果は見させてもらうが、バラしても構わん」

ちょっとひどいかもだが、今後のためにちょっと観察をば。

右近は役目柄、隠蔽や精神操作系への耐性が高そうだ。果たして今後、異邦人のレベルが上がった時に、仮面の効果が期待できるのかどうか。

「ホムラ殿は、闘技大会総合優勝者のレンガード殿。彼《か》の竜を従えているならば、九尾とて従えられるのでは」

姿勢を正した左近が言い終えて、若干すっきり清々しい顔。

そしてすぐに懐から懐紙《かいし》を取り出す。ティッシュ代わりですか？　二人が鼻血を出すとは限らんと思うが。

「レンガード……？」

怪訝そうな顔の二人。

こう、仮面を取っただけで闘技大会と同じ、白装備なままなのだが。天音と目があったのでにっこり微笑んでみるテスト。

「そういえば同じ格好してるわね。おっかけか何かなの？」

「違う」

自分で自分をおっかけるのは大変そうだ。

「いや。そんな装備が二つとあるとは思えない……」

眉を顰めて右近が言うが、語尾が消えてゆく。

天音も忍者兼巫女みたいな職業っぽく、精神も耐性も高そうなのだが、仮面の効果は抜群のようだ。

そしてやはり右近のほうが耐性がありそうだ。神職には気をつけないとバレる可能性あり、と。

カイル猊下にはどう考えてもばれている。右近と天音には初めはばれていなかった。私のステータスが上がれば、仮面の効果も上がるってことか？　上乗せされる？

「ホムラ殿！」

自分の考えに沈んでいると、左近に声をかけられる。

「いやあああ!!　その手紙、音読しないでぇえ！！！」

耳を押さえて涙目で畳に突っ伏す天音。

「違う、違うの！　買ったけど着てないし！　着てないってば!!」

――何やら黒歴史が掘り返されている様子。

「違う、確かにうらやましく思うが、望んでいない。いや、嘘だ、望んだ……あの幸せな夢、あのまま……。だが、選択しなかった！　くっ……。ホムラ……レンガード……」

右近はあらがっている様子。

おろおろする左近。ちょっと目を離したすきにひどい有様。

「えーと。これでいいか？」

右近と天音から視線が来たのを確認し、仮面をかぶってみせる。

「えっ」

「レンガード⁉」

「はい」

呼ばれたので返事をしてみました。

「バラす気があるなら、さっさとバラしなさいよ！」

『アシャ白炎の仮面』の説明を一通り終えると、天音に怒られた。

「せっかく忘れてたのに……っ！」

「何を？」

「うるさいわね！　聞かないでよ！」

「幼馴染二人のご意見は？」

右近と左近に話を振ってみる。

「えっ。天音の忘れたいことですか？　悪くもない目に鍔《つば》で出来た眼帯してたこととか？」

「『湖の騎士』ランスロットの姿絵に、毎夜話しかけていたことかな」

「嫌あああああああああああっ！！！」

容赦なくバラす二人。

歳から言っても、そう遠くない過去の話なんだろうなぁ。

「それにしてもホムラがレンガードか」

「闘技大会のレンガードは無口だったじゃない！　雰囲気違いすぎ、台無しだわ!!」

再び畳に突っ伏していた天音が、ガバッと顔を上げて叫ぶように言う。

台無しってなんだ、台無しって。無口というか、【念話】で白と話してただけなのだが。

「剣をとった黒い鎧姿、あれは何だい？」

「飼っている竜が、時々鎧になってくれる」

右近からの質問に正直に答える。

すでに左近には見られているし、竜がバハムートだとは承知だろうけれど、カイル猊下との約束があるので、固有名詞をはっきり言っていいものかどうか迷う。

「そういう答えを期待したわけじゃないんだけど……。何かに乗っ取られてるとか、二重人格とかはないのかい？」

「変わらんと思うが……。自分ではわからんが、雰囲気が違うのは竜の気配のせいかもしれん」

現在のペットはバハムート、リデル、白虎、クズノハ。

装身具《よびだせる》を持っているのは、バハムート、クズノハ、レーノ。

クズノハの装身具を手に入れた時に、《持ち出せる装身具は三つまでです》のアナウンスと共に、装身具を倉庫送りにするか、現在入手しようとしている装身具を破棄するかの選択が出た。パルティンから渡された指輪がペット用の装身具だった衝撃。

レーノの扱いがわからない……。ついでに、バハムートはペットだが、ペテロの青竜ナルンは召喚扱いだった気が。本体が側にいるかどうかで扱いが変わるんだろうか？　パルティンはパートナーカードをもらっているし――レーノからももらっているが――付き合い方で変わる説が濃厚か。

いや、まて、それだと私のリデルとレーノとの付き合い方がヤバイということに。相手の気の持ちよう……ってそれもリデルがオカシイ。……考えるのを止めよう、危険な気配がする。

パルティンからの指輪は外せないし、バハムートは闇の指輪で力を送っての治療中なので持ち歩きたい。消去法で白虎の装身具を倉庫送りにしてしまったのだが、騎獣がいない問題が発生。クズノハには乗れるのだろうか？　女性型を見てしまったせいで乗れたとしてもアウトな気がしている。

まあ、走ればいいか。

「右近の行動範囲が広がったのはめでたいが、クズノハを連れ出しても、九尾の力の大部分を芙蓉宮に残しているので扶桑の状況はそんなに変わらん。境界の穴が塞がるのが先か、封印が解けてしまうのが先か、という話だが、神々の時間感覚が人の感覚と一緒かどうかも怪しい」

「お陰様でだいぶ楽になったけどね。それにしても玉藻か……」

「封印から抜けるには、二本の尾分の能力が限界なのかしらね。玉藻もあなたが連れてきたクズノハも二本なんでしょう？」

大雑把に説明した芙蓉宮でのことを検討中の三人。

「何故残される方は七尾なんでしょう？　九尾のままでもなく、五尾に減るわけでもなく」

左近の言葉遣いが丁寧語に落ち着きそうだ。会った頃の対応のままでいいんだが。

「レベルが上がれば尻尾も増えるそうだが、芙蓉で長い年月、クズノハが戦ったのは私だけではないのに、今まで尻尾は七本のまま。玉藻がクズノハの持っていない、称号かスキルを持っていて、それがないと九尾にはなれんのかもな」

適当なことを言って、煎餅《せんべい》を割ってかじる。堅焼きで香ばしい。

「ううっ」

天音がうめく。

「何だ？」

「あのレンガードだと思うと、煎餅が」

「煎餅が？」

「似合わない！！！」

指を突きつけて力説された。

「天音はもっと現実を見た方がいいと思うぞ？」

夢を壊すようなことは言わずにおくが、あなたの好きな湖の騎士さんは、食物に関してはもっと酷いぞ？

「うるさいわね！　せめて仮面かぶってる時はバリバリやるのは禁止よ！」

「横暴な！」

「私だけじゃない、乙女心の問題よ！」

「乙女じゃないですが、黒い鎧のあの姿で煎餅をかじられたら、私も困惑します」

左近からも煎餅を否定される。

「普通は正装中の飲食は控えるものだよ。ホムラの場合は、その装備も、鎧も、神々しいくらいなのに平気で焼き串なんかをかじりそうだから」

右近まで参戦。

すでに焼き串はペテロに禁止されています。

マント鑑定結果【国のトップの会話がコレ、という気配がする】
手甲鑑定結果【……うむ】

五　罠ダンジョン

はい、こんばんは。ホムラです。

本日の夕食は焼きそば。袋から出した四角いままの麺をフライパンに放り込む。焼き色がついたところで麺は一旦取り出し、油を足してニンニクと豚コマを炒めて、ピーマンやら舞茸やらキャベツを投入。そこへ麺を戻して日本酒を少々。あとは蓋をして少し蒸し、炒めている間に野菜の水分で麺がほぐれる。焼きそばの麺は結構油っぽく、べたっとするのが好かんのでこの方式を採用している。キャベツが甘い季節に大量に入れて食うのが好きだ。

食事の他にも色々済ませてログイン。

扶桑からジアースに戻り、今日はクランメンツと遊ぶ。揃うまでまだ間があったので、白を呼び出し、迷宮に属性石を集めに来たのだが……。

――ただ今現在、【烈火】メンバーによるストリップが繰り広げられております。人の姿を見てさっさと姿を消す白。最近周りから見て、白が消えているか消えていないか何となくわかるようになってきた。

『白、ここを通らんと先に進めないのだが』

『我に言ってもしょうがないじゃろが』

三十四層で【烈火】がサキュバスと戦っているというのが正しいのだが、こう、ね？

炎王は胸当が溶かされ、アンダーも所々……というか動くとヤバイ感じのところに穴が開いている。弓使いのクルルと聖法使いはまだ多少マシな格好だが、それは炎王がかばっているからだろう。盾役の大地は、防具が所々溶けているがそれだけだ。なぜならサキュバスに魅了されて炎王に斬りかかっているから。ギルヴァイツアも魅了されていたようだが、聖法使いが解除した。

「クッソ！　コレト、サンキュー！」

頭を振りながらサキュバスに向き直るギルヴァイツア。

おネェ言葉ではないということは、余裕がないんだろうな。こちらもなかなかにひどい格好。大地のアンダーが無事なのは、鎧の前に盾があったからか。

「あ〜ん、私のせいで争う味方同士っていいわ。もっと見せて」

大地の耳元で囁くサキュバス。

青みを帯びた肌に赤い唇、私の知っているサキュバスとは違うが、扇情的なその姿は一緒だ。甘い声でねだるその内容は嗜虐的、同士討ちを望んで遊んでいる気配がある。三十一から三十九層を移動するボスなので、三十五層クリア前のレベルで戦闘するのはなかなか厳しいのではないだろうか。というか、扶桑ライフを楽しんでいるうちに追いつかれた！

ところで一緒にいる美人は誰だ？　艶のある黒髪に白過ぎない肌、存在を主張するが大きすぎない胸。なんというか、現実世界基準での美人さん。【烈火】のメンバーで足りないのは、ローブで顔を隠していた魔法使いか。コレト……じゃないハルナか。コレトは聖法使いの方だ。

「コレト、解除は？」

「ごめん、失敗！　ギルより大地のほうが精神低いせいかな？」

もしかして、ムッツリスケベなんじゃないでしょうか？

「にゃー！　こんなのいるって聞いてないにゃ！」

半泣き笑顔で矢をサキュバスに放つクルル。

『見ていてもしょうがないし戻るか。入口の方は敵が復活してるかな？』

ちょっと通りますよ、と脇を抜けるに抜けられない広さだ。

通ってもいいのだが、サキュバスの敵視がこっちに移ったら面倒だ。

パーティーメンバー以外が倒すと、魔物の持つ一番レアリティの低い素材しかドロップしない。救援《ヘルプ》を出しているパーティーへの助勢は、救助側のドロップに変化はないが、救援された側はやはり一番レアリティの低い素材か、ドロップなしになる。

頼まれない限り乱入は控えるべきだろう、ドロップを横から掻っ攫うことになってしまう。

「うふふ。あんまり動くと見えちゃうわよ～？　ああ、でも女の子の裸の方がいいのかしら？」

サキュバスがハルナめがけて振るう大鎌を炎王が止めるが、大地が割って入ってきたため、止めきれずに攻撃を食らう。ますます布の面積が狭くなる何か。ハルナもローブが溶けてショールのようになっているし、その下の服も所々丸い大穴が開いて太ももがですね。

などと思っていたら炎王と目が合いました。そして出される救難信号《ヘルプコール》。

『おや、乱入していいのかこれ』

『相手がいいと言ってるのじゃからいいのじゃろ』

「炎王ここで救援出したって、人が……」

『なら遠慮なく』

【光魔法】レベル35『光の十字架』、【灼熱魔法】レベル35『マグナ・マグマ』、ついでに神聖魔法の『異常回復』＆『回復』。

『光の十字架』は拘束魔法の一種だが、効果中は魔法攻撃の威力、特に金・火・灼熱のダメージを増強する。同じレベルの【闇魔法】『闇の十字架』は逆さ十字が現れて同じく敵を拘束、物理攻撃の威力、特に貫通属性のダメージを大幅にあげる。『マグナ・マグマ』は大地が裂けてマグマが噴き出し、ダメージと共に【燃焼】の状態異常を付加する。

「ゆくぞ！」

気合いを入れるように一言発して、魔法のエフェクトが終わらぬうちに突っ込んで行く炎王と、それに続くギルヴァイツア。

「え、ちょっと！　しょうがないにゃー」

戸惑いつつもサキュバスめがけて矢のスキルを放つクルル。

弓のスキルは周囲に使ってるやつがおらんのでようわからんが、光をまとった矢のエフェクトだ。

「【水】『穿つ雨』！」

ハルナの魔法。

『水魔法レベル30か。魔法のレベルも追いつかれてしまう』

『阿呆。おぬしのように全部あげとるのがいてたまるか！』

白にペシペシと叩かれる。もふもふもいいが肉球もいいものだと思う今日この頃。

《サキュバスの爪×4を手に入れました》

《サキュバスの黒布×5を手に入れました》

《サキュバスの髪×5を手に入れました》

《サキュバスの魔石を手に入れました》

《ブルームーンストーン×10を手に入れました》
《魔力の指輪＋5を手に入れました》
《『サキュバスのスキャンティ』を手に入れました》

また来たパンツ。いらぬ。

視界の端に映るドロップアイテムの一覧に目をやりつつ、とりあえず【烈火】のメンバーを回復する。

「すまん、助かった」

「いや」

炎王が声をかけてくるのに答える。

なかなか目のやり場に困る惨状。チラリズムスキーとしては前衛よりも後衛の……いえなんでもないです。

「レンガード……っ⁉」

コレトたちが驚いて固まり気味なのに対し、私がホムラであることを知っているギルヴァイツアとクルルの表情がうわぁーみたいな顔なのだが、何故だ。

とりあえず装備の破損はあるが見えていない大地を除いた全員にローブを投げる。【アシャのチラリ指南役】対策にどんな体形でも被せられるローブの用意は万端だ。さすがに五人は想定外だったが、足りた。

「……ありがとうございます」

「ありがとうございます。驚きました。この階層へも一人で来られるんですね」

ハルナとコレトが言うと、他のメンツも礼を言ってくる。

ソロでうろついてるのがばれた罠よ。まあいいか、どうせこの姿では色々やらかしてるし。

レ　オ：わははは！　来たぞ！
菊　姫：おかえり～
お茶漬：もうちょっと待って。素材用意したの作っちゃうから
シ　ン：おー！　集合ハウス？
ペテロ：そそ

レオのログインでクラン会話が突然賑やかになる。

シンは釣り、それ以外の四人はハウスで生産していたはずだ。ちなみにペテロは、私が現実世界で風呂に入っている間に、ログインし、死に戻ったそうで扶桑に戻れなくなった模様。元々クランメンツが揃うのに合わせて戻るため、欲しいものをドロップしそうだが、勝てれば儲け物、無理そうな敵に突っ込んで行っての結果だそうだが。

ホムラ：おー、じゃあ戻る

「ああ、これを渡しておこう」

炎王にサキュバスのドロップを渡す。パンツを。

「は？」

「ではな」

返される前に帰りますよ！

神殿経由でクランハウスに転移。ああ、パンツ、炎王に渡してしまったが、ここはギルヴァイツアに渡すべきだったろうか。穿けるかどうか知らんが。

『黒を迎えにゆかんでいいのか、おぬし』

『これからまた戦闘だぞ』

黒は雑貨屋で留守番中だ。ペットでも召喚獣でもないので呼び出すことはできない。

『……あれもそろそろ諦めればいいものを』

『うむ、早く諦めて素直にブラッシングをさせてほしい』

『そっちか』

『どっちだ？』

白と念話で話しながら居間に行くと、白虎が寄ってきて体をすり寄せてくる。

「ただいま、白虎」

本日はクズノハの装身具を置いて、白虎をいつでも呼び出せるように準備している。

行く先は迷宮か、アイルの新しく見つかったダンジョンだ。アイルのほうは2パーティーの協力ダンジョンなので、ちょうどいい相手が見つかったらなのだが。

「おう！　来たか」

「ただいま」

居間にはシンとレオ、レオのタヌキ型の騎獣『アルファ・ロメオ』とペテロの虎型の騎獣『黒天』がいた。

「武田くんは外か？」

「海岸散歩が日課だぜ」

武田くんはシンの馬型の騎獣だ。

菊姫の白猫の『白雪』、お茶漬のドレイク『黒焼き』は、それぞれの主人にくっついて生産部屋にいるのだろう。

菊姫が作ったらしいクッションが増え、ソファーも以前とは変わっている。私の部屋も、椅子などをどけて、カーペットを敷き、床で白虎に寄りかかって座る生活スタイルに模様替えした。

「黒天がここにいるということはペテロは畑？」

「そそ、なかなかキレイな花畑になってたぜ！」

「見てくるといい。禍々しいの育ててるのかと思ってたら予想外だった」

二人がカードゲームをしながら勧めてくる。

「んー、じゃあ見てきてみるかな」

白虎を撫でる手を止めて、移動のために立ち上がる。

ペテロの畑は、ツリーハウスの木から西に少しいった巨木の中につくられている。この島には他に、お茶漬が販売用に管理している畑と、菊姫が布の素材を得るためにつくっている畑がある。クランメンツは出入り自由だ。

で、ペテロの畑に来たわけだが。

真っ白い薄い花弁の花が一面に咲いている。茎を抱く薄緑の葉。

『あからさまに芥子《けし》畑だな』

『ふむ、向こうの青いのは附子《ぶす》かの』

青紫の花が鈴なりに咲いて重たげに揺れている。附子――トリカブトも芥子もどう見ても毒目的です。

まあ、確かにキレイな花畑ではある。現実世界では見られない光景に、しばし立ち止まって見入る。

「こんばんは。来てたの」

「ああ、こんばんは。見事な毒草園だな」

「けっこうキレイな花多いよね」

作業を終えたらしいペテロがこちらに向かって歩いてきた。

「ミツバチとかいないよな?」

「苦手だっけ?」

「いや、いたら蜂蜜が毒になってるのだろうなと。トリカブトの蜜で、という話を聞いたことがある」

ミツバチは可愛いと思います。

「へえ。【養蜂】取ろうかな？」

そこで取ることを検討するのがペテロクオリティー。

「奥には近くを通るだけでアウトなのもあるから、一応囲ってあるけど入らないでね。まあ、加工前なら普通の毒消しですぐ治るけど。マタタビもつくってるから、後でホムラと菊姫にあげるよ」

「ありがとう」

見たことに満足し、ペテロと連れ立ってハウスに戻ると、お茶漬と菊姫も作業を終えて戻ってきていた。

「おかー」

「おかおか。行き先アイルになりましたよ」

お茶漬が本日の予定の決定を告げる。

「おお？」

「ギルドでパーティー募集するのかと思ってた。どこと？」

「募集パーティーまだクリアできないお散歩前提じゃない？【烈火】にＯＫもらった」

ペテロの問いにお茶漬が答える。

「【烈火】……」

「最初声かけた時は迷宮三十五層攻略予定とかでダメだったんだけど、途中で断念して出てきたみたい。行けるって」

パンツを押し付けた、炎王に怒られるフラグが!!!!!


「何で俺の後ろにくっつく?」

「私よりでかいのが、おっさんだけだからだ」

シンの後ろに隠れて烈火を待つ。

尻尾が邪魔なんだが、贅沢は言っていられんのだった。シンやレオの尻尾を特にもふりたいと思わないのは、人間《なかみ》の印象のほうが強いからだろう。

現在、魔法国家アイルの首都アルスナの西、ファルノールへと続く門の前だ。白亜の門の上には水を司るファルのレリーフが掲げられている。アイルの中では、ジアースのサーと同じく、ナルンの豊かな水源に恵まれている町だそうだ。アイルの六つの町もそのうち回りたいところだが、町の転移門の解放はどういう条件なんだろう?

「すげーうっとうしい!」

言葉とともに横に飛び退くシン。

「あ、コラ! 逃げるな盾!」

「誰が盾だ!」

「ホムラは隠れなきゃいけないようなことなにやったの?」

シンの背中を追い回して、ぎゃーぎゃーやっているとお茶漬が聞いてくる。

「炎王にパンツを渡して、即『帰還』で逃げてきた」

「ああ……」

正直に答えると微妙な返答。

「いまさらでしよ。すでにレオから【烈火】には配布されてるでし」

「レオの名刺がわりだと思って諦めてもらう方向で。ついでに僕に来た分も流しといた」

「やべぇ、俺もレオから来たダブったブーメランパンツ、ギルにつめちった」

「待て、【烈火】にいったいどれだけパンツ回ってるの？」

ペテロが困惑して聞いてくる。

「同類と思われたくないでし！」

「同じく」

「いまさらですよ、いまさら。ほら、朱に交われば馬鹿になるって」

拒否する菊姫とペテロに諦めを促す私。

「何かちがうでし！」

「お前ら……」

騒いでいたらいつの間にか烈火が後ろに来ていた。

「やあやあ、こんばんは」

「おー！　こんばんはだぜ！」

「今日はよろしくでし」

「ばんは～」

「こんばんは」

挨拶は笑顔で元気良く。

「お、おう。こんばんは」

「……こんばんわん？」

戸惑う炎王とギルの返し。

「お久しぶりであります」

大地は、パーティーも組んだことがあるし、自衛官みたいな話し方をするので印象が強い。が、フルアーマーを脱がれたら見分けがつかんかもしれん。

「こちらこそ、今日はよろしくおねがいします」

「こんばんは」

ハルナ、コレト……、かな。一緒に冒険に出たことがないので、名前がうろ覚えなのだが、女性の方がハルナ、消去法で残りの聖法使いがコレトという結論。

名前より太ももやら脇腹のほうが印象が強いのは内緒です。素晴らしきかなチラリズム。

「よろしくおねがいするにゃー。流れるような話の逸らし方にゃ」

「気のせいですよ。揃ったところでさっそく行こうか。カモン、黒焼き！」

クルルが突っ込んでくるが、お茶漬がスルーする。

パーティー同士の一時的な同盟――アライアンス申請を烈火に送ったのだろう、ウィンドウがパーティーの状態を確認しろと点滅している。話しながら、黒焼きを呼び出し、申請もするとか、相変わらずお茶漬は器用だ。

呼び出す際に、黒焼きに差し出すのはラピスラズリ。

「よし、おいで白虎」

差し出すのはブルートパーズ。

「黒天」

差し出すはオニキス。

「白雪〜」

差し出すはクリソベリルの――いわゆる猫目石。

「武田〜！！」

掲げるはルビー。

「アルファ・ロメオ〜〜〜ッ！」

ぶん投げるは赤水晶。

「……ってなんでシンとレオは力んでるの？」

ペテロが突っ込む。

シンはなんか拳を天に突き上げるポーズで、現れた武田くんが早くクレ！　とばかりに、握られているルビーの代わりにシンの髪をもぐもぐしている。馬の親愛行動だ。

アルファ・ロメオに至っては、すごいスピードで赤水晶を追いかけて走り去った……、と思ったら砂埃を蹴立てて戻って来た。

ちなみに宝石は、個々の騎獣に設定された色に合っていれば何でもいいようだ。ただ、ランクが高いか、騎獣の好きな宝石で呼ぶと好感度が上がるらしく、逆にランクが低いと好感度が落ちる。

高い低いは騎獣のレベルによるので、今はまだ宝石のランクが低くても余裕だ。

「シン、ルビー勿体無い！」

「持ってたのこれだけだった」

「売り払って安いの買え！　そんなんだから金がないんだよ」

さっそくお茶漬の教育的指導。ルビーはボスドロップか何かだったか、武田くんに好かれているのも納得の大盤振る舞い。

「なんというか、個性的ねぇ」

声の主のギルヴァイツアの隣には黒いライオン。烈火のメンツは全員お揃いの騎獣だ。

「赤じゃないんだな」

「赤い子か、黒い子か迷ったにゃ」

「炎王になついちゃったコがいて、それに揃えたの」

なんとなく迷宮でパーティーを組んだメンツで話す。

大地はもともとあまり喋らないが、話を聞いている気配。

菊姫とレオとシンは、コレトとハルナと盛り上がっている。ペテロは迷宮攻略混合パーティーのとき、ロイたち【クロノス】のメンツと組んでいたので、【烈火】とパーティーを組んだことはないのだが、如才がない男なので大丈夫だろう。

「ところで、炎王がペロペロキャンディーみたいになっとるんだが」

他の黒いライオンよりもひと回り大きな騎獣が、炎王の後頭部をべろんべろんと舐めている。うめぇ〜、うめぇ〜、超うめぇ〜と声が聞こえてきそうなくらいに。

舐められている炎王は、眉間にしわを寄せてまっすぐ前を向いている。動じていないふりをしているようだが、時折頬が引きつっている。

マタタビでもかぶったのだろうか？

「おかしいわねぇ。外ではやらないんだけど」

頬に手を当てて困惑顔のギルヴァイツア。

「いつもは、乗るまで我関せずな顔してるのにゃ」

「……いくぞ」

炎王が黒いライオンに乗って走り始める。

「ごまかした」

私。

「ごまかしたね」

お茶漬。

「ごまかしたわね」

ギルヴァイツア。

「ごまかしたにゃ」

クルル。

「格好つけたいタイプなんだから、見逃してあげなさい」

ペテロ。

「容赦ないのであります」

大地の声が少しおののいている。


先行した炎王を追って、アイルを移動する。最初の国、ジアースに草原が多かったのに比べ、アイルは国土のほとんどが木に覆われた森の国だ。

突出して大きな木は少ないのだが、どこまでいっても木が続き、マップがなければ迷子になりそうだ。よくよく見れば樹木の種類に変化はあるのだが。

「わはははははっ!!　先いくぜぇ！！！」

アルファ・ロメオがまっすぐな道で、無意味に左右に振れながら走って行く。たるんたるんの毛皮が、ドリフトするたび右にみょ〜んと伸びたり、左に伸びたりと赤い残像をつくる。

「あの主従はなるべくしてなったというか、砂埃凄いね」

「暴走タヌキがひどいでし」

お茶漬がローブについた埃を払う仕草をしながら言うと、菊姫も猫の白雪の埃を払う。

「速さ一点あげで餌やってるっていってたね」

「ペテロは僕より先に行ってくれない？　黒焼きが緊張しててかわいそう」

お茶漬を乗せてシャカシャカと走る黒焼きは、普段はS字形に自然に左右に振れる尻尾をピンと張りつめている。

その後ろにはトカゲが好物なペテロの騎獣黒天。黒焼きの真後ろに陣取るのはわざとなんだろうか。普段は同じ虎型同士、うちの白虎といるのだが。

そうこうしているうちに目的の場所についた。

ファルノールを過ぎて、ナルンの麓にぽっかりと開いた洞穴。奥にはアイルの門と同じ、白亜の扉が見える。何組か冒険者が来ていて、両開きの扉の前に立っている。

「迷宮とどっちが楽なんだろ？」

シンが誰にともなく言う。

「階層によるでしょ。こっちまだクリアされてないし」

答えたのはお茶漬。

チャレンジしている冒険者はそこそこいるが、道中にある採掘ポイント目当てなパーティーも多い。銀が多く出るため、今流行りの金儲けポイントなのだそうだ。

ミスリルの武具が出回り始めた時期で、ミスリルに加工できる銀は未だ需要に追いついておらず慢性不足状態。なお、ミスリルそのものも稀に掘れるとのこと。

烈火のメンツの赤い髪、お揃いの騎獣は目立つらしく、ほかの冒険者がこちらをちらちらと見ている。

サキュバス戦の装備を修復したのか、新調したのかはわからんが、きっちり武具も揃えてきている。烈火の色は基本赤を主に黒・金。

出会った当初は目立つことは目立つが単体で見るとちょっと……という印象だったのだが、今は単品でも格好良い。武器防具をつくる生産者のレベルが上がってきているのだろう。それにしても、やっぱりパーティーに統一感があると格好よく見えるな。

省みて、うちのパーティー。妙に似合うピンクのローブを着ているお茶漬、顔は出しているが忍者ルックのペテロ、【烈火】のメンバーに間違われるんじゃないかと思うギルヴァイツアと似た格好のシン。膝丈のズボンに黄色いスカーフのボーイスカウトみたいな格好のレオ。白いミニスカに青い鎧を着ている菊姫。

そしてメイン色に白黒禁止令が出ている私は、灰色がかった紺青《こんじょう》で、裾にアンナ・アトキンスの海藻みたいな白い模様の入ったローブを着ている。騎獣はいわずもがな。

「見事にバラバラでしね！」

同じことを考えていたらしい菊姫が言い切る。

「見られてるのは、ここが協力ダンジョンで、うちが烈火と組んでるからだね」

「烈火は有名だからね。うちはワールドアナウンスで名前が流れてるのレオくらいだし」

そのレオも秘境でのヌシ釣りでなので、名前はともかく姿を知るものは少ない。

扉が開いてダンジョン内へ入ると、先ほどまで周囲にいた冒険者たちが消える。もっともあちらから見たら、私たちが消えたのだろうが。

「さっそく二手にゃ」

「基本、連絡取りながら、仕掛けを動かして扉を開けて行くかんじよね。パーティーのシャッフルもあるからよろしくねん」

ギルヴァイツアが声に出して簡単な確認をする。

「毒、麻痺対策とかはいいかな？」

「おうよ！」

お茶漬の言葉にシンが答える。中は結構罠が多く、失敗すると様々な状態異常を食らうことになるそうで、事前にお茶漬に用意するよう言われている。

とりあえず一番多そうな毒対策に『抗毒薬』を飲んで攻略を開始する。

一区画目の最初の部屋はイベントらしく、体毛が黒いブラックコボルトが罠をかけているところに遭遇。

ギャッギャと騒ぎながら六匹のフルパーティーで襲い掛かってくるが、特に苦戦もなく。戦闘終了後、ブラックコボルトが落とした罠をつついたレオのせいで、全員で【麻痺】にかかるという憂き目にあったが。

「戦闘終了後でよかったでし」

「一部屋目で全滅とかやめてね」

「わははは！　ちょっと興味があったのさ！」

罠に気をつけなさいよ、というイベントで、早々に罠にかかるのはどうなのか。

「【烈火】が引いてるからよしなさいね」

お茶漬がレオの脳天にチョップを入れる。

「おう！　たぶんなるべく気をつける！」

「そこにたぶんがつくでしか」

菊姫の半眼。

ファルノールの東、ナルンの麓にあるダンジョンの正式名称をパルミナダンジョンと言う。が、冒険者の間で実際に使われている呼称は罠ダンジョンだ。

その呼び名の通り、これでもかと罠が多い。それを実感中。

「ここまで多いといっそ踏み潰していきたくなるぜ」

シンがぼやく。

「実際、召喚士と錬金術士がゴーレム呼び出して踏み潰させるらしいにゃ」

「マジかよ！」

「ホント、ホント。状態異常系の罠多いしね、ゴーレムに効かないから。踏み潰して除去した場所を鶴嘴《ツルハシ》担いでついてくのが流行りみたいよ」

お茶漬が補足する。

「……その場合、ゴーレムとの相性だだ下がりなのでは？」

ゴーレムに逃げられないのだろうか。

「特に魂ないみたいだからね。ただ、大事にしてるとカスタムできる特殊個体になるって。それはともかく四区画《ここ》からは普通に魔物でるからね」

「三区画《うえ》とは印象がまったく違うらしいな？」

炎王が聞く。

ただいまのパーティーは、魔法使いプレイ中の私・魔拳士シン・聖法使いお茶漬・魔弓使いクル・戦士炎王・拳闘士ギルヴァイツアとなっている。

二区画で罠というか、ダンジョンの仕様でシャッフルされました。盾職居ない⁉ となったが、三区画まではブラックコボルトしか出ず、罠への対応がメインだった。ブラックコボルトは、罠を設置する存在としてこのダンジョンにいるようで、弱いし出現が少なかった。

パーティーの振り分けは、回復職と【罠解除】持ちは考慮されるようだが、他は適当くさいとのこと。

【罠解除】は器用と種類によっては知力、精神、そして何より解除経験がものをいう。一度解除したことのある罠は、解除の確率が跳ね上がる。

【罠無効化】とかいうレベルのあるスキルも存在し、こちらはレベル相応の罠なら、どんな種類の罠であっても解除できる確率は変わらないのだそうだ。考えるとか、面倒がないせいか、後者のほうが人気だ。

「そうにゃー、ずいぶん違うって聞くにゃー。……っと、罠発見にゃ！」

そう言ってクルルが前方の壁に向けて矢を放つと、突き刺さった壁からボワンと毒霧がでる。

クルルは【罠察知】と【罠破壊】【罠無効化】を持っている。【罠破壊】は攻撃力依存のスキルだそうで、壊せないものも多いのだが、かなり便利とのこと。なのでお任せして、私の【罠解除】は持っていることも告げずに、そっとしてある。冒険者ギルドで数個解除してみただけ状態なので、役に立たないのは目に見えているしな。

罠の破壊で楽しげに猫尻尾を揺らすクルルが頼もしい。

「三区画まではなぜか平和にゃ。罠めんどくさいけど、罠の処理できるレベル30が銀を掘りに来れるくらいにゃ。でもきっと五区画以降のどこかで三区画に戻されるんじゃないかにゃ」

レベル30に上がると、普通は途端にレベルアップが緩やかになるので現在レベル30のプレイヤーが増えている。

「ああ、あのフェンスの向こうね～」

クルルの話にギルヴァイツアが思い出したように言う。

三区画の真ん中には正方形の壁で区切られた部屋がある。部屋に入る扉は東西の二箇所、ただそこへ至る通路は、進もうとすると薄い壁のように魔法陣が現れ、行く手を阻む。だが通路から、扉の前に転移プレートのようなものが見えていた。

「迷宮でもボス前は共通エリアだしな」

羽のあるトカゲを斬り伏せて炎王が言う。

三区画は、共通エリア。だからこそ採掘に人がたくさん押しかけ、溜まっている。

炎王は的確に敵に対処する大剣使い、王道で格好いいのだが、気になることがある。

「【火】『ファイヤリング』。聞いていいか？」

そういえば、魔法使いをやるにあたって使える属性三つくらいに設定したっけなあ、と思いつつ【火魔法】以外忘れている私がいる。

火でできたリングで拘束された敵にシンとギルヴァイツアがそれぞれコンボを叩き込む。シンは足技も多く使い動きが派手なのだが、ギルヴァイツアのほうは拳が主だ、一撃が重そうに見える。盾がおらんので安全に配慮した進行形態です。

「何？」

「どうしたにゃ？」

お茶漬が付与を掛け直し、クルルが罠をもう一つ壊した。

「炎王とギルってパンツはいておらんのか？」

「な！」

「ぶっ！　いきなり何言い出すんだ」

「えっ！　ノーパンにゃ⁉」

「……穿いてない疑惑あるの？」

シンとお茶漬が炎王とギルヴァイツアを見る。

「いきなり何いいだすのよ、穿いてるわよ！」

「……」

叫ぶギルヴァイツアと、片手で顔を覆って疲れた感じの炎王。

「いや、サキュバスと戦ってる時、だいぶきわどい格好しとったから。サキュバスってパンツも溶かせたっけ？」

穿いとるように見えなかったんですが？

「ああ、アンタたちにもらったブーメランだったから、そう見えたんでしょ」

「え」

「え？」

まじまじとギルヴァイツアを見る私とシン。

「ああ、何気に性能いいよね。僕も愛用してます」

「え？」

「えぇ？」

意外なことを言い出した、お茶漬を見て声を漏らす私とシン。

普通のアンダーは重ね着すると、上に着たものの能力で上書きされてしまうのだが、レオの釣ったパンツというか、ファルのパンツはパンイチ状態より性能は落ちるものの、重ね着しても多少効果を発揮する。

たぶん、今出回っているパンツの中で、何らかの上昇効果が得られるのはサキュバスのパンツとブーメランパンツの二つだけだ。

「やばい、思ってたよりも効率厨だった！」

「普段からレオのパンツに侵食されてる、だ、と……っ？」

シンはノリでマッパになったりパンツになったりするが、根は真面目というか見えないところは普通だ。主にパンツは普通だったらしいことに、安心する私。

「前線組なんだからしょうがないんじゃない？」

「ちょっと、アンタも穿いてるくせに、しょうがないとか言わないでよ」

「僕らが変態みたいにゃ！」

お茶漬の言葉にギルヴァイツアとクルルが抗議の声を上げる。クルル、お前もか……っ。

「……お前、ハルナの前では黙っとけよ？」

炎王が言う。

「ハルナって魔法使いさんだよな？　ブーメラン穿いてるの内緒なのか？」

内緒にしなきゃいけないようなものを穿かないでいただきたい。

「そうじゃなくて……。仮面かぶってないときは別にいいんじゃないかしら？」

「ん？？」

「あれ、ホムラが…………だって知ってんの？」

一応、レンガードの部分をごにょごにょとぼかしてくれるシン。

「【烈火】の中でもこの三人だけにバラしてる。一緒に迷宮いった仲だし」

実験的に半端にばらしたらどうなるかも見させてもらった。

「知ってるならレンガードのときにパンツを話題に出すなってことでしょ」

「何故？」

　お茶漬が解説してくれてもわからん。

「しばらくハルナの憧れでいてほしいにゃ」

「何故今更？　話題にはだしておらんが、すでにパンツの受け渡しは目の前で炎王としたような？」

　男物はダメで女物はいいのか？　パンツ差別？

「あれはレアドロップを、レンガードがパーティーリーダーに渡したことになってる。というか貴様、なぜ俺に女物の下着なんぞ押し付けた⁉」

　やぶへび⁉

「手に持ってるものの確認のために開いた炎王、しばらく固まってたにゃ！」

　思い出したのか笑いながらクルルが報告してくる。

「と・に・か・く！　レンガードのときはなるべく喋るな！　闘技大会のときみたいに黙ってろ！」

「理不尽⁉」

「まあ、まあ。ちょっとハルナには事情があってね、ゲーム自体やるの初めてなのよ。兄のコレトが強引に連れてきて本人は惰性でやってたんだけど、初めて興味持ったみたいなのよね〜レンガード・さ・ま・に」

「さま……？」

　ギルヴァイツアが人差し指を唇に当てながら強調する。

「なんというか、理想と妄想が混じってハルナの中のホムラが大変なことになってるにゃ！」

「私が言うのもなんだが、それは早いうちになんとかしてやったほうがいいんじゃないのか……？」

吊り橋効果というか、頑張ってキャラクタークリエートしたんだが、仮面かぶってた方がモテるのか？　ミステリアス効果付加？

「なんか愉快なことになってってけど、お客さんだぜ」

シンの言葉に意識を切り替えて、敵を倒す。

そしてボス戦。

「ゴーレムで踏み潰した話なんかしたから敵がゴーレムなのか？」

「そういえばここ、ロックゴーレムですね」

「ゴッ」

「え、ゴーレムだからって鳴き声、ゴ⁉」

ちょっと開発陣、もう少し何かなかったのか。

「鳴き声気にしてる場合じゃないにゃ！　始まるにゃ！」

「チッ、一応盾らしいことやってみるが、期待するなよ！」

「僕だけ守ってくれれば後はなんでも」

お茶漬がなかなかひどいことを言っているような気がするが、あとは回復するから、ということだろう。たぶん。

「【火】の『ファイヤリング』！　えーと、私、なんの魔法特化して上げてる設定だっけ？」

「風と光は使ってるの見たにゃ」

「ああ、ありがとう」

そういえば、洞窟っぽい迷宮に清浄な風と光を〜とか思った気がしないでもない。

魂のないゴーレム相手に魔法は効きが悪い。魔法防御どうこうではなく、ダメージ対象のアストラルボディを持たないから、と言われている。

「自分の設定くらい覚えとけ！」

『ファイヤリング』は少しゴーレムの動きを止めただけで四散してしまったが、そのわずかな隙に、炎王が怒りながらゴーレムにスキルを叩き込む。

魔法がダメなら物理だ！　と、いきたいところだが、物理は物理で防御力がバカ高いのがゴーレムだ。他が四区画から先に進めずにいる要因らしい。

「単語どっかに書いてない？　ないかもだけど一応探すの、近接の人々よろしくね」

お茶漬がシンたちに文字を探すよう願う。

伝説に忠実ならば、ヘブライ語で書かれた『真理』という文字の頭の一字を削れば、ゴーレムは崩れ去るはずだ。石でできている時点で期待はできんが。

「一、【月】『蹴り』！　二、【獬《カイチ》】『撲』！　三、【天】『突』！」

シンとギルヴァイツアがコンボを叩き込む。

数を数えながらスキル名を言っているのはシンだ。魔法がそうだったので気にしなかったのだが、物理スキルは別に技名を口にせずともいい。シンは口に出したほうが、ＥＰゲージの戻るタイミング、コンボを繋げるスキルを出すタイミングが計りやすいのだそうだ。

【月】の属性は闇、魔力、コンボ効果はMP継続回復、【獬】は木、力、力上昇、【天】は風、浸透属性、コンボ効果は攻撃力上昇。

ギルヴァイツアの初手に黒いエフェクト、一瞬身をかがめて放つ二撃目は金色の残像、次は青銀。青銀だけはシンと同じ【天】、浸透属性。

魔法使いはあまり役に立てないなこれ。心の中でぼやきながら、『ファイヤリング』と『ウィンドリング』を使って、ゴーレムのスキルを止め、あるいは炎王からタゲが外れて他へ飛びそうになった攻撃を止める。お茶漬へのヘイトを和らげるために、間に炎王へ『回復薬』を放る。

「ありがと。これならコンボ続けられるわ！」

「サンキューサンキュー！」

まあ、拳士系二人がその分ダメージを叩き出しているのでいいだろう。

『兵糧丸』を食べた二人はいつもより多く回っております。ロックゴーレムが振り回す手は、当たると大ダメージを食らうが、ほんの僅か動きを止めただけで、二人はその腕をすり抜け、コンボを続ける。

なお、『兵糧丸』は雑貨屋で販売中です。EPに不安のある方、ぜひご購入してください。

「これは……。コンボ続くとこうなるのかよ」

「ちょっと二人がコンボ続けられるように補助に回ったほうがよさそうにゃー」

拳士が欲してやまないのはコンボに挟めるEP回復技。拳士の技はスキルを発動させるために必要とするＥＰとスキルを発動した時に消費するＥＰとがある。

仮にＥＰが１００だとすると、スキルを使うために50必要で、ＥＰを5消費する場合、50が一気に減って、徐々に戻っていき、消費分を除いてＥＰは95まで回復する。

必要ＥＰを瞬時に回復する手段は、【星】で出ているらしいが、消費した分のＥＰの回復スキル、もしくは、継続回復のＥＰ版の薬が絶対あるだろうと言われている。しかし今のところ発見の噂はない。

敵の攻撃を受けることがなく、スキル回しがどんなに上手くてもコンボが続かない。途中で飯を食ってＥＰを回復させると当然ながらコンボは止まるのだ。その限界をＥＰの消費が緩やかになる『兵糧丸』で一時的に突破させた状態だ。

……ちょっと反則くさいから販売数抑えようか。

「でもさすがにＥＰ無い！　最後ゆくぞ！　【鳳凰火炎拳】!!」

シンが炎に包まれ、振るう腕から鳳凰が現れゴーレムへと拳ごと吸い込まれる。一拍おいて炎が噴き上がり火の粉を飛ばす。

「あら派手ね～、じゃあアタシも！　【黒《くろ》の拳《こぶし》】！」

ギルヴァイツアがスキルを放つ。

こちらは派手なエフェクトこそないが、ゴーレムを殴った箇所が黒く変色し、石がポロポロと落ちる。地味だが怖そうな技だ。

《ロックゴーレムの石×4を手に入れました》
《ロックゴーレムの石×5を手に入れました》
《ロックゴーレムの石×4を手に入れました》
《ロックゴーレムの魔石を手に入れました》
《ブラックオパール×10を手に入れました》

「ふー！　終わった終わった！」

「EPが確保できれば将来ああなれるのねぇ。夢が広がるわ～」

今回の主役二人がスッキリいい笑顔。火力職が思い切り火力を振るえるのは気持ちがいい。

現在、ボス部屋の先の小部屋で休憩中だ。先に進むための道は見えているのだが、魔法陣フェンスに阻まれて抜けられずにいる。

道中も離れた場所にいる片方のパーティーがバルブを閉めないと、水が流れていて進めないとか、そんな感じだった。今回も菊姫たちが終わらないと進めない仕様だろう。

「初討伐でなかったな」

「大地のほうにもボスは出てるだろうから、そっちが終わったらでるのかにゃ？」

「順調に終わったからいいけど、これたぶん三区画で合流してパーティー入れ替えて戻すよね」

お茶漬が今更なことを言い出す。

「……こっちは火力パーティーだったな」

「あっちはあっちで盾二枚、密偵二人だし、事故りようがなくていいんじゃない？」

カレーを食べながら炎王とギルヴァイツアが言う。

「事故……」

サムズアップするレオのいい笑顔が浮かんだが、気のせいということにしよう。

「ああ、それにしてもこのカツいいわぁ！」

「サクッとしてるし、パサパサしてなくってじゅわっとするのに油っぽくないにゃ」

「金払うからもう少しくれ。じゃがいも多めで」

炎王たちが私の出したカツカレーを堪能している。

「金はいいけど、盛り付け終わってるやつだから、じゃがいも多めは無理だぞ」

つくるところから盛り付けまで手作業でやり直さんとできん。あれか、カレーは鍋のまま保管して好きに盛り付けさせたほうがいいのか？

「白米いいな白米！　納豆はどこだ納豆！」

シンの納豆愛が再燃している。

扶桑にあったが、まだ大豆を手に入れてない。土産を買おうとしたのだが、武器防具は装備レベルが軒並み足らんし、素材もまだきっと扱えそうにない感じだった。結局クランメンツへは和食を提供することで土産に代えている。納豆買ってくればよかったろうか。

本日のカレーはルシャに出したスパイシーなものとは違い、家庭的なとろみのついたあのカレーだ。フェヌグリークとクミンで香りを強めたが、後は買ったカレー粉だ。フェヌグリークさんは失敗するとえらいこと苦くなるがカレーは匂い勝負！　じゃがいもは表面が溶ける程度、玉ねぎは溶けて姿を消している。カレーの中には扶桑の黒鞠猪豚を少々、そして分厚いカツ。

クランハウスから出る前に、炎王の好みに沿ってつくったカレーにカツを突っ込んだので、カツカレーにしてはじゃがいもが存在を主張しているかもしれない。

牛と鳥肉も欲しい……、神々のつくった迷宮の食材ルート探さねば。

そしてカレーを全員食べ終えても開かないフェンス。

魔法陣が描かれたマンホールの蓋みたいな丸い石に乗ると、同じ模様の魔法陣フェンスが開くのだが、一つ進んだ先の丸い石はこの先の魔法陣フェンスと模様が合わない。たぶん、奥のプレートを菊姫たちと同時に踏むと、全て開いた状態になるのだろう。


「フッ！　かかったな愚か者よ！」

「な、なにぃ!?　貴様、裏切っていたのか！　出せ！」

空中に光る魔法陣フェンスの向こうで、唇をゆがめて嗤うシンに向かい、叫ぶ私。

「助けは来んぞ！　貴様はそこで滅びるのだ！」

シンの足はプレートから離れ、魔法陣フェンスの前に移動している。

「くっ……！」

そのシンに手を伸ばそうとして魔法陣フェンスにはじかれる私。

「……暇なのか」

「すみませんねぇ、あんなのばっかりで」

うちのクランのピンクのローブの男が、炎王に何か言っているのが聞こえる。

菊姫たちはボス戦に時間がかかっている。相手はロックゴーレム、こちらはシンとギルヴァイツアでごり押ししたが、あっちは職業的に時間がかかるだろう。

ハルナの魔法は効きが悪く、ペテロとレオの器用と速さ依存の攻撃は、物理攻撃の中でもロックゴーレムの硬い体には通りにくい。

「打ち合わせもせずによくあんな小芝居できるわねぇ」

「連携難易度高いにゃ」

ギルヴァイツアとクルルがコーヒーを飲みつつこちらを眺めている。

「ふははは！　あがけ！　命乞いをしろ！」

「……貴様っ！　って、あれ？」

「何だ？」

真顔に戻った私に、シンが聞いてくる。

「いや、なんか書いてあるというか、これ開けてはまずいヤツだ」

シンが透けて見える魔法陣の下方、そこに文字がある。

「まずい？」

「ああ。そっちからは文字の認識できんかったが、こっちから見たら読めるんだが……」

こちらの文字は日本語ではない。読めると言ったが、正しくは読めないのに何と書いてあるか日本語で理解ができる、だ。反対側から見たときは魔法陣の一部としか思わなかった。

「うん？」

「『三区画中央・ダンジョンの魔物の大部分を収集封印。解放する場合は、三区画から魔銀採掘師を退避させること』だ、そうです」

「ぶっ！　やべぇじゃん！　開けたら後で三区画にいるヤツラにフルボっこされるわ！」

「どうしたにゃ？」

シンの大きな声に、他も集まってきたので、いったん魔法陣フェンスを開けてもらい、皆で読んでもらう。

「っておい。知らずに開けたら悪者かよ」

「モンスターハウス解放を非戦闘員があふれたマルチエリアで、ってかんじかしら？」

「大惨事キタコレ」

「魔銀って今あんま採れないハズにゃ。安全に採掘する仕組みが、掘れなくなって破棄されたのかにゃ？」

魔銀は魔法銀のことだ。

錬金でも作れるが天然の方が珍重されるらしい。私には違いがわからんが人造物とは色が違うそうだ。

「ダンジョンにしては一区画、二区画とかってかわってんなーって。階層違うのによ」

「三区画に帰還用のプレートあったものねぇ。あれ、ダンジョンに置いたら構造変わって直ぐに無くなるはずよね？」

フェンスの中で言い合う五人。

「フッ。かかったな愚か者よ？」

「はいはい、出るからさっさと踏んで？」

ちょっと疎外感を感じて小芝居を始めようとしたら、お茶漬に流されました。

「あっちはまだボス戦中だな。連絡つかん。メール入れといたし、こっちは帰還するか？」

「ボス戦終わったら、初攻略アナウンスでんじゃねぇの？　こっちが帰ったら向こうもクエスト失敗とかでおん出されるんじゃねぇ？」

シンが首をかしげる。

「ああ、初討伐はちょっとおしいにゃ」

「終わった後、勢い余ってメール見ずに踏みそうで怖いな、レオとか」

「大量虐殺で有名になるチャンス！　特に名前の売れてる烈火さん。僕は辞退します」

すぐ浮かぶ事故を口にすれば、お茶漬も思い浮かべたのか安全策推しだ。

「こっちが踏んでなければ開かないから大丈夫だわよ」

「ボス終了待って、外に出たら掲示板にここのこと書き込むにゃ」

「プレイヤーはまああれだが、住人が採掘してたら目も当てられん」

「攻略は日を決めるか、予告してになるかしら。掲示板見ない人もいるし、月末は攻略するので採掘の方は気を付けて~とか口伝えで浸透してくれるといいんだけれど」

「あとは三区画で今からモンスター解放しますよ~ってシャウトかな?」

シャウトは広い範囲にお知らせや注意を案内するために大声を出すことだ。

こう、私一人だったらギルドに情報落として放置して終了だったな、と思いながら炎王たちとお茶漬の話を聞く。

いろいろ動く炎王たちに触発されて、知り合いにメールを送る私。知り合いといってもロイたちくらいしかおらんのだが。まあ、攻略してそうだしちょうどいいだろう、たぶん。

《お知らせします。パルミナダンジョンの『ロックゴーレム』がアキラ及び他パーティーによって討伐されました》

「………………」

思わず無言になる私。

攻略者は私たちだけではなく、思わぬ伏兵。

「おい」

組んでいた腕を解いてこちらに視線を向ける炎王。

「ちょ! やばい!」

シンが慌てる。

「こ、ここは安全にゃ、だけど！」

「今から三区画もどれないわよ！」

「誰か三区画に来てるやつに知り合いいないか⁉」

炎王が叫ぶ。

「変わってなければアキラ君のお供が住人二人だよな？」

プレイヤーと違って生き返れない住人。

そしてガラハドたちと同じ帝国の騎士。ってガラハドたちにメール入れれば、連絡取れるかもか？

「確かめてらんないからフレに一斉送信した。いたら逃げながらシャウトしてくれるはず」

静かだったお茶漬は、さっさと動いていた。

お茶漬の対応を聞きながら、ガラハド、イーグル、カミラ、再び派手なことになりそうな不安はあるが、カルに送信。

ホムラ送信：パーシバルピンチ。開けたらモンスターハウスだってすぐ伝えられるか？
カル　送信：パーシバルの連絡先は分かりませんが、カミラの妹がいるはずですので伝えさせています。主はご無事ですか？
ホムラ送信：私は現在安全圏

カル、返信が早い！

大　地：遅れて申し訳ありません
菊　姫：時間かかってごめんでし、メールみたでし！
ペテロ：大惨事把握
レ　オ：祭りか⁉
ペテロ：住人がいる疑惑
レ　オ：まじぃじゃん！

アライアンスリーダーの大地からの一報とともに、一斉に入るクラン会話。


「向こう終わった‼」

「とっとと行って開けんなって怒鳴るぞ」

炎王の言葉に、慌ててプレートに乗り魔法陣フェンスを解放する。開いたフェンスの向こう、転移プレートに乗って転移した先は予想通りの三区画。

「開けるなあああああっ！」

「ストップ！！！！」

着いた途端、炎王とシンが絶叫する。

「早いもの勝ち。聞けませんよ」

何を誤解したか、プレートに乗るアキラ。

驚いた顔でこちらを見ているパーシバルと女性。これがカミラの妹か？　誰だ、忘れたが思い出しているヒマはない。

「やめろ、そこはモンスターハウスだ！」

「え？」

重ねて声をかけるが、遅かったようだ。警報音に合わせて点滅する扉の魔法陣の模様、部屋の手前で行く手を阻んでいた魔法陣フェンスが解除され、扉の真ん中に上下に筋が入り徐々に広がってゆく。

「逃げろ！」

「イヤ、盾、盾！　住人いるって連絡来た。帰還石ないのが大半！」

ギルヴァイツアの叫びをお茶漬が止める。

「プレイヤーは盾！　住人を逃せ！」

再び炎王がシャウト。

「復活できない住人逃せ！」

続いてシンもシャウト。

「聞こえた人もシャウト頼む！」

恥ずかしがっている場合ではないので便乗。

大　地：こちらは間に合わず。盾は住人ですが、高レベルの騎士で協力の申し出がありました。アタッカーのプレイヤー四名は平均、パーティーリーダーの回復職はレベル37。パーティーごとアライアンス加入許可を求めるであります

炎　王：了解

大地から「こちらは間に合わず」と、チャットが来たが、多分扉は同時に開くものなのだろう。

「って！　あの野郎！　ふざけんな！」

「この状況で帰還しやがった！」

炎王とギルヴァイツアがアキラに悪態をつく。

扉はプレイヤーへの猶予なのかゆっくりと、しかし確実に開いてゆく。小さな魔物からこちら側に抜けてくるのを炎王が斬り捨てる。

「まあ、連れていたのは住人だしいいんじゃないか？」

死なれては寝覚めが悪い。

「普通、自分は残らないかにゃ!?」

「私にとっては好都合かな？　色々喚ぶから、ちょっとパーティー抜けるぞ。魔法を当ててしまうのが怖いから、アライアンスに改めて誘ってくれ」

パーティーを抜けて装備を替える。ボス部屋を含む仕掛けは2パーティーでしか進めないが、マルチエリアに留まるだけならば問題無い、はず。

『アシャ白炎の仮面』、特殊効果は認識阻害、戦闘における自分と仲間の鼓舞と高揚、敵の畏怖。自分と仲間の力・耐久・速さが3％上昇、敵の力・精神・器用が3％降下。

『タシャ白葉の帽子』、知力及びMP50％増加と魔法防御50％上昇。

『ヴェルス白夜の衣』、精神及びMP50％増しと魔法以外のスキル耐性50％増し。

『ファル白流の下着』、【全天候耐性】と装備同士などの【相克無効】、【魅了】。パンツじゃなくてノースリーブのタートルネックみたいなアンダーだ。パンツじゃない。

『ヴェルス白星のズボン』、効果はクリティカル率の上昇と稀に攻撃を消し去る回避。

『ヴァルの風の靴』、【浮遊】【空中移動】【飛行】、パートナーカード一覧から任意の人の場所まで転移できる。

『天地のマント』【俺はヤルぜ！……の気分のようだ】

『有無の手甲』【……うむ】

……なんでマントと手甲だけ説明があれなのか。

正しい鑑定が不能だからといえばそれまでなのだが。経験から、『天地のマント』は神の名のつく装備が四つ以上、増えるごとにステータスが跳ね上がり、『有無の手甲』は称号、スキルの強化。

「くっそ……！　名前伏せとけよ!!」

炎王が何故か悪態をつきながらアライアンスに誘ってくる。

「カッコイイにゃー」

やはり装備、装備なのか。

「NPC説がはかどりますね」

「何だそれは」

何がはかどるんだ、お茶漬よ。

アライアンスはダンジョンなどの場所によって、地形やギミックなどにより、実質人数の制限がある。

だが、アライアンスへの参加自体には、人数の制限はなく、アライアンスリーダーが許可を出していれば、名前・ステータスを伏せて参加することが可能だ。パーティー一覧は【？？？】と表示されるらしい。

「なんか僕のステータスが上がったにゃ!?」

扉に向かって、矢を射込みながらクルルが言う。

「シードル・シー殲滅再び？」

扉から出てくる敵は、近くにいる炎王やギルヴァイツアに襲いかかるモノ、すり抜けて先に進もうとするモノがいる。すり抜けたモノをシンが狩る。

「部屋が一つで、大地たちの出口と繋がっとるといいんだがな」

喚び出すのは、紅梅、酒呑、紅葉、小次郎、そして白。

「御前に」

「応よ」

「うれしや。ぬしさまのお呼び」

「呼んだかね」

影から染み出したそれぞれが答えて姿を現わす。

少しの乱れもない白い狩衣姿の紅梅。
着崩し逞《たくま》しい胸と腹をのぞかせる酒呑。
燃えるような紅い襲《かさね》の紅葉。
折り目正しい袴姿の小次郎。

『なんじゃ、珍しく戦闘か』
『あ、白は危なくなったらすぐ帰還してくれ』
『速さでそうそう後れは取らんのじゃ』

「すまんな、今度は酒宴に呼ぶ。今は蹂躙を――」

炎王たちが溢れ出す敵を留める先、今や完全に開き切ろうとしている扉の奥を指さす。

《アライアンスに？？？が参加しました》
《アライアンスにメイのパーティーが参加しました》
《アライアンスにガウェインのパーティーが参加しました》

「おい」

「なんだ？」

「敵？　敵かにゃ!?」

「増えた！」

「どなた様？」

現れた式を見て、驚く面々。

人に擬態できんこともないらしいが、今現在、姿はともかくあからさまに異形の気配。しかもこの辺りでは、式に出会う機会もないだろう。

酒呑たちは私の望みを聞き入れて、それぞれニヤリとした笑いや艶然とした微笑みを炎王たちに投げ、扉の中に入って行く。

「増やしました。鬼だけれど、私の友人で式なので気にするな」

大地：こちらメイ殿とプレイヤー四名、ガウェイン殿、現在十二名であります。ガウェイン殿により扉は確保、また、援軍の騎士の方をガウェイン殿が転移させるそうです

メイ：すみません！　私の……私の、ごめんなさい！

ガウェイン：扉はワシが騎士の名誉にかけて通さぬゆえ、協力を頼む。騎士たちが中を制圧するまで時間を稼いでいただきたい！

大地：援軍騎士四名、モンスターハウスの攻略開始

騎士！　強いな騎士！　五人、いやガウェインは扉を守るだろうから、四人で制圧するつもりなのか。

そしてアキラ君のアライアンス相手は、ガウェインのパーティー？　ガウェインは兎娘とパーティー組んでおるのかと思ったが。

ああ、私と同じく一旦解散して、ガウェインが騎士を呼んだのか。兎娘の名前はメイだったろうか。そう思うとなんか、思い込んだら一直線みたいな声に聞き覚えがあるようなないような。

「ああ、式たちに攻撃しないようお伝えください。【黒耀】――」

黒耀を喚び出し、自身と炎王たちに防御をかけ、酒呑たちの後を追って部屋に踏み込む。

私もパーティーリーダーなのでアライアンス会話に発言できるのだが、神殿で会った兎娘の印象がよろしくないので、バレると厄介そうだし、関わり合いになりたくない。決して会話の切り替えが面倒なだけではない。

炎　王：了解。こちらはレンガードと鬼四人が参加した。鬼には攻撃するな
大　地：は？　レンガード？
メ　イ：どうして⁉
炎　王：……近くにいた
ガウェイン：騎士ランスロットの主……

「ついてゆくのは邪魔になるかにゃ？」

扉からこちらを覗きながらクルルが声をかけてくる。

「自己責任で頼む」

鬼たちが扉付近の敵はすでに吹き飛ばしている。

今までの区画は所々壁に灯りがあったが、部屋の中は先が見えず真っ暗だ。どのくらいの広さがあるのだろう？　外回りを埋めた三区画のマップから見ると、かなり広そうだ。

「ちょっとどう戦うか興味あるわ」

「きっと派手」

ギルヴァイツアにお茶漬が答える。

「ふん。扉に敵が来るようなら戻ってこいよ」

「あら、炎王は来ないの？」

「敵を防ぐにはこの位置が最適だ。鬼たち《ヤツら》の様子からして、無用かもしれんが」

「まあ、そうね」

「安全第一にゃ」

結局、クルルもギルヴァイツアも残ることにしたらしく、炎王の位置まで下がる。安全第一は自身の事ではなく、住人の、だろう。

最初から扉前から動く様子のないお茶漬やシン、炎王。条件を提示されて、敵を倒してアイテムを手に入れる機会をすっぱり捨てる事のできるクルル、ギルヴァイツア。いい奴らだ。


『おらぁ！』

『ほんに前に進むしか能のない……』

『もう一つ扉があって、そこから来る騎士は味方だ』

『承知』

『心得ました』


式たちと念話しながら進めば、暗闇が扉からの光に勝って、視界が【暗視】に切り替わる。

気配から察するに、酒呑はその場にとどまらず、敵の中を真っ直ぐ突き進んでいるのだろう。実際、扉のそばにすでに鬼たちの姿はない。

さて、フロストフラワーは、レベル25の魔法だが、足止めにもなるし、密室などで場所ごと冷やすことができれば威力は増す。だが、この部屋は広そうな上、【火属性】の酒呑と紅葉の邪魔だ。

『わんさかおるの』

白が肩から周囲を見回す。

入り口付近はすでに酒呑たちが片付けたか、少し離れたところの暗がりに光る目や鱗、黒い影がうごめいている。細かいのがそばを走りぬけ、扉を目指して逃げてゆく。

『弱ぇえのが邪魔だ！』

離れているが、酒呑が闘気のようなものを放ったのがわかる。

『貴方から遠ざけてどうするんですか』

酒呑の追い払った〝弱い魔物〟を、紅梅が片付けたのか、稲光と雷鳴がする。

『む……。近づいただけで逃げるのだが』

『ここの魔物は強さにばらつきが。逃がさぬようにするには弱いほうが厄介』

『気配を加減すること叶わぬか。不器用よのぅ』

今度は赤い鬼火が舞う。小次郎は素で逃げられる様子。

相変わらずの掛け合いが聞こえるが、結構な速さでドロップテーブルが流れるので、殲滅の名に相応しい数を屠っているのだろう。

『なんとかしよう』

離れた場所にゆらゆらと見える紅葉の鬼火を見、酒呑の気合いを聞きながら魔法を使う。

【伏雷《ふしいかづち》】。【雷魔法】レベル40、40にしては威力の弱い魔法だが、敵同士が近距離にいる場合、敵を足場にどこまでも稲妻が駆けてゆく。

【暗視】で見る灰色がかった世界を、暗雲の中走る雷よろしく照らしてゆく。

【神聖魔法】レベル40が『聖歌』で広範囲のＨＰ継続回復だった。40を超えると対多数用をちらほら覚えるのだろうか。まあ聖歌は音痴だから封印コースだが。

『派手じゃのう』

扉を抜けようとした細かいのが、雷に打たれ光となって消える。【伏雷】は私から離れながらどんどん敵を巻き込んでゆく。白く瞬く稲妻の光に、倒れなかった魔物の姿が黒く浮かぶ。半端な光は【暗視】の邪魔だ。

『どれ、我も少し行ってくる』

『気をつけてな』

『無用な心配じゃ』

白は直接的なダメージを与える手段が少ない。

おそらく、強そうな魔物のステータスを下げに行ったのだろう。

ペテロ：こっちは盾三人いるから今のところ安泰
菊　姫：がんばるでし！
ペテロ：私も茨木童子呼び出したいけど、先にいたプレイヤーが邪魔だなぁ。見覚えのある騎士も来たしサボります

レ　オ：このヒゲすげぇえ！
シ　ン：ヒゲ
お茶漬：それはヒゲが凄いの？　ヒゲの強さが凄いの？

通常運転のクラン会話を聞きながら、襲いかかってくる敵に対処する。ポイズンウォーム、ミニチュアケルベロス、ミニチュアワイバーン。判別した三体とそれ以上を斬り捨てる。ヒゲの騎士って誰だ？　ガウェインか？　新たな騎士か？

【幻想魔法】レベル１『幻想の広がり』、通常の範囲スキル・魔法の効果範囲を敵の数に応じて拡大する。全ての敵や味方に届くようになるわけではないが、広い戦場では有用な魔法。
レベル５『幻想の霧』、敵が多いほど、霧が濃くなり味方を隠す。効果的には敵の攻撃の当たり判定を下げ、味方の回避率を上げる。幻想魔法はアライアンス全体にかかる。『アリス』が使っていたＨＰＭＰ回復を覚えるまで遠そうだ。

大　地：助かるであります！
炎　王：この距離でかかるのか⁉
ガウェイン：なんにせよ有難い！
メ　イ：ありがとうございます！

【風魔法】レベル40『トルネード』。

トルネードは何かに当たると威力が半減した二つに分かれ、さらに当たれば分かれを繰り返してゆき最後は旋風になって消える。どこまで分かれるかは、使用者の知力と風との相性による。うん、ちょっと面白かったのでMP回復薬を飲むくらいに連打しました。飲んだ後に、MPの継続回復効果を発揮する【紅葉錦】を使う場面だったか、とちょっと後悔。

利き手には『月影の刀剣』を握っているが、【武器保持】で現在私の周りには、一定の距離をとって三本の杖が浮いている。

一本目は『宿り木の杖』、生きた緑の葉を持つ杖。魔法威力増大、特に木属性系統。
二本目はユリウス少年作の優美で華奢な杖。私に見合った基礎の杖。
三本目は『白の杖』、白き清浄な杖。精神の上昇と治癒や聖法、神聖魔法の効果を増大。

利き手にない武器の効果は数段落とされるが、【タシャの寵愛】をはじめ、【神々の印】魔法系・聖法系の効果上昇と範囲拡大、各属性との相性など魔法に関してはだいぶ派手なことになっている。

今現在も私を中心に幾つもの竜巻が敵を巻き込んで、うねりながら広がってゆき、風の暴力を振り撒いている。

私が放った魔法をかい潜り寄ってくる敵を横薙ぎにする。

好みとしてはＥＰが切れるまで剣で相手をしたいのだが、今回は部屋から敵を出さないことが条件だ。剣だけでの戦いは他でもできるし、今はさっさと片付けることにしよう。


「【月花望月】」


描かれる満月。

月が砕けて舞い散るのは桜の花びら。

大量の花びらが部屋の中を舞う。ひとひらは重さも質量も感じさせない繊細さ。

綺麗なエフェクトに反して、効果は【死の宣告】。レジストした場合は、一定時間の継続ダメージを広範囲に付加、継続ダメージ分味方のＨＰを回復。


『ねがはくは　花のもとにて　春死なむ　その如月の　望月のころ』

西行法師。

『桜の樹の下には屍体《したい》が埋まっている！　これは信じていいことなんだよ。何故って、桜の花があんなにも見事に咲くなんて信じられないことじゃないか』

梶井基次郎。

《初討伐称号【守る者】を手に入れました》

《初討伐報酬『鉱物好物の指輪』を手に入れました》

《住人に死亡者がなかったため、通常称号と異なる称号が贈られました》

《お知らせします。パルミナダンジョンの『モンスターハウス』が炎王のパーティー及び他3パーティーによって無効化されました》

《魔法銀×99を手に入れました》

《魔法銀×99を手に入れました》

《魔法銀×99を手に入れました》

《銀×99を手に入れました》

《銀×99を手に入れました》

《『蘇生薬』×10を手に入れました》

満開の桜に死のイメージをつけたのはこの二人だろうか。――などと考えていたら、レベルが一つ上がって、アホみたいにドロップがですね。ちょっと待って、【死の宣告】レジストどうした⁉


『終了かの？』

呆然としていると、白が腕を駆け上がり肩に戻って来た。

花弁が消えて、魔物が一斉に光の粒となった光景は綺麗だった。綺麗だったのだが。

『ちょっとこれで終了なのは予定外なんだが』

称号【守る者】は庇護する対象が周囲にいればいるほど、防御が上がり精神が高揚する。庇護する対象からの信頼・好感度が高いほど効果が強くなる。――大人数を想定しているのか上昇率はかなり低いようだ。

で、そっちはいいのだが【死の宣告】で一斉に倒したせいか、【殺戮者《さつりくしゃ》】という称号がですね……。生えてですね……。

敵を倒せば倒すほど攻撃力が上がり精神が高揚するそうです。この場合の高揚は、純粋にステータスの底上げと、【恐怖】などの状態異常耐性が上がることなのだが、なんか高笑いしながら敵を虐殺するバーサーカー的なものを想像させる罠よ。

『鉱物好物の指輪』は腕輪と同一の効果。採掘一回につき同じものが＋1されるのだが、一回で十個採れる物が一つ増えてもあれだが、一回で一つしか採れないレアなものが二つになるのは大きい。

これはかなり嬉しい、迷宮に属性石補充しに行くついでに色々掘ってこよう。

『ホムラ様。酒呑が騎士と戦っております』

『は？』

『酒呑殿は、暴れ足りなかったようだな』

『ほんに粗野な……』


紅梅たちの声に、慌てて先に進むと剣戟の音が大きくなる。暗闇に散る火花。炎のように渦巻く髪と、赫赫と光る赤い瞳。白銀の剣に翻る青い裏打ちのマント。


えーと、【暗視】切って見ないふりしちゃダメだろうか。酒呑とカルが戦ってるんですが。

剣を交えるカルと酒呑は、片やうっすら白く、片やうっすら赤く光って見える。カルの使う剣がひときわ白い光を閃かせ、酒呑の眼が移動の度、赤い帯をひく。

カルが戦っているのを初めて見た。酒呑の剛剣を受けてビクともせず、力強くも優雅。体術の稽古でたくさん転がされたなそういえば、おのれ。

『む、騎士殿の速さが上がった』

小次郎が興味深そうに二人の戦いを観察している。

酒呑の眼も赤から金へ。身体に刻まれた赤い紋様から、色が滲み出し肌を赤く染めてゆく。

「ホムラ！　これお前の鬼だろ⁉」

感心して見ていたらガラハドに気づかれた！

「すまん。放任主義だ」

二大怪獣大決戦みたいなガチバトルに割って入るの嫌です。

「というか、何故戦っているんだ？」

「お前、強そうだな、だ、そうだよ」

肩をすくめてイーグルが言う。

ああ、嬉しそうに笑いながら斬りかかっていく酒呑が容易に想像できる。止めなきゃだめかなこれ。放任主義と言いつつ、二度も私の都合で喚び出しているので、行動を制限するのは少々後ろめたいのだが。

『ホムラ様のお知り合いでしたか』

紅梅の確認してくるその声音に、感嘆の気配が交じる。

どうやら、完全に鬼と化した酒呑と渡り合うカルの強さに驚いている様子。

『ぬしさまの。どうりで人間にしては破格に強い……』

いつの間にか隣にきて、目を細めて肩に頭を預けてくる紅葉。

『ああ、うちの店員さんだ』

『店員……？』

紅葉が寄せた体を固まらせた。

「ホムラ、怪我はない？」

いつの間にか隣に来て、カミラが見上げてくる。

「見ての通りだ」

カミラに合わせて【浮遊】を低くし、向き合う。

『ヴァルの風の靴』は【空中移動】があるせいか、【浮遊】の高さに自由がきくのだ。

何度か攻撃はかすったが、自然回復で戻ってしまう程度。ステータスで大分勝っているのに、かすったのは修行が足りないからだろう。特に剣を振るいながらの杖の制御は、扶桑で杖を出す機会がほとんど無かったので感覚がおかしい。戦闘以外では符のレベル上げのために、魔法はけっこう使ってたのだが。

『なんじゃ、お主の関係者ばかりじゃな』

白の言うとおり、気がつけば知ってる人だらけ。

『知らんのもいるぞ』

『ふん、【眼】持ちなんぞいると厄介じゃ。我は戻るぞ』

『えー？』

戦闘中はもふれなかったので是非もふりたかったのだが、白がさっさと帰還してしまった。

それにしても、ガラハドたちの後ろに、なんか知らんのが四人ほどおるが、メイのパーティーメンバーだろうか。

「ああくそ！　そっちは強化、こっちは時間切れだ！」

肌の赤が白い文様に集まり、赤を吸うように模様が染まる。先ほどまで、薄く光る赤味を帯びた肌に、白い文様が浮かんでいた酒呑の身が縮んでゆく。浮き上がっていた髪が収まるころには、黒髪黒目の常態に戻った。赤目肌色赤紋様から金目赤い肌白模様と、二段階変身ですか？

「今度、扶桑でやろうぜ！」

笑顔で白い歯を見せて消えてゆく。酒呑は本当に戦うの好きだな。

「主、こちらは？」

消えてしまったせいか酒呑の声には特に答えず、剣を軽く振り鞘に納めると、カルが聞いてきた。

「扶桑で出会った紅梅、紅葉、小次郎。さっきのは酒呑だ。こっちはカル、赤毛がガラハド、白がイーグル、女性がカミラだ。すまんな、ふっかけたのは酒呑の方だろう？」

それぞれに目礼をしあう面々。

ふと気づけば、紅梅の位置がさっきより私に近い。正面にはカル。……ちょっと二人とも、目が笑っていない笑顔、無言で見つめ合うのやめてくれませんか？　怖いから！

「あーもー！　うっとうしいな！」

ガラハドがカルの顔の前で手を振り下ろして視線を切ると、カルも紅梅もついっと視線を横に流し、表情も元に戻る。猫の喧嘩か！

「先ほどのことですが、主が気にされることではありません。後ほど、子孫に責任を取らせますので」

気を取り直したカルが普通の笑顔で言う。

「子孫？」

「あれが大江山の酒呑童子ならば、ガラハドの何代か前に血が入っているはずです」

「え、ご先祖様⁉」

ガラハドが驚く。当事者把握してないのか？

「そういえば似ている、かな？」

赤い髪とか赤い髪とか。

「それよりも、安全地帯におられるはずが何故ここに？」

聞かれていることは大したことではない。

カルは先ほどとは違って、笑顔は笑顔でも春の陽だまりのような穏やかな顔しとるのだが、尋問を受けている気分になるのは何故だ。

「あの！　俺アルフです」

「ホークスです」

「ウシルです、よろしくお願いします！」

「ズールです。パトカください！」

カルに答えようとしたらなんか自己紹介来た。

ついでにパトカが飛んできた！　多分、迷宮の『進化石』が出るルートのクリアをしただろう兎娘、それとパーティー組むからには、攻略組なんだろうが、思いの外フレンドリー。

だがつい、扉に残ったクランメンツや炎王たちと比べてしまう。ペテロのサボる宣言も、中で魔物と戦わず、扉を守るという意味だ。

まあ、攻撃担当はいってこいといわれたら、私もほいほい殲滅に交じってしまう気もするが。

「失礼、パーティーを組んだことがある方としか交換していないので」

ガラハドをはじめ、住人の皆様とはバシバシ交換しとりますが。生活背景のない根無し草なプレイヤーは、覚えるの苦手だ。

時々初対面でパトカを渡してくる人がいるのだが、誰だかわからなくなって名前だけリストにあるハメになる。そしてパーティーの誘いをしてくるでもなく、ログイン挨拶だけ飛ばしてくるという……。悪くはないのだが、私にとっては顔もわからん人に返信するのは面倒だ。あれだな、渡してくる人は、瞬時に顔と名前を覚えられる【受付嬢】のスキルとかをリアルで持っとるんだろうな。

まあ、どっちにしろ今はレンガードなのでパトカを貰っても困る。

「レンガード……！」

声がしたほうを見れば、兎娘の登場。その後ろに菊姫やペテロたちが見える。

「終了したな。討ち漏らしは無いな？」

炎王たちもやってきて、声をかける。

「態勢が整う前、素早いのを何匹か逃したが……」

ヒゲ……じゃないガウェインが答える。

やばい、レオのせいで印象がヒゲに占拠された！　別に伸ばして三つ編みにしとるとかではなくて、ごく普通の騎士に似合う――後で調べてショートボックスドベアードと呼ぶヒゲ形だと知った

――なのだが。

「それは採掘してた連中に任せるしかないな」

炎王が大して心配していない様子で言う。

流行りの金策だけあって、来る時に見かけた三区画のプレイヤーは、結構な人数がいた。称号アナウンス的にも、討ち漏らしは無いだろう。

「ホムラ殿はどうされたでありますか？」

大地の問いかけに、ここにいますと言えない罠。

「最後に死に戻った」

しれっと答える炎王。

ちょっともう少しこう、いい言い訳は無いのか？……無いな。

「それは残念でしたね。称号」

あまり話したことのない【烈火】の聖法使いコレト。

「いや、クリア後に三区画の敵にだ。称号アナウンスが流れて油断した」

「それは良かったというか、間が抜けてるというか……」

ちょっと炎王さん？

でも以降称号について嘘をつかなくていいし、感謝するべきか。

「それと、レンガードを見つけてパーティー組んだのもアイツだ」

「えぇっ！　じゃあその人だけドロップがっぽがっぽ!?」

なんかいきなり会話にはいってきた四人組の一人。

「レンガードは中、ホムラは外だったからきっとエリア違いではいってないにゃ」

「確かに、四人が中で倒した分のドロップは私に流れてきてないです」

ずるいなどと言い始めた四人にクルルが告げ、それを兎娘が裏付けて収まった。

黙ってる間にストーリーができて丸く収まった！　そして四人のパトカ、ほいほい受け取らんで良かった！！！！

「ガウェイン、貴方から見てパーシバルはどうでしたか？」

「アレはダメですな。アレはダメだ」

カルがガウェインにパーシバルの印象を聞く。【傾国】ジャッジ、アウト的なあれか。

「ではエイミも……」

「知り合いならばすぐに判別できるほどには」

カミラが沈んだ顔で聞いているということは、エイミが妹さんの名前なのだろう。

「むしろエイミがいるからこそ、ですか」

「うむ。異邦人と一緒に行動をしているというのにジアース、アイル両国の神殿の使用形跡がない。大方、エイミのスキルで帝国を拠点としているのでしょうな」

エイミは、何か移動・帰還系スキル持ちか。

「何にせよ、警戒が必要ですな。まだ帝国に残っている騎士は多い」

「ファガットはまだですか？」

「アイルはともかく、帝国とファガットの間にはスーシール山脈がある分、他人事ですな。むしろジアースの協力が稀なこと」

国同士の話になると途端に面倒に感じる。

内政スキーな人もいるようだが、住人に一様の人格しかないならともかく、駒として切り捨てる場面がどうにも。

ペテロ：イベントが進行しているw
お茶漬：国VS国の大規模戦の前振りなのこれ？
菊　姫：戦争でし？
ホムラ：NPCが復活できないタイプで戦争はやだな
レ　オ：やだな！
シ　ン：好きなやつは好きだよなぁ

「あの異邦人も目的がつかめませんな。強くなりたいのならばもう少しパーシバルたちと連携をとっても良さそうなものだが……」

「アキラ《アレ》は住人も異邦人も、ただの道具だと思ってるんだろ。いや、道具どころか記号か？」

「ストーリーに沿ってるだけで、きっと人の生き死にに興味もなければ、行動に意味なんかないわね」

炎王が言い、ギルヴァイツアが言って肩をすくめる。

そういえば迷宮都市で顔を合わせた時、不機嫌だったのはアキラ君と遭遇した後だったからのような話だったな。

「そ、そんな！　住人の皆さんだって異世界《ここ》で生きてるのに！」

「どのゲームでも、そういうタイプは多かれ少なかれいるにゃ」

叫ぶように言い、取り乱す兎娘をクルルがなだめる。

まあ見知らぬプレイヤー同士で、レベル制限ありのギリギリなクエスト攻略とかだと、全員が役割を機械のようにタイトにこなして、クリアできた時の達成感もなかなかだが。ただその場合、自身も特別ではない。

「まあ、結果オーライ。住人の皆さんに被害がなかったし、個人的には称号もらったし」

お茶漬が面倒くさくなりそうな会話をぶった切る。

「……ごめんなさい。私も今回、皆さんを危険にさらしたひとりです」

途端にしゅんとする兎娘。

「申し訳ありませんでした！」

なんかプレイヤー四人が私に向かって頭を下げてくる。

「すみませんでした」

兎娘も。

「私にあやまるくらいなら、危険にさらした住人に謝るべきだろう」

ガウェインとか手伝いにきたカルたちとか。

「はい、採掘していた方々にも機会があれば……」

いきなり深刻そうな様子に。

なんかこの兎娘、過剰反応というか、限界まで空気入れた今にも割れそうな風船みたいな印象が。

「メッセージ見つけられなかったり、ボス戦が早かったら、こっちが開けてたかもしれないしでし」

菊姫が気にしすぎるなと慰める。

「でも……っ！」

話がループした！

それにしても、【浮遊】で浮いていると普段見られない光景が。みんなの頭頂部ってこうなってたのか。クランメンツとガラハドたちは、ハウスでゴロゴロしとる時によく見ているのだが、式たちと烈火のメンバーは新鮮だ。

紅梅は冠を被っているので髪形を含めて謎だが。あれだ、平安時代って髪を結った髻《もとどり》を晒すことは、パンツを脱ぐのと同じくらい恥ずかしいんだったか。髻は成人男性の象徴でもあったそうで……、成人男性の象徴で隠さなきゃならんものが頭についとるのか。

『ホムラ様？』

紅梅が怪訝そうにこちらを見る。勘が鋭いなおい。

『なんでもない。飽きて、くだらんことを考えていただけだ』

『ほんに人間のやりとりは面倒よのう』

『うむ』

紅葉が呆れたようにつぶやくのに、小次郎が同意する。

『ホムラ様、先に戻られては？』

『そうだな……。そういえば酒呑の時間切れというのは、あれは大丈夫だったのか？』

紅梅の提案にははっきりとは答えず、別な疑問を投げる。

『ああ、あれは長く続けますと狂うて戻らなくなるのですよ』

『ふふ、あの男にすればそれで本望じゃろう』

『主に危害が及ぶようなら、排除つかまつる』

え、大丈夫じゃない上、狂うのは放置前提!?

『酒呑のやつ、我らの場所、我らの時間ではなかったいうに、無茶をするものよ。ふふ』

『あれは痩せ我慢だけは一人前ですからね』

『張らねばならぬ意地もあろう』

微妙な認め方をしている様子の鬼たち。

「感情的な納まりをつけるのは、場所を変えてお願いする」

おっと、兎娘のループをカルが止めた！

「主、何かございますか？」

そしてこっちに振られた！

「ああ、これを」

ハルナがこちらをチラチラ見ているのを見て、思い出した。

「先ほどの敵のドロップだ。分けるなり、採掘者への補填に使うなり自由に」

ミニチュアワイバーンの羽、皮、ミニチュアケルベロスの牙、爪、各種魔石などなどを適当に床に積み上げる。

通常ならばアイテムポーチが満杯になり、その場に落ちるところだが、私は【ストレージ】持ち。全部ぽっけに入ってました。

カルたちについてきた四人組と、その四人と組んでいた兎娘は別として、居残り組はほとんどドロップがなかったはずだ。私だけ大量取得というのも気がひける。

「うをー！　すげー！」

「大量！」

「いいなこのイベント!!」

「初回特典じゃね？」

「私たちにくれたものじゃなく、坑道の人たちの分もあるのよ！」

「はい、はい」

なんかずれとるな兎娘のとこの四人。

わいわいとアイテムを物色しだす四人を見ながら不思議に思う。私に勢い込んで話しかけてきたかと思うと、微妙にスルーされるというかなんというか。

ペテロ：またNPC疑惑に拍車をかけることをｗｗｗ

ホムラ：えー？
レ　オ：わははは！
お茶漬：後から特殊個体になった住人は置いといて、初めから特殊個体はアイテムポーチ無限説あるね
ペテロ：戦闘で住人がアイテム回収できないことないからｗｗ
ホムラ：ぶ！　ＮＰＣを名乗ったことは一度もないのだが。まあ、先に帰る
シ　ン：ほいほい。ありがとさん、お疲れ～
菊　姫：おちかれでし。アイテムありがと～
お茶漬：まあ、金の神殿で待ち合わせでオッケ？
ホムラ：了解

「あ、あの」

「どうした？」

帰ろうとしたらハルナが話しかけてきた。

フードを目深にかぶっとるので、実はローブと大地たちと一緒にいることで見分けているのだが。大地は大地でフルフェースだし、【烈火】の六人のメンバー中二人が中身が入れ替わっていても分からない系ってどうなのか。

「迷宮ではありがとうございました。こちら、きれいにしてあります。……その、あの姿は忘れて

いただけると……」

後半は消え入りそうな声で言いながら、迷宮で渡したローブを差し出してくる。

真っ赤か、真っ赤なのだろうか？　ちょっとフードに隠れた顔を覗いてみたい。

「返却は必要なかったのだが……。では代わりにこれを」

形のあるものは返却されてしまいそうなので、ヴェルス対策に作ってあったプチ・フールをば。

六センチ六センチの正方形の升に収まった十五個の小さなケーキ。ベリーのマカロンに甘酸っぱい同じベリーのジャムとクリームを挟んだもの。四角いどっしりとしたチョコレートケーキ。小さなタルトに真っ赤な苺を四つ乗せたもの。ブランデーと砂糖で煮詰めた栗を乗せたモンブラン。升に収まる粉砂糖を降らした小さなシュークリーム。ビスケット地のカップにチョコとアーモンドを詰めたもの。ゼラチンと洋酒、砂糖で作ったナパージュを塗ってツヤツヤと光るオレンジのタルト。ふわふわなスポンジと生クリーム、苺はジャスティスなショートケーキ。

ヴェルス向けに色とりどりにしてあるが、味も頑張りました！　甘さは抑えめ。

「主……」

大丈夫です、カル用には甘さ控えていないタイプがあります。

「ホムラ《レンガード》……」

横？

「俺も横のは怖くて切れねぇぞ」

イーグルとガラハドの言葉に、横を見ると笑顔の紅葉とカミラ。視線か、視線のことか！

「まだあるから後でお茶に出そうか。私はそろそろ失礼する」

食べ物の恨みは恐ろしい。怖い笑顔にならないうちに差し出せるものは差し出しておこう。

『とりあえず神殿に戻るが、どうする？』

『我らもこれで』

『うむ』

『ぬしさま、宴を楽しみにしております』

『ああ』

式たちが消えてゆく。

「では」

それに合わせて、【帰還】し、私も姿を消す。

マント鑑定結果【これが噂の鈍感系主人公、という気配がする】

手甲鑑定結果【……うむ】

誰が鈍感だ！　気づいてますよ！　ただカミラの好意も紅葉の好意も【房中術】のせいなのも分かってるんですよ！　そのうち本気の恋をしたら離れて行くんですよ！

マント鑑定結果【これが噂の鈍感系主人公、という気配がする】
手甲鑑定結果【……うむ】

鑑定結果が変わらないだと⁉

ホムラ　Lv.43　Rank C　クラン Zodiac
種族　天人　職業　黒白の魔剣士　薬士（暗殺者）
HP：1964　MP：2926　STR：234　VIT：132　INT：500
MND：155　DEX：177　AGI：258　LUK：468
NPCP【ガラハド】【二】　PET【バハムート】【アリス＝リデル】（アリス1／2）
【クズノハ】
【騎獣・虎】『白虎』
称号
■一般
【交流者】【廻る力】【謎を解き明かす者】【経済の立役者】【孤高の冒険者】【九死に一生】
【賢者】【優雅なる者】【世界を翔ける者】【痛覚解放者】【超克の迷宮討伐者】
【防御の備え】

【餌付けする者】【環境を変える者】【火の制圧者】【風の制圧者】【絆を持つ者】
【漆黒の探索者】
【惑わぬ者】【赤き幻想者】【スキルの才能】【快楽の王】【不死鳥を継ぐ者】【迷宮の王】
【幻想に住む者】【白の領域を持つ者】【ランスロットの主】【支配する者】【一掃する者】
【天職】
【カードマスター】【百鬼夜行の主】【孤高の修行者】【守る者】【殺戮者】【封印の使い手】
■神々の祝福
【アシャの寵愛】【ヴァルの寵愛】
【ドゥルの寵愛】【ルシャの寵愛】
【ファルの寵愛】【タシャの寵愛】
【ヴェルナの寵愛】【ヴェルスの寵愛】
【???の加護】
■神々の憂い
【闇を揮う者】
■神々からの称号
【アシャのチラリ指南役】【アシャの剣】
【ドゥルの果実】【ドゥルの大地】【ドゥルの指先】
【ルシャの宝石】【ルシャの目】【ルシャの下準備】

【ルシャの憐憫】
【ファルの睡蓮】【傾国】
【タシャの宿り木】【タシャの弟子】【タシャの魔導】
【木々の守り】
【ヴァルの羽根】【ヴァルの探求】
【月光の癒し】
【ヴェルスの眼】【ヴェルスの理】
【神庭の管理者】【神々の印】【神々の時】
【天地の越境者】
■スレイヤー系
【リザードスレイヤー】【バグスレイヤー】【ビーストスレイヤー】【ゲルスレイヤー】
【バードスレイヤー】【鬼殺し】【ドラゴンスレイヤー】
■マスターリング
【剣帝】【賢帝】【放浪の強者】
■闘技場の称号
【NPC最強】（非表示）
【雑貨屋さん最強】（非表示）
【ロリコンからの天然】（絶賛非表示中）

スキル（7SP）
■種族固有
【常時浮遊】【精霊の囁き】
■魔術・魔法
【木魔法Lv.37】【火魔法Lv.37】【土魔法Lv.39】【金魔法Lv.38】【水魔法Lv.35】
【☆風魔法Lv.40】
【☆光魔法Lv.39】【☆闇魔法Lv.37】【☆雷魔法Lv.40】【灼熱魔法Lv.35】
【☆氷魔法Lv.42】
【☆重魔法Lv.47】【☆空魔法Lv.36】【☆時魔法Lv.41】【ドルイド魔法Lv.35】
【☆錬金魔法Lv.33】
■治癒術・聖法
【神聖魔法Lv.43】【幻術Lv.39】【☆封印Lv.9】
■特殊
【☆幻想魔法Lv.10】【☆技と法の称号封印】
■魔法系その他
【マジックシールド】【重ねがけ】【☆範囲魔法Lv.45】【☆魔法・効Lv.42】
【☆行動詠唱】

【☆無詠唱】【☆魔法チャージLv.40】
■剣術
【剣術Lv.50】【スラッシュ】
・大剣
【☆断罪の大剣】【☆グランドクロス・大剣】
■刀剣
【刀Lv.50】【☆一閃Lv.50】【☆幻影ノ刀Lv.32】【☆紅葉錦】【☆月花望月】
【☆グランドクロス・刀剣】
・忍び刀
【☆雲夜残月】
■暗器
【糸Lv.51】
■物理系その他
【投擲Lv.31】【☆見切りLv.49】【物理・効Lv.39】
■防御系
【☆堅固なる地の盾】
■戦闘系その他
【☆魔法相殺】【☆武器保持Lv.42】【☆スキル倍返し】

■回復系
【☆攻撃奪取・生命Lv.41】【☆攻撃回復・魔力Lv.40】【HP自然回復】
【MP自然回復】【☆復活】
■召喚
【白Lv.36】
【☆降臨】『タシャ』『アシャ』『ドゥル』『ルシャ』『ファル』『ヴァル』『ヴェルナ』
『ヴェルス』
■精霊術
水の精霊【ルーファLv.30】
闇の精霊【黒耀Lv.42】
■式
・署名
【雷公】【紅葉】【小次郎】【酒呑】【小龍】【烏天狗】【影鰐】
・手形
【茨木童子】（服付き）【病の小鬼】
■才能系
【体術】【回避】【剣の道】【暗号解読】【☆心眼】
■移動行動等

【☆運び】【跳躍】【縮地】【☆滞空】【☆空翔け】【☆空中移動】【☆空中行動】
【☆水上移動】
【☆水中行動】【転移】
■創造
【☆魔物替えLv.2】【☆風水】【☆神樹】
■生産
【調合Lv.51】【錬金調合Lv.51】【料理Lv.55】【宝飾Lv.40】【細工Lv.39】
【魔法陣製作Lv.39】
【☆符Lv.35】【大工Lv.39】【建築Lv.39】【ガラス工Lv.25】【☆陶芸Lv.20】
【農業Lv.20】
【毒草園Lv.18】【牧畜Lv.15】【☆搾乳Lv.2】【☆樹木医Lv.20】【木こりLv.32】
【☆寄木細工Lv.22】
■生産系その他
【☆ルシャの指先】【☆意匠具現化】【☆植物成長】【☆緑の大地】【大量生産】
■収集
【採取】【採掘】
■鑑定・隠蔽
【鑑定Lv.50】【看破】【気配察知Lv.50】【☆結界察知Lv.16】【気配希釈Lv.50】

【隠蔽Lv.50】
■解除・防止
【☆解結界Lv.28】【罠解除】【開錠】【アンロック】【盗み防止Lv.28】
■強化
【腕力強化Lv.19】【知力強化Lv.19】【精神強化Lv.21】【器用強化Lv.20】
【俊敏強化Lv.21】
【剣術強化Lv.19】【魔術強化Lv.20】
■耐性
【酔い耐性】【痛み耐性】
【☆ヴェルスの守り】【☆ヴェルナの守り】
■その他
【暗視】【地図】【念話】【☆房中術】【装備チェンジ】【☆大剣装備】【生活魔法】
【☆ストレージ】
【☆結界Lv.10】【☆誘引】【☆畏敬】【☆鬼宴帰還】

☆は初取得、イベント特典などで強化されているもの

とあるゲームの裏事情

WE'VE STARTED A NEW GAME.

Presented by Jaga Butter
Illustration by Enishi Shiobe

運営B「ああ、ひっそり進むはずの扶桑侵略が……」
運営C「見事に消えたッスねぇ」
運営A「大丈夫だ。今、扶桑の住民の警戒心が多少下がっても、玉藻が戻ればあっと言う間に疑心暗鬼の塊のような場所になる」
運営B「そうですよね」
運営A「それより肝心の帝国戦が……。どうなるんだこれ？」
運営C「主要な騎士ががんがん捕まってるッスね。さすがランスロット、優秀！」
運営A「そこで褒めるな！　ああ、せめてガウェインを斬って捨ててくれてたら……。なんで生きたまま捕まえてるんだ？」
運営B「このサーバーのランスロット、何故か防御のスキル、すごい勢いで上げているんですよね」
運営A「オールマイティー型と言っても限度があるだろう！」
運営C「騎士の中の騎士ッスからね」
運営A「これ以上、帝国側の騎士が捕まらないよう調整しろ！」
運営C「帝国から出ないようにしとくしかないんじゃないッスかね」
運営B「そんなことしたら、プレイヤーが帝国に行った時起こるイベントが突然すぎる」
運営A「だいたい帝国の人間が国に閉じこもってたら、サディラスやアイルにちょっかいを出せない、ただの平和な帝国になっちゃうだろうが。しろ、調整を！」
運営C「無茶ぶりッス！」

運営B「予想はしてましたが、さっさと式にしてますね」
運営A「閻魔帳、二冊、二冊かぁ」
運営C「上限二倍ッスね！」
運営A「普通ならそう強い鬼だけで埋まることはないだろうって思うんだがな……。無理だ」
運営B「酒呑、雷公、紅葉、小次郎。かろうじて茨木は手形だけですね」
運営A「片っ端から署名までもらうってなんなんだ⁉」
運営B「第一頁争いで、崩壊してくれるといいんですが……」
運営C「ログを見ると、戦闘と酒ッスね。これで踊ってたらパーフェクトッス！」
運営B「こぶ取り爺さん方式で、踊りも好感度上がりますからね」
運営A「酒も踊りも生産職用だろう？　鬼って生産職が捕まえやすくしてるはずだろう⁉」
運営C「酒屋やってるくらいッスからね。一回飲んでみたいッス」
運営B「お前は食べ物に釣られるんじゃない！」
運営A「というか、なんでバハムートがいまだに側にいるのかが不思議だ」
運営C「騎士の強制呼び出しもしないし、自由に放し飼いッス」

◆◇◆

運営B「斑鳩を倒した挙句、あっと言う間に九尾をクリア」
運営A「……」
運営C「早いッスねぇ。しかも男嫌いのクズノハの好感度も悪くないッス。どうやったんッスかね？」
運営B「あまり扶桑内を回っていないというか、山の中ばかりいたようですが、これ先代の情報とかほとんど知らないままクリアしたんじゃないですかね」
運営A「夢のログはあるから要の好感度はあるんだな。だがこれ、先代の事件に自分を投影してるって分からんだろ？」
運営B「ううう。せっかくのイベントをスルーしないでほしいです……」
運営C「どっちの実も持たずにクリアしてるッスし、今見たらこの人、陰界に城から入ってるッス」
運営A「どうやったら実なしでクリアできるんだ？　結界も育ってないよな？」
運営B「陰界、ＨＰもＭＰも常時減ってくんですけどね……」
運営C「自動回復量のほうが上回ってるッス！」
運営B「傾国――は、この人も傾国持ちでしたっけね……」

◆　◇　◆

運営B「パルミナのダンジョンクリアされてますね。犠牲者０で」
運営C「鬼のお披露目が予想外なところッス」

運営Ａ「なんかランスロットとガウェインが一緒に行動してる気がするんだが……」
運営Ｃ「気のせいじゃなく一緒のパーティーログですね！　仲良しッス！」
運営Ａ「なぜ⁉　一番敵対フラグつくったヤツだよね⁉」
運営Ｂ「無くなったイベントがいち、にい……」
運営Ｃ「ガラハドも本来は敵対してたはずッスもんね」
運営Ａ「間に入ってるのは――なんでこの人、このサーバーの住人との軋轢《あつれき》を片っ端から潰してくの？」
運営Ｂ「なんででしょうかね……」
運営Ｃ「仲良きことは美しき哉《かな》ッス」
運営Ａ「戦闘のあるゲームで何を言っている！　ストーリーが変わるだろうが！」
運営Ｂ「せめて他のサーバー、特に新規参入者用のサーバーはなんとかしたいですね」
運営Ａ「突貫工事で調整しろ！」
運営Ｃ「無茶の工事され圧！！！」
運営Ｂ「武者小路実篤とかけてるのか……」
運営Ａ「……仲良きことは美しき哉のセリフの人か。わかりにくい上に寒い！」
運営Ｃ「ひどい！　傷ついたから有給を取るッス‼」

帝国の騎士 ～ガウェイン卿～

WE'VE STARTED A NEW GAME.

Presented by Jaga Butter

Illustration by Enishi Shiobe

仕事の昼休み。

食べに出ようとしたら、結構な雨だった。建物の周囲はタイル敷、すぐに水を吸収しきれず一面に白い飛沫が上がっている。

敷地内にレストランもあるのだが、そこまで行く間にずぶ濡れになりそうだ。客からも建物同士を繋ぐ屋根をつけろと要望が挙がっているのだが、建物自体が有名建築家の作品《デザイン》なため、これからも屋根がつくことはないだろう。外観の美しさと機能美はつり合わないことが多い。

外食を諦め、ロッカーからカップ麺を取り出しさっさと食べ終える。いいんだ、今日はデザートがあるから。おやつのつもりだったが、今食べよう。

香りのいい紅茶を淹れて、ガレットの包装を破る。甘酸っぱいフランボワーズを煮詰めたジャムのようなものが中に入っている、ちょっと珍しいガレット。バターたっぷり、罪の味。こぼれやすいのが難点だが、美味しい。

――こぼれやすいので、本を読むのはダメだな。円卓の騎士のことでも調べるか。

と言うわけで、『異世界』で遭遇したことのある『アシャの庭の騎士』と同じ名の騎士周辺をネットで調べることにする。

名前が同じでもだいぶ設定が違って、時々持ち物やエピソードの名前が少し出てくる、みたいなものだが。

そもそも円卓の騎士は、あちこちの騎士の話を集めて作っているようで、円卓の騎士同士の人間関係は後から付け加えられたものが多いのかな?

ランスロットは　アーサー王の妃グィネヴィアと不倫していた設定が多いが、初期のものだと書かれていなかったりするようだし。
ランスロットやガラハド、パーシヴァルはもう調べたことがあるので他を。

まずは兎娘の騎士、『ガウェイン卿』。

逸話が多く、とても人気のある騎士だ。強情で勇猛果敢、騎士の礼節を弁えている。が、ランスロットが活躍する本では、引き立て役にされることが多い。不憫《ふびん》。

ガウェインの起源はいくつかあるようで、その中の一つで名前の由来は、『雨の髪』とか『金髪』――『異世界』ではおもいきり黒髪の髭だが。

この由来があるため、ガウェイン卿は金髪、対するランスロットは黒髪に描かれることが多い。ゲーム中と逆だ。黒髪のカル、金髪のガウェインを想像しようとして諦める。

だいたい『雨の髪』ってなんだ、『雨の髪』って。もう一つの由来は『五月の鷹』らしい、こっちはケルトで五月が夏の始まり――太陽神を表しているそうな。水神ファルと光の神ヴェルス系の称号スキルあたりを警戒しておこう。ペットで鷹も使うかもしれない。

朝から正午までは力が三倍になるという特性、この辺りも称号とかで持っていそうだ。剣は『ガラティン』。

三人の弟ガレス、ガヘリス、アグラヴェインをランスロットが殺して敵対。

アグラヴェインがアーサー王の妃グィネヴィアとの不倫を暴き、ランスロットを失脚させようともちかけられ、ガレス、ガヘリスは断っている。が、だいたいその不倫関係のことで三人ともランスロットに断って捨てられている。

――これもしかして、『異世界』では、帝国を放逐されたランスロット対ガウェイン？　姿は似ていないが、カルとガウェインは能力的にはもしかしたら似ているのだろうか？　右近たちの会話からするに、ガウェインは天馬にも乗っているようだし。

カルと同等の能力というのは想像がつかんが、ガウェインの方には帝国の他の騎士もついている。数で補うのか？

どうやってか、カルに手傷を負わせたことがあるのだし、九尾の【傾国】の影響を受けてのことなら、騎士をさっさと正気に戻して、数を削っておいた方がよさそうだな。

【傾国】にかかった者がそうとはわからないまま、周囲をうろついているのが嫌で、すでに『庭の水』は大量にカルたちに託している。

――『庭の水』。我ながら適当に名付けすぎた気がそこはかとなくするが、元は水神ファルの神泉の水、効果は絶大だ。

◇◆◇

「では、騎士という騎士には必ず水を掛けるということで」

「ええ。お願いします」

ファストの神殿、カイル猊下の確認に頷く。

「『庭の水』、なんとも斬新な名前です」

主から託された、【傾国】の効果を打ち消すための水。

『神水』――よりは、容器にしている樽のせいで劣化しているが、それでもヘタな神官が作り出す『聖水』より遥かにランクが高い。

「主は大仰な名前は好まれませんので」

さすがにもう少し効果に見合う名を付けていただきたかったが、『庭の水』の命名は主らしく、聞くたびに、少しの困惑と同時に微笑ましいような気にもなる。

「では」

部屋を辞し、神殿の廊下を歩く。

「ジジイ、こっちは全部運び終えたぞ」

私がカイル猊下に渡した見本の一樽のほか、神殿の倉庫が埋まるほどの樽をガラハドがエカテリーナ女史に受け渡している。

「ご苦労。他の神殿にもカイル猊下から話を通してくださるそうだ」

神殿に渡った『庭の水』は、対【傾国】以外にも流用されそうだが仕方があるまい。

異邦人のアイテムポーチと違い、特定のスキル持ちが居ない限り、水の劣化は進む。特にランクの高い主の『庭の水』の質を維持することは、スキル持ちがいても困難だろう。現在、大盤振る舞いをしているが、恒久的なものではない。

ファストの神殿は大丈夫のようだが、対【傾国】以外のために『庭の水』を求め、主に要らぬ手出しをしてくることも考えられる。主を煩わせる前に手を打たねば。

ファガットは王家の方が強く、比較的主に友好的。主は、闘技大会でバハムートを出されたそうなので、それを直近で見た者なら、不用意に手を出してくることもないだろう。

数といい規模といい、一番面倒そうなアイルの神殿は何故か手を出してこない。情報は収集するとして、当面はジアースの王都ファイナあたりを抑えれば済みそうだ。


「ランスロット殿ッ……」

回廊の先に、声のぬしを見つける。

「ガウェイン殿か」

他にガレス、ガヘリスの二人。

足を止め、視線を合わせる。

「騎士の中の騎士、あれほどの人望を集めながら、皇帝を裏切り名を腐した男……！」

「グィネヴィア妃との醜聞、恥ずかしくないのか！」

マーリンの広げた疑惑は根強いらしく、ガレス、ガヘリスが叫び、非難の言葉を投げかけてくる。

「うっせーよ！　それは冤罪だ！」

隣でガラハドが叫ぶ。

「貴殿には討伐命令が出ている！　いざ、覚悟を！」

ガウェインが盾と剣を構え、他の二人も剣を抜く。

「グィネヴィア妃との関わり、否定する」

マーリンが何事か画策していたことも、そのような噂が囁かれていたことも把握していたが、放置していた。

少し前まではどうでも良かったのだが、今は違う。私の評判は主の体面にも係わる。

帝国の貴族の婚姻は家同士を結ぶもの、家を継ぐ子をなしてからならば恋愛は自由。高位貴族ほどその傾向にある、俗に結婚後の恋こそ誠の恋と言われるのはそのためのようだ。

恋の結果できた子供については家が責任を持って育てることになるため、財力がなければ破綻する。だが、王と王妃は恋愛の末結ばれ、子もいない。家を継ぐべき子がないまま、他に子を生すことにつながる行為は、男も女も醜聞になる。

家同士の繋がりならば、神の名の下に誓約でも結べばいいものを。――そう思うのは、婚姻に愛を求めているからではなく、「血族になることで安心する」という心情が私には理解できぬからだ。

どうも私は、人とのかかわりに愛や執着というものが薄かったらしい。公正で高潔などと言われるが、なんのことはないそれらが薄かったために、愛情と表裏と言われる憎しみや嫉妬の感情もなかっただけのことだ。

そんな私が、割り切った相手ではなく、好き好んで面倒な相手――グィネヴィア妃に手を出したと思っている者たちは、私を愛情深い者だと、むしろ評価してくれているのかもしれぬ。

「話を聞く気はねぇか」

「おそらく三人とも【傾国】の影響を受けている。マーリンというより、九尾に都合のいい選択を無意識にしているのだろう」

主が見えなかったと言う皇子の存在。

王と王妃の間に子がいることを認めながら、王妃との不倫を咎めてくるはずがない。

アーサーが王位につき、皇帝となったことで、他の貴族より王を特別な存在とするため、さらには同等かそれ以上の影響力を持つ私を排除するため——マーリンがそう仕組んだのだと思っていた時期もある。

だが、当初私を擁護していたガウェインも今はこの状態。むしろアーサー王と私との関係を地位に拘わらず対等と見ていた者たちも揃って態度を変えた。

私を、まだ嫡子がない王と王妃の間に割り込んだ者と認識しながら、一方で皇子の存在を肯定する。そこを不思議に思わない騎士たち。

九尾か鵺か、どちらかの影響を確実に受けている。もっとも、それも古い友の計算なのかもしれないが。

皇子は主の推察通り、『鵺』なのであろう。そしてそれを封印の外に連れ出したのはおそらくマーリン。『鵺』についての文献を目にしたのは、アーサーが王位に就く前、三人で探索した古城でのことだ。

『バハムート』『ハスファーン』『クズノハ』『ハーメル』『アリス』、さらに『鵺』と『シレーネ』。水神ファルの飼うあの鳥が、『封印の獣』とは——。

「『庭の水』、一個持ってた方がよかったな」

どこか嬉しそうなガラハドが隣で剣を構える。

ガウェインは防御スキルに秀でている。防御系を学んでいる身としては、じっくり対戦して観察したいところだ。

拠点や集団戦の防衛系には多少の覚えはあるのだが、主個人を守るスキルに乏しい。今までは守る前に敵を斬って捨てることで問題はなかったのだが、主は自分でも戦闘を楽しまれる。私が全てを倒してしまっては興醒めされるだろう。

――その前に、主の敵となる者が私より強い可能性もある。我が主人の目標の一つには『封印の獣』全てとの対戦も含まれ、実際すでに何匹かは従えている。情けないことだが、その中のバハムートという存在に、果たして勝てるかどうか。

自分にこのような不安を覚えるのは、ほとんど初めてと言ってもいい。冷たい湖に深く沈んでいたような動かぬ心、主に会ってからというもの、それがずいぶんと揺り動かされ、引きずり上げられている。

「我が剣『ガラティン』！　鷹と為って駆けよ！」

「いきなり大技かよ！」

ガウェインのスキル発動に、ガラハドが大剣を盾代わりに体に引き寄せる。

「『名も無き騎士の守り』」

大きな鷹の形をした光が、私の出した盾の前に砕ける。

「ランスロット殿が盾だと⁉」

驚愕に顔を引き攣らせるガウェイン。

「盾……⁉」

「初めて見たぞ⁉」

他の二人も動揺している。

「ジジイ、すっぱりばっさり斬って捨ててたしな……。どういう心境の変化だって、そりゃびっくりするよな……」

ガラハドが三人の様子を見て力なく呟く。

「盾のスキルはガウェイン殿の得意分野、そのスキルを超えて攻撃を入れろ。主の側に立ちたいのならば、それくらいはして見せろ」

不肖の弟子だが、その程度はできるようになってもらわないと困る。

「……簡単に言う。『アシャの庭の騎士』の中で、一番防御に秀でた人だぜ？」

「すぐに私が超える」

短く宣言する。

「ジジイがやる気になってるんなら、しょうがねぇ。俺もやってやる。——あの疑惑、あんたがあんたの口で否定してくれて嬉しいよ。【剣の剣】！『大剣の火薙《ひな》ぎ』！」

ついでのように小声で挟むガラハド。

――結局、ガラハドは何度かガウェインの防御を破ることに成功したが、致命傷を与えるには至らず、三人とも生きて捕獲し『庭の水』を浴びせた。

私はガウェインの使った盾のスキルをいくつか見覚えたので、吟味して主の前で披露するに足るまで鍛えねば。

情報を集める者たち

▶ WE'VE STARTED A NEW GAME.

Presented by Jaga Butter
Illustration by Enishi Shiobe

【ネタバレ】雑談 part12 【OK】

——略

82 名無しさん

もう天人いるね？
カジノで大勝ちうらやましい

83 名無しさん

カジノにある種族、どんな姿なのかな～
大金払うし、失敗したくないんで知りたい

84 名無しさん

木人はあれだ、髪に葉っぱが生える
一応、闘技場にも同じのあるけど、Tポイント無理！

85 名無しさん

葉っぱ……
月桂冠みたいな？

86 名無しさん

耳の上あたりにもしゃもしゃとね
能力的には木属性が強化されるかんじ？

87 名無しさん

狐はそのまんまよ～ん
もふもふの尻尾ね
能力的には知力と精神が上がるわん
獣人からしか進化できないから気をつけてね

88 名無しさん

いいああああああ！！
金が一桁になったあああああああ

89 名無しさん

>>88
がんばれｗ

90 名無しさん

種族板でセカンの広場で新種族の集会するってさ
現物見たいなら行ってみたら？

91 名無しさん

おお！
観に行こうｗ

92 名無しさん

>>82
天人の種族固有スキルは常時浮遊か～優雅優雅

93 名無しさん

本気で迷宮攻略してんの誰だろ
25と30層ソロ討伐流れたけど、同じ人かな？

94 名無しさん

25と30は同じだとおもうけど、その前に攻略してたのは？
40層アナウンス流れなかったっけ？

95 名無しさん

流れた、流れた

96 名無しさん

>>94

その人が戻って違うルートやってるとか？？

97 名無しさん

レンガード様はいい匂い

98 名無しさん

はい？

99 名無しさん

ゴメ、誤爆

>>97

100 名無しさん

どんな誤爆だｗ

——中略——

642 名無しさん

転職アナウンスきたあああああ！！

だがたどり着いていない層

643 名無しさん

ルート次第で早くから出やすいとかあるみたいだけど種族進化が一番早い？

>25層　種族進化

>30層　転職

>35層　スキル石

644 名無しさん
転職30層か～

645 名無しさん
スキル幾つまで増やせるかチャレンジしてたやついたけど
スキルレベル上げが地獄になったみたいね

646 名無しさん
50個覚えたのか、すげーな
レベル30でいきなり上がりにくくなるじゃん
地獄だな

647 名無しさん
転職があるならすればスキル枠増えそうだけどな
素直に転職してから集めるとよろし

648 名無しさん
てか、攻略してるの誰よ？

649 名無しさん
さあ？
烈火かクロノスのとこの誰かとか？
異常だよなあ
速すぎ！

650 名無しさん
>>649
クロノスは今、クランメンバー増えすぎて
新メンバーの底上げでてんてこ舞いみたいよ

651 名無しさん

ああ、生産職も多いみたいで
ジアースのボス戦エスコートとか大変みたいね

652 名無しさん

迷宮攻略で烈火に水をあけられたなあ

653 名無しさん

クランのバックアップ体制整ったらすぐ巻き返すんじゃね？
先は長いんだしさ

654 名無しさん

まだ始まったばかりだ！
俺も頑張るぞおおおお！！！

655 名無しさん

>>654
無茶すんなよ！w

——以下続く

【もふもふ】騎獣 part1【天国】

——略

635 名無しさん

ウサギの騎獣の乗り心地が死ぬ……っ！　ガハッ！

636 名無しさん

>>635
上下運動激しそうねｗ

637 名無しさん

もふもふ具合と乗り心地って両立するもんかと思ってたｗ
というか、騎獣いいなあ
もうみんなそこまでいってるのか
死に戻り覚悟でパルティン山行こうかな～ソロにツライ

638 名無しさん

自力で来てた人もいるけど
クロノスが騎獣捕まえにしばらく通ってたじゃん？
あの時、転移石か帰還石持てるなら行きたいやつら一緒にいいぞ～
って、ロイが
到着した後、騎獣探しは自己責任でね

639 名無しさん

>>638
うらやましい

ロイいいやつだなあ

640 名無しさん
闘技大会で職別上位の三人入ったし
生産職もけっこうちらちら名前聞くの入ったよね>>クロノス

641 名無しさん
技３位のネルス
剣４位の三月豆
聖２位のタルミ
だったかな

642 名無しさん
一緒に行ったときネルスが選民意識強めでちょっと苦手
あと三月豆にも嫌み言われた

643 名無しさん
↑の638だけど
三月豆がピリピリしてたのは騎獣ゲットもおんぶにだっこ
お客様やろうとしたアホウがいてトラぶってたからだと思うぞ
ネルスはしらん

644 名無しさん
>>638
それは例の赤毛の……

645 名無しさん
騎獣スレです
関係ない話は雑談板いけ

646 名無しさん
すまぬ

647 名無しさん
存外素直
>>646

648 名無しさん
ホッキョクウサギのコレジャナイ感

649 名無しさん
いるのかよwww

650 名無しさん
足長ウサギwwww

651 名無しさん
猫かわいいよ猫
つSS

652 名無しさん
ライオン！
ライオーン！

653 名無しさん
鶏
つSS

654 名無しさん
>>653
うを、
予想外にカッコいい漆黒の鶏

655 名無しさん

>>653
本当だｗ
バカにできないｗｗ

656 名無しさん

ドレイクもかわいいぞ、あの鱗がたまらない

657 名無しさん

>>656
あのツルツルが全身タイツみたいでいいよな！！

658 名無しさん

えっ

659 名無しさん

はい？

660 名無しさん

ぶｗｗｗ

661 名無しさん

>>657
どこのドレイクさん？

662 名無しさん

>>657
俺の知ってるドレイクと違う

663 名無しさん

いや、その前に>>657の
嗜好が……

664 名無しさん

>>657
ドレイクはドレイクでもほとんど鱗か皮か見分けがつかない
つるんとぬらぬらしたのもいるよね

665 名無しさん

>>664？

666 名無しさん

業が深い……

――以下続く

【フィールド】初討伐 part11【迷宮】

――略

824 名無しさん
迷宮の19層でシーとシードルがほぼ殲滅状態だったんだけど
誰がやったんだ？

825 名無しさん
もう19層か！　いいなあ

826 名無しさん
>>825
20層のボスで足踏みだけどな

827 名無しさん
シードル系増えると面倒だよね
ラッキーじゃん

828 名無しさん
>>824
俺も19層いったら天井までびっしりだった
ボス見て帰るつもりが挫折した

829 名無しさん
19層って他のパーティーと一緒になる
マルチエリアなんだっけ？

830 名無しさん
そう、誰か増殖させるだけさせてそのまんまにした阿呆がいる

831 名無しさん
うへぇ

832 名無しさん
進めるの？

833 名無しさん
あれはログアウトのリミットになっても
駆除しながら出口にたどり着ける自信ないなあ
数が多いと増える速度が半端ない

834 名無しさん
迷惑だなあ

835 名無しさん
むちゃくちゃレベルが上がった後なら範囲で
殲滅とかできるのかね

836 名無しさん
上がったらな
今は無理なやつばっかなんだから迷惑以外のなにものでもない

837 名無しさん
オレ、19層いったらあちこち凍っててやばかったんだけど

838 名無しさん
なんでだw

839 名無しさん
敵もほとんどいなかったから

誰か駆除するのに氷（？）スキル使った？

840 名無しさん

氷で広範囲ってレンガードさんしか思い浮かばないwww
氷原の騎士達よw

841 名無しさん

>>840
銀盤の騎士だろ？

842 名無しさん

>>841
白銀の騎士だからww
銀盤じゃスケートじゃんww

843 名無しさん

よくソロで迷宮きてるみたいだし
本当にレンガードかもね

844 名無しさん

ソロで
パーティー組んでないのか

845 名無しさん

潜る時間帯がたまたま一緒なのかもしれないけど
けっこう入り口で見かけるかな
いつも一人だよ

846 名無しさん

まだ誰にも呼び出し権ないのか

レンガード

847 名無しさん
雑貨屋の大人２人（？）も別に潜ってるみたいだし
一緒にいけばいいのに

848 名無しさん
ソロで余裕なんじゃね？

849 名無しさん
19層は毒対策しないとダメなかんじ？

850 名無しさん
うん
先行する近接は耐毒スキル欲しいかな
あんまり動かなくていい職は抗毒薬でなんとかなるけど

851 名無しさん
さあ、夜のファスト・ブリムで蛇に噛まれるお仕事ですよ

――略

【ネタバレ】雑談 part13【OK】

——略

33 名無しさん

扶桑

34 名無しさん

フソウ？

35 名無しさん

どこですかそれ

36 名無しさん

名前も聞いたことがないところが解放された件について

37 名無しさん

カードゲームってなんだよｗ
対戦解放されても誰ができるんだよｗｗｗ

38 名無しさん

扶桑は迷宮60層相当のレベルで行く場所？
誰かうっかりたどり着いちゃったの？

39 名無しさん

やばい、カードとかコレクション魂が

40 名無しさん

扶桑って漢字だし日本キタコレ？

41 名無しさん

かな？

侍！　侍！　忍者！　巫女さん！

42 名無しさん

巫女さん！

43 名無しさん

プレイヤーのなんちゃって巫女じゃない巫女さんが

見られるのか！

44 名無しさん

米が

牛丼があああああああああ！！！！

45 名無しさん

>>44

それは時々レンガードさんの雑貨屋で売ってる

46 名無しさん

えええええ

47 名無しさん

>>45

まじか！

レンガード様、とっくに扶桑行き来できてるんだ！？

48 名無しさん

そもそも開店の時にお弁当売ってて話題になったじゃない

限定10個という鬼畜仕様でｗ

49 名無しさん
俺がアイルで侯爵家のバカ息子に連れてかれた
馬鹿高いレストランにも米あったぞ

50 名無しさん
なんでそんな地位の高いバカと付き合いあるんだよ

51 名無しさん
攻略対象だから
私がアナタを癒してア・ゲ・ルvV

52 名無しさん
ぶ！　女こえええええ！

53 名無しさん
>>51
キモイ

54 名無しさん
いや待て>>52
>>49で俺って言ってる

55 名無しさん
ホホホホ

56 名無しさん
誰か中の人の性別見分ける【眼】をくれ

——略——

119 名無しさん
結局カードってどんなのだろうな

120 名無しさん
迷宮60層までこい
話はそれからだ

121 名無しさん
どんだけ先だよ！

122 名無しさん
たぶん、SSか絵付きのカード？
「写しとって」ってあるから強い敵と戦えってこったな

123 名無しさん
もふもふカードを揃えたい
が、60レベルのもふもふと戦うのか……

124 名無しさん
受付嬢のカードもらいたいw
美女カード揃えるwww
これも戦うの？

125 名無しさん
それなら俺は幼女カード！

126 名無しさん
ドラゴンとかいるなら
ドラゴンのカードで揃えたいなあ

127 名無しさん
ドラゴンいるよ～
山脈の名前とか棲んでるドラゴンの名前らしいよ

128 名無しさん
おおお
がんばろう
まだ迷宮10層だけどな！！！

129 名無しさん
交換売買もできるってあるから
財力あれば戦闘できなくても揃えられそうだな

130 名無しさん
生産職から戦闘職への利益還元か

——以下続く

雑貨屋へ通う者たち

WE'VE STARTED A NEW GAME.

Presented by Jaga Butter
Illustration by Enishi Shiobe

【ほんわか白】レンガード様 part9【ドＳ黒】

1 名無しさん

ここはレンガード様について語るスレです

■　特　攻　厳　禁　！　！

■　対象に気付かれないようマターリ見守りましょう

■　雑貨屋のメンバー及び周辺に迷惑をかけないこと

■　謎関係かもしれないので、閲覧は自己責任で！

レンガード様データ

・ファストで【雑貨屋】という名前の雑貨屋経営

従業員

カル（人間♂）　レーノ（ドラゴニュート♂）

ラピス（獣人♀）　ノエル（獣人♂）

アリス＝リデル（ホムンクルス♀）

・『帰還石』『転移石』などを販売

・ファストで住人相手に料理屋向けの酒問屋を経営

従業員は商業ギルドのギルド職員

・職業は魔法と刀剣を使うことから魔法剣士？

・生産者は別にいてレンガード名を使っている可能性は否定できない

・とりあえずフルパーティーを瞬殺できる

・魔法を封じると黒くなって刀剣で首を刎ねるモードに移行

・闘技場ランクは最高のSSS

・天然疑惑あり

・わけがわからない

――略

364 名無しさん

カルとレーノのコンビ迷宮40層攻略だって

365 名無しさん

40……？

366 名無しさん

40……

二人……？

367 名無しさん

TUEEEEEEEEE！！！！

368 名無しさん

パトカくれ！！！

369 名無しさん

雑貨屋……、さん？

370 名無しさん

>>369

おちつけ！

“レンガードのところの”を頭につければ不思議じゃない

371 名無しさん

>>370

それもどうなんだwww

納得したけどもw

372 名無しさん
>>364
どこ情報よ？

373 名無しさん
バロンのギルドであって普通に
「何層ですか～？」って聞いたら
「40層ですよ」って
普通に返してきたぞ、レーノ

374 名無しさん
40層は普通じゃねぇよ！！

375 名無しさん
しかも２人攻略
錬金の材料は従業員さんが採りに行ってる疑惑

376 名無しさん
いや、レンガード様も普通に迷宮の入り口で会うぞｗ
層が違うみたいで中であったことはないが

377 名無しさん
従業員さんが40層ってレンガード様は何層いってるんだ

378 名無しさん
50とか60とか？

379 名無しさん
50、60の初討伐アナウンス流れてたっけ？

380 名無しさん
>>379
ヒント：NPC

381 名無しさん
>>379
プレイヤーの攻略しか流れないからw

382 名無しさん
レンガード様やべぇえええええ

383 名無しさん
ロリショタも赤毛とないすばでぃなおねーさんとポリプやってた

384 名無しさん
住人のロリショタって見た目通りの年齢だよな？
プレイヤーのなんちゃって幼女とちがって

385 名無しさん
そこで幼女一択になるのか

そんな私はさっき他の板に誤爆してきた
レンガードにロリショタ抱きついてて、いい匂いだって

386 名無しさん
>>385
www
いい匂いなのかレンガード様

387 名無しさん
雑貨屋さん♪の英才教育
そしていい匂い

388 名無しさん
いやな雑貨屋だなおい
そして新たな従業員赤毛とナイスボディー

シャンプーは何を使っているのか

389 名無しさん
あ、髪の白い♂もいる
幼少３人を薬師ギルドへおくってってた

そういえばラピスとノエルも
いつの間にか髪綺麗になったなあ

390 名無しさん
ああ
薬師ギルド通うの待ち受けて絡むバカが多かったから
保護者やとったのかな？

>>389
しっぽも忘れないであげて！

391 名無しさん
しつこく話しかけてたのいたな

392 名無しさん
ゆるせん

393 名無しさん
スルーされて怒って
リデルちゃんの肩掴んだヤツは衛兵さんに通報したった

394 名無しさん
>>393
よくやった！

395 名無しさん
>>393
ナイス！

396 名無しさん
>>393
グッジョブ！
だが、俺もレンガード様は無理でも
従業員さんと仲良くなりたい……

397 名無しさん
俺も

398 名無しさん
私も

399 名無しさん
ワイも

400 名無しさん
僕も

401 名無しさん
普通に挨拶からはじめなさいｗ

――中略――

511 名無しさん
バロンでレンガードさんが冒険者ギルドの
ギルドマスターを呼び出してる件

512 名無しさん
レンガードの冒険者ランクいくつなんだろう？

513 名無しさん
闘技場と同じくSSSだったりして

514 名無しさん
おそろしいｗ

515 名無しさん
ありそうでこわいｗｗ

516 名無しさん
ラスボス様が～～～～ッ！！

517 名無しさん
ラスボス疑惑が付きまとうのは黒様のせいかｗ

518 名無しさん
いや、白レン様もなかなか……

519 名無しさん
雰囲気は違うけどどっちもやってることは瞬殺という

520 名無しさん
ひどしw

521 名無しさん
カジノで美女二人侍らせてブラックジャックで大勝ちしてた

522 名無しさん
行動も謎なんだよなあ

523 名無しさん
生産なら生産、戦闘なら戦闘、闘技場なら闘技場に
偏る住人多いのにあちこちに出現するよね

524 名無しさん
>>523
いや、それプレイヤーも偏るからww

525 名無しさん
広範囲に露出してるのか

526 名無しさん
ギルマスやら抜いたら一番有名な住人なんじゃね

——以下続く

あとがき

こんにちは、じゃがバターです。

9巻はまるっと扶桑編になっております。本文中も加筆しておりますので、お楽しみいただけたら嬉しいです。

今回表紙が珍しく緊迫した空気。他の案もいただいたのですが、ホムラ「が」作中で緊迫することはとても珍しいので、せっかくなので！　次はサディラスくらいまでないですし！　塩部様、雰囲気のあるイラストありがとうございます。

そしてドラマCD3！　こちらも扶桑編、そして某キャラ登場。鬼たちの登場のお話もいただいたのですが、扶桑編の前から登場しているキャラクターをと、お願いいたしました。登場人物がどんどん増えるぞ？

山本様のシナリオによるクランのドタバタをお楽しみください！　みなさまいい声だし！

そして誤字脱字、ウロな記憶で書く私の文章の校正ありがとうございます。各種調整も！　毎度ご迷惑をおかけしております。

ホムラ「扶桑です！　米です！　醤油です！」
お茶漬「ずるい！　僕も出汁の効いたお惣菜食べたい！」
シン「納豆、朝食に納豆食いたい！」
菊　姫「日本酒でしよねぇ」
レ　オ「俺、豚足！」
お茶漬「全く関係ないのキタ」
ペテロ「見事に食べ物の話題一色にｗｗｗ」
菊　姫「ホムラのせいでし」
ホムラ「色々食材買ったから、戻ったら日本食をつくる」
レ　オ「おう！　楽しみ！」
ペテロ「フッ」
シン「あ、すでに食ってる者の余裕！」
菊　姫「日本酒持って戻るの楽しみにしてるでし」
お茶漬「ちゃっかりお土産の指定が」

読んでいただいてありがとうございます。感想など、お待ちしております！

２０２４年卯月吉日

次巻予告
ようこそクランへ
——無事おめでとう——
新しいゲーム始めました。
WE'VE STARTED A NEW GAME.
じゃがバター
ILL. 塩部緑
10
Presented by Jaga Butter
Illustration by Enishi Shiobe

DRAMA CD
第3弾好評発売中!!!
ドラマCD Ver.3.0
新しいゲーム始めました。
COMICS
①～②巻好評発売中!
新しいゲーム始めました。
COMIC
2
漫画：塩部縁
AUDIO BOOK
オーディオブック第5巻
5月27日配信!!
新しいゲーム始めました。
5
TOブックス
Audio Book
朗読：松原大典
第5巻
新しいお仲間さん?
詳しくは公式HPへ
2024年発売予定!!

出来損ないと
呼ばれた元英雄は、
実家から追放されたので
好き勝手に生きることにした
THE BANISHED FORMER HERO LIVES AS HE PLEASES
テレ東・BSテレ東・AT-Xにて
TVアニメ絶賛放送中！

［NOVELS］

原作小説 第⑦巻

2024年
5/20
発売！

［著］紅月シン
［イラスト］ちょこ庵

［COMICS］

※8巻書影

コミックス 第⑨巻

2024年
6/15
発売！

［原作］紅月シン ［漫画］烏間ル
［構成］和久ゆみ
［キャラクター原案］ちょこ庵

［TO JUNIOR-BUNKO］

TOジュニア文庫 第③巻

2024年
6/1
発売！

［作］紅月シン ［絵］柚希きひろ
［キャラクター原案］ちょこ庵

［放送情報］

※放送日時は予告なく変更となる場合がございます。

テレ東
毎週月曜 深夜26時00分〜

BSテレ東
毎週水曜 深夜24時30分〜

AT-X
毎週火曜 21時30分〜
（リピート放送 毎週木曜9時30分〜／
毎週月曜15時30分〜）

U-NEXT・アニメ放題では
最新話が地上波より1週間早くみられる！
ほか各配信サービスでも絶賛配信中！

STAFF

原作：紅月シン『出来損ないと呼ばれた
元英雄は、実家から追放されたので
好き勝手に生きることにした』（TOブックス刊）
原作イラスト：ちょこ庵
漫画：烏間ル
監督：古賀一臣
シリーズ構成：池田臨太郎
脚本：大草芳樹
キャラクターデザイン・総作画監督：細田沙織
美術監督：渡辺 紳
撮影監督：武原健二 坂井慎太郎
色彩設計：のぼりはるこ
編集：大岩根力斗
音響監督：高桑 一
音響効果：和田俊也（スワラ・プロ）
音響制作：TOブックス
音楽：羽岡 佳
音楽制作：キングレコード
アニメーション制作：
スタジオディーン×マーヴィージャック
オープニング主題歌：蒼井翔太「EVOLVE」
エンディング主題歌：愛美「メリトクラシー」

CAST

アレン：蒼井翔太
リーズ：栗坂南美
アンリエット：鬼頭明里
ノエル：雨宮 天
ミレーヌ：愛美
ベアトリス：潘めぐみ
アキラ：伊瀬茉莉也
クレイグ：子安武人
ブレット：逢坂良太
カーティス：子安光樹

TVアニメ
公式サイトはコチラ！
dekisoko-anime.com

シリーズ累計90万部突破!!（紙＋電子）

本がなければ作ればいい――
原作小説
（本編通巻全33巻）
第一部
兵士の娘
（全3巻）
第二部
神殿の巫女見習い
（全4巻）
第三部
領主の養女
（全5巻）
第四部
貴族院の自称図書委員
（全9巻）
第五部
女神の化身
（全12巻）
決定！
ありがとう、本好き！
シリーズ累計
1000万部突破！（電子書籍を含む）
アニメーション制作：WIT STUDIO
TOジュニア文庫
コミックス
第一部
本がないなら作ればいい！
（漫画：鈴華）
第二部
本のためなら巫女になる！
（漫画：鈴華）
第三部
領地に本を広げよう！
（漫画：波野涼）
第四部
貴族院の図書館を救いたい！
（漫画：勝木光）

夢物語では終わらせない
ビブリア・ファンタジー
ふぁんぶっく
1〜8巻
ドラマCD
1〜10
ミニマイングッズ
椎名優描き下ろし
第三部「領主の養女」
アニメ化
本好きの
下剋上
司書になるためには
手段を選んでいられません
香月美夜
miya kazuki
イラスト:椎名 優
you shiina
Story
とある女子大生が転生したのは、識字率が低くて本が少ない世界の兵士の娘。いくら読みたくても周りに本なんてあるはずない。本がないならどうする? 作ってしまえばいいじゃない!
兵士の娘、神殿の巫女、領主の養女、王の養女——次第に立場が変わっても彼女の想いは変わらない。
本好きのための、本好きに捧ぐ、ビブリア・ファンタジー!
詳しくは原作公式HPへ
https://www.tobooks.jp/booklove

新しいゲーム始めました。～使命もないのに最強です？～9

2024年5月1日　第1刷発行

著　者　じゃがバター

発行者　本田武市

発行所　TOブックス
〒150-0002
東京都渋谷区渋谷三丁目1番1号　PMO渋谷Ⅱ　11階
TEL 0120-933-772(営業フリーダイヤル)
FAX 050-3156-0508

印刷・製本　中央精版印刷株式会社

ISBN978-4-86794-129-4

Printed in Japan